말 찾아 빛 따라

말 찾아 빛 따라

김 동 소 지음

景仁文化社

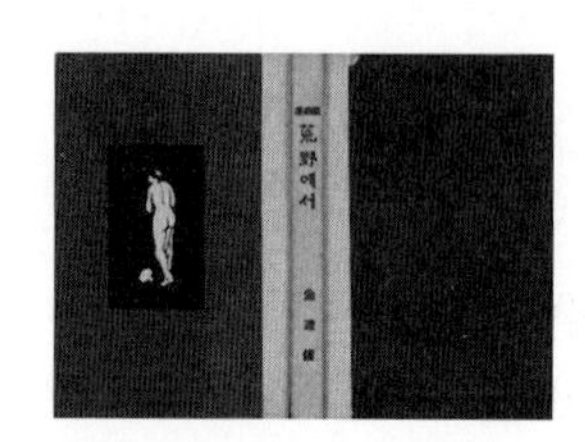

표지 이야기

이 책의 표지는 우리나라 최초의 희곡집 『황야에서』와 같게 하였다.

"『황야에서』는 1922년 김영보金泳俌가 쓴 우리나라 최초의 희곡집으로, 장정도 저자 자신이 했다. '나의 세계로', '시인의 가정', '정치 삼매', '구리 십자가', '연戀의 물결' 등 모두 다섯 편의 작품들이 실려 있는데, 전통 인습 타파라는 매우 진보적인 도덕관을 제시한 작품들로 알려져 있다. 이 책은 지금까지 장정가가 알려진 단행본으로서는 우리나라 최초의 것이다. 따라서 출판 미술사적으로 그 가치가 높이 평가되어야 할 책이기도 하다(박대헌, 『古書 이야기』, 열화당, 2008, 194쪽)."

머리말을 대신하여

—한국의 첫 희곡집은 김영보金泳俌의 『황야荒野에서』

지난 9월 28일은 소암蘇岩 김영보金泳俌 선생의 17주기였다. 해방 직후 영남일보사 초대 사장을 역임한 그는 10년간 지방 언론의 발전을 위해 눈부신 활약을 했다. 근래 국문학계 일각에서 소암의 청소년기에 발간된 창작 희곡집 『황야에서』가 우리나라 최초의 희곡집이라는 사실이 밝혀져 파문을 던지고 있는 이 때에 우리나라 신문학 운동의 선구자요, 향토 언론의 개척자로서의 그분을 추념하고 그 생애를 살펴봄도 뜻있는 일이라 생각된다.

소암은 1900년 1월 28일 당시의 개성군 송도면 경정京町에서 김종립金鍾岦(본관 순천順天)의 5남 중 3남으로 태어났으나 후에 숙부인 한학자 종업鍾業에 입양하여 그 슬하에서 신학문을 배우고 일제 보통 문관 시험에 합격함으로써 한때 관리로도 일했으나, 1921년부터 개성 상업 학교 교유敎諭·경성 수송壽松 유치원 원감 등 교직에 5년간 종사하였다. 소암이 신극 운동에 관심을 가진 것도 이 무렵의 일로서 1921년 윤백남尹白南·이기세李基世·복혜숙卜惠淑과 함께 극단 '예술 협회'를 조직하여 연극 공연을 위한 각본을 썼는데 1921년 10월과 12월에 소암의 희곡 '정치 삼매情痴三昧'(1막), '시인의 가정'(1막)이 각각 '예술 협회'에 의해 서울 단성사團成社에서 성황리에 공연되었다.

이 시기를 전후하여 지상誌上에 발표된 소암의 희곡을 모은 창작 희곡집 『황야에서』가 조선 도서 주식회사에서 출판된 것이 1922년 12월이었는데, 이 책은 지금까지 알려진 조명희趙明熙의 희곡집 『金英一의 死』(1923년)와 윤백남의 희곡집 『운명』(1924년)보다 앞선 것으로 한국 근대문학사에 최초의 창작 희곡집이라는 이름을 남기게 된 것이다. 여기 실린 희곡은 '나의 세계로'(2막), '시인의 가정'(1막), '연戀의 물결'(3막), '정치 삼매情痴三昧'(1막), '구리 십자가十字架'(5막) 등 다섯 편으로서 양적으로는 그리 대단하지 않으나 내용상 당시로서는 굉장한 도덕관과 결혼관을 제시하고 있다는 점에서 문제작이라 아니할 수 없다. 가령 '나의 세계로'에 나오는 박승영朴勝英 남작男爵의 장녀인 설자雪子가 자유연애를 위해 가출한다는 이야기나, 애욕과 자유연애가 빚는 비극적인 작품 '연戀의 물결'이 그러하다. 특히 '연의 물결'에는 여자의 혼전 성관계와 이혼 문제가 아주 자연스럽게 취급되고 있어 1920년대 초반인 당시로서는 파천황破天荒의 도덕관이 제시됐다고 하지 않을 수 없다.

소암은 그 후 1925년 6월 일본 동경으로 건너가 동경 불교 조선 협회 주사主事 일과 여자 동포원女子同胞園 주간 일을 봄으로써 연극·교직계와 결별하게 되었고 이 일이 계기가 되어 1927년 3월 총독부 기관지인 『매일신보』 편집국에 근무하게 됨으로써 언론인으로서의 소암으로 변모하게 된 것이다. 이후 『매일신보』 통신부장, 오사카[大阪] 지사장을 역임하고 1945년 3월 경북 지사장에 취임함으로써 대구와 인연을 맺게 되었으며, 해방이 되자 향토 언론인들과 영남일보사를 창설함으로써 지방지地方紙로서는 최고最古·최대의 신문을 만들게 되었던 것이다. 유족으로는 현재 미망인 한韓씨와 일남一男(김동소 교수) 삼녀三女가 있다.

(『영남일보』 11143호, 1979. 10. 1.)

* 소암 누리집 주소: http://www.soam.pe.kr

차 례

2. 우리 말글을 생각하며

3. 신비한 문자 이야기

빛 따라 걸어온 길

말글 찾아 떠난 길

1. 언어 여행

카라 교수와의 만남

태어나 지금껏 만났던 사람이 한둘이 아니고, 내 인생의 길을 바꿀 만큼 영향을 준 이들이 또한 적지 않겠지만, 지금까지의 내 생애에서 가장 감격적이고 극적인 만남의 사람은—그리고 불행히도 앞으로 한 번 더 있을 것 같지 않은 만남의 사람은—헝가리의 몽고어 학자 카라 교수라고 생각된다. 뜻밖의 장소에서 너무나 우연히 있은 만남이었기에 더욱 그렇게 믿어지는 것이다.

내가 그를 처음 만난 것은 정확히 말하면 1982년 9월 30일, 일본 삿포로[札幌]시의 홋카이도[北海道] 대학 언어학과 연구실에서였다. 그 무렵 나는 그 대학에서 알타이어와 퉁구스어, 아이누어를 연구하고 있었고, 카라 교수는 아이누어 자료를 수집하려고 그 곳 언어학과를 찾아오게 된 것이라, 따라서 나는 이 대학자와 1개월 함께 지낼 수 있는 행운을 얻은 것이다.

죄르지 카라(György Kara) 교수는 1935년 헝가리의 부다페스트에서 태어나 거기서 성장했다. 중학 시절부터 어학에 뛰어나 영·독·불·노어는 물론 핀란드어·라프어·사모예드어 등 우랄 어족의 언어와, 라틴어·그리스어·산스크리트어 등 고전어까지 읽고 말할 수 있게 되었다. 부다페스트 대학 동양학과에 입학한 후, 역시 세계적 동양학자인 라요스 리게티(Lajos Ligeti) 교수의 문하생이 되어 고전 한문·중국어·몽고어·퉁구스어 등을 습득했고, 1957년부터는 몽고·소련·중국 등을 여행하며 현지 언어를 익히고 자료를 모아 왔다. 내가 만났을 때 그는 40대 소장 교수였음에도 이미 100여 편이 넘는 논문과 10여권의 저서를 영·독·불·노어로 발표해 알타이 어학계에는 널리 알려진 학자였다.

그는 180센티가 넘는 큰 키에 건강한 체격을 갖고 있었다. 인자하면서도 좀 장난기 감도는 파란 눈은 멋있는 콧수염, 위엄 있는 구레나룻과 묘하게 어울려 독특한 분위기를 자아냈으며, 나지막하고 잔잔한 목소리면서도 단정적인 음성은 수도자적

기분마저 풍겨 주었다. 그는 현재 헝가리 부다페스트 대학의 아시아학 교수 겸 헝가리 학술원 회원이며 세계적 학술지인 『헝가리 동방 학보』(Acta Orientalia Hungaricae)의 편집인으로 일하고 있다.

나는 매일 카라 교수와 함께 홋카이도 언어학과 연구실에서 하루 10시간 가까이 보냈지만 피차 자신의 일에 쫓기어 마주 앉아 이야기를 나누는 일은 저녁 8시부터 1시간 동안으로 한정했다. 이 대화는 대부분 연구실 안에서 이루어졌지만 때로는 학교 앞 '니혼슈'日本酒집에서 벌어지기도 했다. 그러나 참으로 많은 생각들을 주고받고, 마음을 통하게 한 것은 매주 말 그와 단둘이서 아이누인들의 '코탄'(자연 부락)을 찾아 홋카이도의 산천을 돌아다니며 나눈 대화에서였다.

카라 교수는 웬만한 거리는 꼭 걸어서 다녔고 먼 여행은 기차와 버스만을 이용하려 했다. 홋카이도의 하늘을 찌르는 침엽수림과 인적 미답의 산속을 걸으면서 나눈 이야기는 물론 우리 공통의 관심사인 알타이어 · 아이누어에 관한 것이 많았다. 그러나 그는 한국과 일본에 관해 깊은 관심을 표했으며, 나는 헝가리의 언어와 문화를 알고자 했다. 카라 교수는 일본의 아름다운 가을 풍경에 감탄하면서도 헝가리의 산천을 자랑하는 일을 잊지 않았고, 헝가리의 역사(특히 학생 의거)를 강조해서 이야기하면서 소련 정부와 공산주의에 대한 증오심을 노골적으로 드러내었다. 그는 사진 찍기를 좋아하지 않고 필요한 것은 수첩에 스케치를 하는데 그 솜씨가 전문가 못지 않았으며, 고국의 친구들에게 보내는 편지 속에 끼워 넣는다고 희귀한 홋카이도의 단풍잎을 수집하는 모습을 보여 나를 감명 깊게 했다.

그의 됨됨이를 다 드러낼 지면이 부족함을 아쉬워할 만큼 그는 나에게 매력적이었다. 학회에서 한 이틀 함께 보낼 수는 있겠으나 1개월을 그와 함께 보낼 기회가 내 생애에 다시는 못 올 듯하기에 그에 관한 추억은 비감悲感마저 불러일으키는 것이다.

(천주교 대구 대교구, 『빛』 38호, 1986. 6. 1.)

만주어가 되살아난다

―애신각라愛新覺羅의 후손들―

중국의 소수 민족 수는 1982년까지 밝혀진 것이 55개, 1982년 7월1일을 기해 실시된 제3차 전국 인구 조사 결과의 중국 총인구는 10억3백90여만 명, 그중 55개 소수 민족의 총인구는 6천6백40여만 명, 따라서 나머지 9억3천만 명 이상이 한족漢族인 셈이다. 이 중 만주족은 4백30만4천9백81명, 인구수로 보아 장壯족·회回족·위구르족·이彝족·묘苗족에 이어 소수 민족으로서는 여섯 번째의 대민족이다. 12세기 초 금나라를 세워 송과 고려를 괴롭혔던 여진족의 후손이었고, 17세기 초부터 청나라로 중원中原뿐 아니라 동양 천지에 군림했던 이 만주족은 청나라 공용 언어요 문자였던 만주어와 만주 문자를 다 잊어버리고 중국에 거의 동화돼 버렸다고 우리에게 알려졌었다. 그러나 중국 서북쪽 신장[新疆] 위구르 자치구의 다시 서북쪽 일리[伊犁] 지역에는 18세기 이래 지금껏 2만7천여 명의 시버족[錫伯族]들이 만주어와 만주 문자, 그리고 만주 풍속들을 고스란히 보존해 오고 있다. 이 시버족은 청 건륭 29년(1764년) 청나라 정부에 의해 이 곳 국경지대를 지키기 위해 요령성으로부터 강제로 옮겨진 3천여 명 시버인들의 후손이다. 현재 요령성에 남아 있는 5만 명 가까운 시버족과 4백30만이 넘는 만주족은 제 언어·문자를 거의 잊어버리고 말았는데 변방에서 외로운 향수를 달래며 2세기를 살아온 이들 강제 이주민의 후손은 그렇지 아니했던 것이다.

만주족의 영웅 누르하치[奴兒哈赤]가 만주를 통일하고 심양[盛京]에 도읍하여 후금국을 세웠다가(1616년), 그 아들 태종에 의해 국호를 청淸으로 고치고(1636년), 다시 그 아들 세조가 도읍을 북경[燕京]으로 옮긴(1644년) 후, 청나라 황실은 만주어와 만주 문자 보존을 위해 눈물겨운 노력을 했다. 이 노력의 결과로 남은 것이 수많은 만주어 문헌들. 이 문헌들은 중국뿐만 아니라 한국·일본·유럽·미국 등으로 흘러들어가 각국 도서관에 보존되어 있고, 이 문헌의 보존으로 인해 전세계에서는 만주 학자가 끊임없이 나오고 있는 것이다.

그런데 문화 혁명 이후 중국 소수 민족들은 민족주의에 눈뜨게 되었고, 중국 내의 만주족들도 소수 민족의 엘리트를 양성하는 북경 민족 학원 출신자를 중심으로 변모하기 시작했다. 필자는 여러 만주족 출신 학자들을 심양과 북경에서 만날 수 있었는데 그들은 만주어를 학문적으로 연구하고, 만주어로 유창하게 이야기할 수 있을 뿐 아니라 만주족들에게 만주어를 보급하고자 심혈을 기울이고 있었다. 그 대표적 인물은 金啓孮·愛新覺羅 烏拉熙春·愛新覺羅 瀛生·張佳生·李雲霞 제씨.

金啓孮 선생은 청조 제6대 건륭 황제[高宗]의 제5자의 후손으로 愛新覺羅라는 성을 가진 만주 황족(중국식으로 金씨 성을 쓴다). 사회주의 국가에서 만주 황족이라는 점이 아무런 의미도 없겠으나(오히려 문화 혁명 기간 중에는 이런 이유로 비판을 받기도 했다), 만주족은 우리 민족 이상으로 혈통과 족보에 관심이 많다. 金선생은 중국 여진어 학계의 거목. 우리나라에도 알려진 『女眞文辭典』(1984년간)의 저자이다. 역시 여진어 학자인 부친 金光平 선생(작고)과 함께 1980년 편찬한 『女眞語言文字硏究』는 여진어 학계에서는 불후의 기념비적 새 고전으로 평가되고 있다. 金啓孮 선생은 현재 71세의 고령에 당뇨 때문에 건강이 좋지 않은데도 정열적으로 만주어와 여진어에 관한 연구를 계속하고 있다. 오래도록 내몽고 대학과 요령

성 민족 연구소에서 만주어·여진어 강의와 연구에 몰두하다가 현재 이 연구소 소장 칭호를 그대로 지닌 채 북경에서 은퇴 생활을 하고 있다. 필자와는 이전에 편지 왕래가 있었는데 이번에 방문할 뜻을 전하자 병원에서 일시 퇴원하여 사저에서 필자를 맞아 주었다. 여진·만주어에 관한 오랜 토론을 끝내고 필자에게 <女眞文林之光>이라는 과분한 휘호를 여진 문자로 써 주셨다. 여진어는 만주어의 고어라 할 수 있으며, 여진 문자는 만주 문자와는 아주 다르게 한자를 변형시켜 만든 것이다.

愛新覺羅 烏拉熙春은 金啓孮 선생의 따님. 30대 초반의 미모의 여류 학자로 현재 북경 중앙 민족 학원에서 만주 퉁구스 어학 박사 학위 논문을 준비 중이다. 젊은 나이의 여성답지 않게 만주어와 만주 역사에 관한 많은 저서와 논문이 있는데 대표적 저서로는 『滿語語法』(1983), 『滿語讀本』(1985), 『滿族古神話』(1987)를 들 수 있다. 이 저서들은 일본어로도 번역·출판될 만큼 명저로서, 장래 촉망되는 여류 학자로 주목받고 있다. 사어死語가 되다시피 한 만주어를 유창하게 말할 수 있는 그녀는 젊은 만주족들에게 만주 구어를 보급하는 일에 앞장서고 있기도 하다.

愛新覺羅 瀛生은 '누르하치'의 또 다른 후손. 북경과 동북 지방(만주의 현재 지명)에서 만주족들에게 오랫동안 만주어를 가르쳐 온 '노사'老師로 『滿語讀本』, 『速成自學滿語基礎講義』 등의 책을 출판했다.

張佳生은 대표적인 만주족 문인으로 현재 요령성 민족 연구소의 부소장 일을 보고 있다(소장은 앞서 말한 金啓孮 선생인데 노환 중이라 실무는 이 張선생이 맡고 있다). 중국 소수 민족 문학회 · 민속 학회 · 만주족 문학회 등에서 활동하고 있고 계간지 『滿族研究』, 『滿族文學』 등의 편집을 담당한다. 특히 만주족의 민담과 문학 작품을 중국어로 번역 · 전파하는 일에 전념하고 있다.

마지막으로 李雲霞는 시버족 출신의 처녀 학자. 북경 민족 학원 사학과를 졸업하고 현재 요령성 민족 연구소에서 연구원으로 일하고 있다. 출생 · 성장지는 요령성으로 중국어 환경 속에서 자랐지만 만주어와 만주 풍속을 배우고자 신장 위구르 자치구 일리[伊犁]지역의 시버족들과 함께 생활하기까지 하였다. 주로 만주족 · 시버족의 역사와 민속에 관한 연구를 하고 있다.

필자는 대학원 시절부터 한국어 계통 연구에

필요한 '알타이' 제어를 공부해 왔는데 그중 제일 먼저, 그리고 오래 공부한 언어가 만주어였다. 이 언어는 완전히 사어가 되어 입으로 이야기할 기회는 없고 오직 만주어 문헌을 읽기 위해서 공부하는 것이라고 누가 물을 때마다 대답해 오곤 했는데, 이 중국 땅에 들어와 만주말로 의사 소통을 하게 되니 그 감격은 말로 형언할 수 없었다.

'李滿住'와 '누르하치'와 '니샨 사만'(만주족의 저명한 무당)과 '묄렌도르프'[穆麟德]가 쓰던 만주어, 청 태종 '홍타이지'[皇太極]가 인조仁祖를 항복시키고 삼전도비三田渡碑(소위 청 태종 기공비)를 세우게 하며 쓰던 그 만주어로, 바로 '아이신교로'[愛新覺羅]의 후손들과 이야기를 한다는 것은 마치 꿈만 같았다. 한때 동양을 쥐어 흔들고 우리 조선조 학자들의 자존심을 여지없이 짓밟아 놓던 그 만주족—『용비어천가』에서 '오랑캐'[兀良哈]라고 명명했던 그 민족을 만나 그들의 언어로 말을 주고받는다! 20년 이상 내 두뇌의 상당 부분을 지배해 왔던 그 민족, 사라진 줄만 알고 있던 그들이 갑자기 4백 수십만이라는 거대한 민족으로 돌변하여 한때 왕성했던 그들의 문화를 되살리며 성큼 내 앞에 다가오는 감격에 나는 며칠 밤잠을 설치기까지 했던 것이다. 그리고 이 중화 인민 공화국이라는 나라가 새로운 심상으로 내 마음속에 들어온 것도 바로 이들 '아이신교로'의 후손들 때문이었음을 솔직히 고백한다.

(『영남일보』 11670호, 1989. 11. 7.)

만주어 · 만주 문자가 살아 있는 곳

1989년 8월 17일, 4일 간의 내몽고 지방 여행을 끝내고 다시 베이징으로 돌아왔다. 내몽고 수도 호흐호트[呼和浩特] 공항에서 베이징 공항까지는 비행기로 한 시간 남짓의 가까운 거리다. 이번 한 달간의 여행에서 베이징 공항을 드나든 것이 벌써 일곱 번째니 비행기 타기도 이제 진력날 만하다.

그러나 이번 중국 여행에서 얻은 가장 큰 보람은, 동양 선교의 개척자였던 마테오 리치[利瑪竇] · 아담 샬[湯若望] · 페르비스트[南懷仁] 세 신부님의 묘비석을 비롯해 그 밖의 명나라 · 청나라 시대 중국에서 그리스도교 복음 전파에 힘썼던 여러 서양 예수회 선교사들의 묘비석을 한 곳에서 모두 볼 수 있었다는 것이고(놀랍게도 백여 개의 이 묘비석들은 베이징 북쪽 교외에 있는 중국 공산당 학교의 뒤뜰에 모아져 있었는데, 그것은 원래 예수회 수도원 학교이던 것을 공산당에서 접수해서 간부 양성 학교로 사용했기 때문이고, 다행스럽게도 문화 혁명 기간 중 이 간부 학교는 외부인들의 출입이 엄격히 통제되었기 때문에 묘비석들이 보존될 수 있었던 것이니, 이 무슨 역설적인 운명인가? 이곳의 출입은 아직도 통제되고 있는데, 이번에 이곳을 들어와 묘비석의 만주문·한문 글자를 모두 사진 찍고 베낄 수 있었던 것은 오로지 중국 천주교 애국회 중앙회의 특별한 배려 덕분이었다), 다음으로는 시안[西安] 비림碑林에서 대진 경교 유행 중국비大秦景教流行中國碑의 실물을 구경하고 그 탁본을 구해 올 수 있었던 일, 그리고 마지막으로는 내몽고 대학의 몽고 어문 연구소를 찾아가 저명한 원로 몽고어 학자 칭걸타이[清格爾泰] 교수와 파스파[八思巴] 문자 연구의 신예 학자 훅질투[呼格吉勒圖] 교수를 만나, 칭기즈칸이 달렸던 대몽고 초원을 함께 여행하면서 몽고족들의 생활 습관에 접하고 많은 이야기를 주고받을 수 있었던 일이다. 그러나 뭐니뭐니해도 이번 여행에서 나를 가장 들뜨게 하고 긴장시킨 일은 바로 이제부터 시작할 신장 위구르[新疆維吾爾] 자치구自治區의 알타이 산맥・텐산[天山] 산맥・일리강[伊犁江] 탐사 여행과, 그리고 특히 중국의 가장 서북쪽 끝(소련과의 국경 지대)에 있고 만주어와 만주 문자를 일상생활에서 쓰고 있는 찹찰 시버족[察布査爾錫伯族] 자치현自治縣을 방문하는 일이라 할 것이다. 나는 물론, 계속 나와 여행을 함께 해 온 중국 x대학 최xx 교수도 적잖이 흥분하고 긴장해 있었다. 베이징 공항에서 비행기로 5시간을 서쪽으로 날아가 고비 사막・알타이 산맥을 넘어 신장 위구르 자치구의 수도인 우룸치[烏魯木齊] 공항 도착, 꿈에도 그리던 장건張騫과 반초班超의 서역 땅을 밟게 된 것이다.

신장 지방은 과연 서쪽 나라였다. 베이징과 같은 표준시를 사용하기 때문에 출근 시간이 아침 10시고, 밤 12시인데도 길거리에는 많은 사람들이 다니고 있었다. 중국 전체 면적의 1/6이나 되는 넓은 땅(면적 160만 평방 킬로미터)에 위구르족・한족・카자흐족・회족・몽고족・키르기즈족・시버족・타지크족・만주족・다구르족・우즈베크족・타타르족・러시아족 등 13개의 민족(총인구 1천 3백여 만)이 모여 살아 민족 전시장을 이루고 있는 곳, 러시아 · 몽고 · 아프가니스탄 · 파키스탄 · 인도 등과 5천km에 이르는 국경선을 만들고 있는 곳. 웅대한 텐산 산맥과 알타이 산맥과 쿤룬[崑崙] 산맥이 나란히 동서로 달리고 있는 사이에 펼쳐져 있는 광활한 초원과 대지, 지하 자원 · 임산 자원 · 농축산 자원의 풍요함을 노래하는 천혜의 땅. 이곳에서 본 알타이 산맥 · 텐산 산맥 · 투르판[吐魯番] 분지, 특히 미려하기 비길 데 없는 해발 7천 미터 높이의 텐산 중턱에 있는 텐지[天池]못, 『서유기』에서 삼장 법사 일행이 '8백리에 펼쳐진 불꽃의 평원'이라고 불렀던 투르판 분지의 화염산火焰山 …… 등등의 장관은 다른 글에서 소개하기로 한다. 나의 주관심사는 시버족을 만나 그들의 생생한 언어와 문자에 접하는 일이다.

시버[錫伯]족은 원래 중국 동북방에 웅거했던 선비鮮卑 또는 실위室韋 족의 후손으로, 17세기 중반까지 그들은 말갈 · 여진 · 만주 족 들과 섞여 살면서 퉁구스화(Tungusicalization)하였고, 특히 청나라가 건립되면서 그들은 거의 남만주 지방으로 남하하면서 만주어 · 만주 문자를 받아들이게 되었던 것이다. 청나라 건륭 29년(1746), 시버족 역사의 최대 비극이자 시버 민족사의 일대 전환이 되었던 사건이 일어났다. 청나라 조정은 서북쪽 일리[伊犁] 지역의 국경 방비를 위해, '만주족과 형제 민족'인 시버족들로 하여금 이 지역에 가도록 결정한 것이다. 청나라 조정은 당시 성경盛京(지금의 심양瀋陽) 일대에 있는 시버족 군인과 그 가족 3,275명을 뽑아, 고향에서 4천 킬로미터 이상 떨어진 신장성[新疆省] 일리강 서쪽으로 강제 이동시켰던 것이다.

이 비극적인 민족의 이동과 그 후의 현지 정착 과정은 현재 시버족들 사이에 슬픈 역사의 기록으로 남아 있고, 많은 민요와 전설의 원천이 되었다. 그러나 시버족으로서는 눈물 없이 읽을 수 없는 이 사건이 언어학적·민족학적으로는 커다란 의미를 주는 사건이 되었다. 중국 각처에 있는 만주족들은 일부 후미진 지역을 제외하고는 한漢화하여 만주어를 거의 잊어버렸고, 시버족 중 중국의 동북 지역에 남아 있던 사람들은 만주족과 운명을 함께했지만, 서북쪽으로 이동된 시버족의 후손들은 현재까지 그들의 언어·문자(만주어·만주 문자)와 풍속을 보존하게 되었던 것이다.

우룸치에 도착하자 먼저 한 일은 이 곳에 살고 있는 시버족들을 찾아내는 일이었다. 다행히 내몽고 대학의 훅질투 교수가 소개해 준 시버족 학자 쿠처산[庫車山]·허원친[何文勤]·중량[中良]·할량[何靈]·퉁유춘[佟玉泉]·퉁컬리[佟克力] 등을 쉽게 만날 수 있었고, 그들과 만주어로 대화할 수가 있었다! 돌이켜보면 20여년 전 내가 대학원에서 우리말 계통 연구를 하겠다고 우리 조상님들이 사용하던 만주어 교과서와 사전인 <삼역 총해·팔세아·소아론·청어 노걸대·동문 유해·한한청문감> 등을 갖고 씨름하면서, 이 만주어로 대화할 때가 있으리라고는 꿈에도 생각지 못했다. 그런데 이미 완전히 죽어 버린 줄로만 알고 있던 이 만주어·만주 문자로 의사 소통을 하고 있는 꿈같은 일이 이제 벌어지고 있는 것이다. 물론 그들이 쓰고 있는 시버족들의 현대 구어는 내가 알아듣기 힘들었다. 그러나 내가 배운 만주어 문어는 그들이 충분히 알아들었고, 이 점은 며칠 후 우리가 찹찰 시버족 자치현에 들어가 그 곳 국민 학생·중학생들과 대화할 때도 역시 마찬가지였었다!

시버족 학자들과 여행사 직원들을 통해 우선 이 신장 지구 시버족들의 정보를 수집하기 시작했다. 이미 한국에서 얻은 지식대로 이 신장 위구르 자치구에는 시버족들이 다음과 같이 분포되어 있었다(1989년 8월 현재).

우룸치[烏魯木齊] 지구 1,316명
이닝[伊寧]시 1,677명
찹찰[察布査爾]현 17,362명
후오쳉[霍城]현 2,253명
공류[鞏留]현 1,283명
닐카[尼勒克]현 608명
타쳉[塔城]현 768명
그 밖 2,110명
모두 27,377명

이 밖에도 시버족들은 중국 전지역에 5만 6천여 명이 더 있는데(중국 전 지역의 시버족 수는 1982년 전국 인구 조사에 의하면 83,683명이다), 이들 중 만주어를 상용하거나 만주어 · 만주 문자로 교육을 하고 있는 곳은 위의 찹찰현밖에 없음을 알게 되었다. 따라서 다른 지역의 시버족이나 만주족들은 만주어와 만주 풍습을 익히기 위해 이곳 찹찰현으로 찾아온다는 것이었다.

앞에서 말한 대로 이들이 쓰고 있는 언어와 문자는 19세기까지 청나라의 만주족들이 쓰던 만주어 · 만주 문자와 크게 다르지 않다. 만주 문어에 없던 새로운 어휘와 차용어가 많이 도입되고, 만주 문자에 약간의 손질을 더해서 철자법이 조금 달라지기는 했지만(이 철자법 개정 작업은 이미 1947년에 이곳의 시버족들에 의해 이루어진 것이다), 이들의 언어는 본질적으로 만주어와 다름이 없고, 사실상 중국 동북 지구 흑룡강 유역의 극소수 만주인들이 쓰고 있는 현대 만주어와 비교해 보아도 방언차 정도만 드러내므로, 학자들 중에는 이 시버족의 언어를 만주어 방언으로 처리하기도 한다. 그러나 시버족들은 굳이 '시버어[Sibe Gisun]'라고 부르기를 주장하고 있고 중국 학자들도 모두 '시보위[錫伯語]'로 부르고 있다.

이제 우리는 찹찰 시버족 자치현으로 들어가기 위해 우룸치 공항에서 50명쯤 태울 수 있는 프로펠러 비행기를 1시간 정도 타고 다시 중국 서북쪽 끄트머리의 공항인 이닝[伊寧]에 도착하였다. 이닝에서 하나밖에 없는 외국인 호텔에 짐을 푸는 즉시 찹찰로 갈 수 있는 길을 찾기 시작했다. 이미 베이징과 우룸치에서 많은 중국인들이, 찹찰 지역은 중국과 소련의 국경 지대이기 때문에 외국인의 출입은 엄격히 금하고 있어 중국 건국 이래 이곳에 들어간 외국인이 없으니까 단념하는 것이 좋을 거라는 이야기를 나에게 들려주었다. 그러나 만주어를 상용하고 있는 곳이 있는 이상, 갈 수 있는 그 가장 가까운 곳까지 가 보자고 이리 왔던 것이고, 어떻게 해서든 들어갈 길을 찾아보려고 여기 왔던 터이다. 그런데 역시 그런 길은 없는 듯했다.

이닝시에서 자동차로 두 시간 정도면 갈 수 있는 곳, 그러나 이닝시 서남쪽으로 거대한 일리강이 흐르고 있고, 일리강 큰다리[大橋]를 건너야 찹찰 지구인데, 바로 이 일리강 큰다리에 군인들이 주둔하며 다리를 건너는 모든 사람과 차량을 검문하고 있는 것이다. 다리 초입새의 검문소 옆에 서서 멀리 강 건너 찹찰 쪽을 바라보며 탄식하다가 머리를 짜내 보다가 하기를 여러 시간, 검문소의 군인들에게 통사정을 해보기도 하고 같이 간 최 교수를 통해 이닝 시장이나 일리 지구장(정확히 말하면 '일리 카자흐 자치구장')에게 탄원할 길도 수소문했으나, 국가 안보와 관계되는 문제이기 때문에 절대로 '뿌싱不行'. 그 옛날 이 곳으로 강제 이동된 시버족의 조상들이 그랬던 것처럼, 도도하게 흐르는 일리강의 저녁볕을 하염없이 바라보다가 포기하고 호텔로 돌아온 것이 8월 21일 저녁 11시였다(앞서 말한 대로 이 지역의 시간은 우리나라보다 3시간 정도 빠르다). 그러나 이 날 밤은 도저히 잠을 이룰 수 없었는데 독자들께서는 내 심정을 잘 이해하시리라 믿는다.

다음날 8월 22일, 이 날은 내 개인에게도 뜻 깊은 날이지만, 어쩌면 찹찰현 역사와 시버어 연구 역사에서도 기억되어야 할 만한 날일 것 같다. 찹찰현 방문은 포기하고(이 포기를 위해서 얼마나 많은 고통이 있었는지는 아무도 모를 것이다. 베이징에서 여기까지 수천 킬로미터를 날아온 목적을 포기하는 것이다), 대신 이닝시 관광을 나서기로 했다. 택시를 하루 종일 전세 내어 이닝 시내에 있는 몇 군데 청진사淸眞寺(이슬람 교회당)와 시외의 후이유안 누각[惠遠鼓樓](청나라 건륭 황제 때의 옛 누각. 군사용의 큰 북이 있음) 등을 보려 한 것이다.

택시 운전사는 30세 정도의 성격 좋은 청년이었는데 이 운전사와 말을 주고받은 것이 얼마나 큰 행운이었던지! 놀랍게도 이 운전사는 시버족이었고 그의 고향이 바로 찹찰이란다! 한국인을 처음 본다는 이 운전사의 호기심은 내 여행의 목적을 알아내었고, 마침내 깜짝 놀랄 말을 들려주었다. "내가 군에 있을 때 바로 이 일리강 큰다리의 검문소 책임자였고 지금 지키고 있는 군인들은 모두 내 후배들이다. 시버족을 연구하기 위해 멀리 한국에서 여기까지 오셨는데 그냥 돌아가신다는 것은 말도 안 된다. 책임지고 일리강을 건너 찹찰로 안내하겠다!" 이게 꿈이 아닌가 하는 말은 바로 이럴 때 쓰기 위해 있는 말이 아니겠는가! 이 운전사의 이름을 밝힐 수 없음을 독자들은 이해해주시라.

어쨌든 우리는 택시를 타고 일리강을 건너 만주어·만주 문자가 살아 있는 찹찰 시버족 자치현으로 무사히 들어가게 되었다. 이 일은 실로 중화인민 공화국 건국(1948년) 이후 외국인으로서는 최초로 이 찹찰 지역을 방문한 사건이 되는 셈이고, 또한 외국인으로서는 최초로 이 지역에 들어와 시버어 자료를 수집하는 일이 되는 것이다. 지면을 절약하기 위해 여기서 보고 듣고 베끼고 사진 찍고 한 것 중 중요한 것만을 다음에 조목별로 기록한다.

1) 찹찰 시버족 자치현 개황

1954년 자치현 성립. '신장 위구르 자치구'의 '일리 카자흐 자치주' 안의 '일리 지구'에 소속. 텐산天山 산맥의 한 줄기인 우순[烏孫] 산맥 북쪽, 일리강 남쪽의 분지에 위치. 북위 43도 17분에서 57

분 사이와 동경 80도 31분에서 81도 43분 사이에 있는데, 동서의 최장 거리는 약 90킬로미터, 남북 최장 거리는 70여 킬로미터이다.

자치현의 총면적은 4,430.24 평방 킬로미터인데 그 중 평원이 전체 면적의 43.3%이고, 구릉지가 27%, 산악 지대가 28.7%이다. 이곳의 기후는 대륙성 기후에 속하지만 북빙양 기류의 영향으로 온화·습윤한 편이며, 초여름에는 비가 많아 연평균 강우량은 200밀리미터, 연평균 기온은 섭씨 8.5도(최고 기온 38.4도, 최저 -32.6도), 서리 없는 날 수가 165일이므로 각종 농작물의 성장에 적당한 편이다.

주산업은 농업(농민이 전체 인구의 70.7%)으로 경지 면적은 96.93만 무畝(1무는 6.667아르, 전체 면적의 14.58%), 주요 농작물은 보리·쌀·옥수수·밀·수수·감자·콩 등이며, 특산물로는 '참찰 수박'이 유명하다. 농업 다음으로는 광활한 초원(493만 무, 전 면적의 74.19%)의 덕택으로 축산업이 발달해서 소·양·말·돼지·당나귀·낙타 등의 생산이 성하고, 광산물로는 석탄·철·구리 등이 풍부하다.

전체 자치현 상주민의 총 인구수는 87,792명인

데 이 중 위구르족이 28,893명(32.91%), 카자흐족이 19,619명(22.34%), 시버족이 17,362명(19.78%), 한족이 1만 7천여 명, 그 밖에 18개 민족이 4천여 명이다. '찹찰(Cabcal, 察布査爾)'이란 말은 '곡창穀倉'을 뜻한다(cab'식량'+cal'창고').

교육 문화 시설로는 전문 대학 1개, 중학 15개, 소학 69개, 교직원 총수 1,832명, 학생 총수 26,154명, 영화관 1개, 노천 극장 1개, 병원 14개(병상 수 238개), 유선 방송국 1개, 신문사 1개, 기타 도서관, 문화관 등이 있다.

2) 찹찰 신문

현재 주 2회 타블로이드 크기 활자판 4면으로 발행되고 있는 중국 유일의 시버문(만주문) 신문인 『찹찰 신문(察布査爾報, Cabcal Serkin)』은 그 유래가 퍽 오래되었다. 이미 1920년대에 이곳의 일부 시버족 지식인들은 5·4 신문화新文化 운동의 영향으로 시버 문자판 부정기 신문을 유인油印해 발간한 일이 있었다. 그러다가 1946년 7월부터 '自由之聲報'라는 이름으로 주 2회 석판石版 신문을 내었고, 1948년 중국 정부 수립 후에는 '新生活報'로 이름을 고쳤다가, 1954년 2월부터 이닝 시내에 있는 일리 신문사에서 시버문 활자를 만들어 활판 인쇄를 하게 되었다. 1958년 무렵에는 발행 부수가 3천 부에 이르렀으나 1960년대 문화 혁명 기간 중에 폐간되었고, 다시 1974년 10월 '찹찰 신문'이라는 이름으로 복간되어 오늘에 이르고 있다.

현재 발행 부수는 1,300부로서 찹찰 지역은 물론 신장 일대의 시버족들에게 공급되고 있다. 활판 4면 중 제1면은 중앙 정부 및 전국 시버족들의 주요 활동 보도, 제2면은 이 지방 소식, 제3면은 문예 · 오락면, 제4면은 국내외 소식판으로 편집되고 있다. 1989년 12월 27일자 신문이 제2410호로서 매년 100회 정도 발간했다.

이 신문사를 방문하여 시버문 활자와 1년 치 신문을 얻어올 수 있었다.

3) 찹찰 유선 방송국

이 유선 방송국은 1958년 설립되어 정부 홍보에 주로 쓰이다가 1983년 시설을 현대화하고부터 본격적인 보도 · 교양 방송을 시작했다. 매일 8시간씩 시버어 · 중국어 · 위구르어 · 카자흐어의 4개 언어로 방송하는데, 특히 시버족과 위구르족·카자흐족의 전통 음악을 정규적으로 방송하여 인기를 얻고 있다.

이 방송국에서는 시버족 전통 음악과 시버어로 부르는 대중 가요를 녹음해 올 수 있었다.

4) 찹찰 시버 자치현 제1 소학교

자치현 내의 여러 학교 중에서 유일하게 시버어·시버 문자(=만주어·만주 문자)로 교육을 하는 곳. 6년제 수업을 하고 있는 이 학교의 현지 명칭은 'Cabcal Sibe Dzajy Siyan Ujui Ajige Tacikū(察布查爾錫伯自治縣 第一小學).' 시버 어문 교육은 6년 동안 매주 1시간씩만 하고 별도로 산수와 역사를 매주 1시간씩 4년간 시버어로 가르친다. 그 밖에는 모두 중국어(한어)로 교육한다.

이곳에서 사용하는 시버어로 된 교과서를 모두 구해 올 수 있었으나, 소수 민족의 교과서를 국외로 반출하는 일은 엄격히 금지되어 있었으므로 갖고 오기까지 퍽 신경이 쓰였다. 방학 중이었지만 학교에 나와 있던 이곳 선생님들과 학생들의 따뜻한 환영은 잊을 수 없는 추억이다.

5) 『시버 문화』 편집부

우룸치 시내 건중로建中路 54호에 있는 신장 인민 출판사 안에 『시버 문화』 편집부가 있다. 이곳에서는 중국 내에서 유일하게 시버어로 된 종합적 문예 잡지 『시버 문화(錫伯文化, Sibe Shu Wen)』를 편집·발간하고 있다. 1988년 1월 연 2회 발간 계획으로 시작된 이 잡지는 필자가 방문했을 당시 이미 제7집까지 나와 있었다.

4·6배판 100쪽 규모의 순수 시버어로만 꾸며진 이 『시버 문화』의 내용은 전문가들과 일반 독자들의 창작 문예 작품(시·소설·수필·희곡 등)과 시버족의 민요·민담·풍속 등을 발굴·게재하는 외에 언어·문자·역사 자료 등도 싣고 있고, 농민 독자를 위한 농사 지식·과학 상식·세계 소식 들을 다루기도 한다. 제1집은 1,100부를 찍었으나 독자가 많지 않아 제6집부터 400부만 발행하고 있었다. 책값도 제1집은 1원(한국 돈 200원 정도)이었으나 차차 인상되어 제7집은 1.45원이었다. 삽화와 사진 화보도 곁들이고 있는 이 잡지는 석판 인쇄를 하고 있는데, 어떤 시버족 노인 비터시(Bithesi, 서예가)님이 원고를 보고 백지에 시버

문자로 글씨를 쓴 후 그것을 석판에 올려 인쇄하는 방법을 쓴다. 시버족 젊은 세대의 생각을 잘 알 수 있는 흥미로운 책이었다. 영구적인 구독을 신청해 놓고 돌아왔다.

6) 신장 위구르 자치구 민족 어문 위원회

신장 지역 내의 소수 민족 언어·문자에 관한 연구와 번역·출판 등의 일을 관장하는 곳. 우룸치 시내 신화남로新華南路 41호에 있는 이 위원회는 신장 지방에 있는 소수 민족, 즉 위구르족·카자흐족·회족·키르기즈족·몽고족·동향족東鄉族·시버족·타지크족·우즈베크족·타타르족·만주족·러시아족·다구르족 들의 언어·문자(이 중 자기 문자를 갖고 문자 생활을 하는 민족은 위구르족·카자흐족·키르기즈족·몽고족·시버족·타지크족·우즈베크족·타타르족 들이다)·풍속 등을 각각 연구하는 분과가 있다. 이곳에서 많은 시버어 출판물이 나오고 있다.

이 밖에 찹찰과 우룸치에서 1980년 이후 시버어로 출판된 책을 상당히 구할 수 있었는데, 그 중요한 것만 들어 보면 다음과 같다.

시버족의 이동에 관한 고찰(1982)
古文觀止(1984)
시버족 민간 가곡집(1984)
시버족 속담(1984)
시버족 창작 가곡(1984)
重刻 淸文虛字指南編(1984)
시버족 민담집(1)~(6)(1984~89)
당나라 시 1백수(1985)
삼국지연의(1985)
시버족 간략 역사(1985)
시버족 사랑 노래(1985)
형제 민족 민담집(1986)
찹찰 시버 자치현 개황(1987)
시버 만주어 사전(1987)
옛 만주어 사전(1987)
시버어 어법(1987)
시버족 역사 자료 모음(1987)
慈禧太后演義(1988)
勸學篇(1988)
시버족 민요(1988)
청나라 시버족 사료 모음(1988)
시버 소설선(1988)
활 쏘는 마을의 후손(1989)
'한 야일락'의 싸움(1989)
서유기(1989)
시버족 풍속지(1989)
중국어-시버어 대조 사전(1989)

시버 기마병 투쟁기(1989)
만주어 입문(1989)
寓言故事(1989)

(한글학회, 『한글 새소식』 242호, 1992. 10. 5.)

칭기즈칸의 후예들 —몽고족—

한국어 속에는 일반인들이 생각하고 있는 것보다 훨씬 많은 몽고어 어휘가 들어와 있다. 한국어가 알타이 어족에 속한다고 믿고 있는 학자들 중에는 이 두 언어의 비슷한 어휘들이 거의 알타이 공통 조상 언어에서부터 전해져 온 것이라고 생각하는 이들도 있지만, 그것보다는 오히려 몽고족이 고려를 지배할 때 몽고어로부터 차용된 것이 훨씬 더 많다고 필자는 믿고 있다. 다만 우리 민족 자존심으로 인해 이런 사실을 별로 시인하려고 하지 않을 뿐인 것이다. 고려와 몽고의 다툼이 원나라 장수 살레탑撒禮塔의 침입(고려 고종18년, 1231년)부터 삼별초의 항쟁 종식(원종14년, 1273년)까지 40여년간 계속되다가 마침내 고려의 항복으로 근 80년간(충렬왕1년, 1275년~공민왕1년, 1352년) 실질적인 몽고 지배 체제의 고려 왕조가 되면서부터 고려 왕실에서 평민에 이르기까지 끊임없는 몽고족과의 접촉에서 어쩔 수 없이 우리말은 몽고어의 영향을 받게 되었던 것이다. 몽고족 자체의 문화는 고려인의 시각으로 볼 때 보잘것없는 것이었으나 몽고가 중원을 지배하면서부터 중국의 한漢 문화가 몽고를 통해 고려에 수입되었던 만큼 몽고어의 영향은 무시할 수 없이 강력해졌던 것이다.

이 몽고의 영향은 어휘의 차용 외에도, 고려인들을 민족주의에 눈뜨게 했고, 몽고 문자의 실용성에 자극 받아 마침내 훈민정음 창제의 위업을 이룩하게 한 것을 들 수 있겠다.

몽고어 차용어로 지금까지 널리 쓰이는 어휘를 들어보자면 '보라(매), 송골(매), 수라[御膳], 고마, 오늬[矢頭], 사마귀, 보라[紫], 오랑캐, 고니, 갈비, 보라매, 줄[銼], 고라니, 궁둥이, 구리[銅] 사돈, 설렁(탕), 수수[黍] …… 등 한없이 많다. 옛 문헌을 보면 조선조 시대에는 지금보다 훨씬 많은 몽고어 어휘들이 사용되었음도 알 수 있다. 몽고족들의 고려인에 대한 압력이 얼마나 강대했던지, 원나라가 망한 이래 우리 민족은 몽고족과 별로 접촉한 일이 없었음에도 불구하고 조선조 학자들은 끊임없이 몽고를 경계해야 하며 몽고말 교육을 계속해야 한다는 주장을 하고 있음을 볼 수 있다.

몽고가 20세기에 이르기까지 근 7백여 년간 우리 조상들의 마음속에는 비중이 막대한 존재로 머물러 있었으나, 소위 개화기 이후부터 우리는 몽고의 존재를 까마득하게 잊어버리고 말았다. 몽고는 원나라 멸망 이후에도 민족적 독립을 유지해 오다가 그 일부가 1924년 소련의 원조로 사회주의 인민 공화국을 설립하여 중국에서 분리되었다. 6·25 동란 중에는 북한을 원조하기도 했으며 1961년에는 국제 연합에도 가입한 독립국이다(중국에서는 이 나라를 외몽고라고 부른다). 그러나 실제로 몽고족의 문화적 전통을 이어받은 곳은 이 '몽고 인민 공화국'이 아니라 중국 영토 안에 편입되어 있는 '내몽고 자치구'이다. 내몽고 자치구는 1947년 5월 1일 호흐호트시를 수도로 설립된 지역으로 1백10만㎢의 면적에 1천9백85만의 인구를 가진 광대한 지역. 몽고 인민 공화국이 독립할 때 맺은 조약에 의해 현재의 중—몽 국경선의 대부분은 외몽고와 내몽고의 접경으로 이루어져 있는데, 이 몽고족도 중—소의 냉정한 관계로 인해 우리처럼 40년 간이나 민족 분단의 설움을 맛봐 왔었다.

외몽고의 인구는 1백91만4천7백 명(1986년 1월 현재)으로 그중 몽고족은 78%인 1백50만 정도이고, 내몽고의 몽고족은 2백50만 명이니 우선 수적으로 외몽고보다 내몽고의 몽고족 수가 1.6배 이상이나 된다(면적은 외몽고가 내몽고보다 조금 넓다). 외몽고는 소련의 영향으로 민족 문자를 버리고 소련 문자(키릴 문자)를 쓰고 있으나 내몽고는 13세기 이래 오늘날까지 몽고 문자를 써서 많은 문헌들을 출판·보존하고 있다.

중국 전 영토안의 몽고족 수는 3백41만1천3백67명으로 중국 내 소수 민족 중 8위(6위 만주족·7위 티베트족). 여기다 외몽고의 몽고족 1백50만을 합하면 몽고 초원 일대에 거주하는 '칭기즈칸'의 후예는 5백만 명 가까이 되는 셈이다(중국 몽고족은 내몽고에 2백50만 명, 요령성에 43만 명, 신장 위구르 자치구에 12만 명, 길림·흑룡강성에 20만 명 거주한다).

필자는 이번에는 내몽고 자치구까지 가보지 못했으나 북경·요령성·길림성 등지에서 많은 몽고족 학자들과 만날 기회가 있었다. 이들은 주로 호흐호트의 내몽고 대학과 북경의 중앙 민족 학원 출신으로 한때 유라시아 대륙을 몽고 준마로 종횡

무진 달리던 영웅 '칭기즈칸'과 몽고족 문화를 꽃피운 '쿠빌라이칸'의 후손이라는 굉장한 자부심을 갖고 민족 문화 창달에 전념하고 있었다.

필자와 가장 오래 대화를 나눈 몽고족은 요령 민족 출판사 사장 겸 편집장인 하시[哈斯] 선생. 하시 선생은 내몽고 대학 몽고 어문 학과를 나온 몽고족 문인으로 '요령성 통속 문학 학회', '심양시 몽고족 연의회瀋陽市蒙古族聯誼會'의 상무 이사직도 맡고 있다. 많은 문학 작품을 몽고어로 써서 발표하였고, 몽고족의 사화·전설·민요를 채록해서 몽고문과 한문으로 출판하였다. 그가 관계해서 나온 책 몇을 소개하면 『몽고족 역대 문학 작품선』(한문·1980), 『몽고족 근대 시가전』(몽문·1980), 『몽고 민가 1천수』(몽문·1981), 『布里亞特蒙古民間故事集』(한문·1984), 『呼倫貝爾民歌』(한문·1984) 등.

『몽고 민가 1천수』에 실린 '바얀 몽골(부유한 몽고)'이란 민가를 소개하면 다음과 같다.

"들에는 소와 양의 무리 / 떼지어 흩어져 노닐고 / 초원 곳곳에는 들짐승들 한가이 거니는데 / 이 땅 밑에는 / 금과 은이 가득히 묻혀 있도다. / 넘치는 물산과 자원 /

우리 모두 풍요롭게 간직하고 있도다. / 끝없는 재물과 행복이여 / 우리 모두가 그것들의 주인 / 끝없는 재물과 행복이여 / 우리 모두가 그것들의 주인."

현재 외몽고의 1인당 국민 소득은 8백 달러 정도. 그러나 몽고족들은 정신적으로도 물질적으로도 풍요함 속에서 지낸다고 생각하고 있다. 그들은 한때 인류 사상 가장 크고 강대한 제국을 건설하여 온 세계를 지배한 영웅의 후손이고, 그들의 종교(라마교)·풍속·언어·문자는 세계에서 가장 자랑스러운 것으로 그들은 믿고 있다. 사회주의 이념보다도, 자본주의의 눈부신 기계 문명보다도, 광활한 몽고 초원을 더욱 사랑하고, 빛나는 몽고 문화를 더욱 존중하는 몽고족—중국 소수 민족 중에서 가장 많은 출판량을 자랑하는 몽고족, 그 거대한 자부심 앞에서 필자는 마음에서 우러나는 외경심을 억제할 수가 없었다.

(『영남일보』 11677호, 1989. 11. 15.)

삿포로에서 듣보고 생각하며 (1)

삿포로에 오다

"터널을 빠져 나오니 눈의 나라였다."—가와바타 야스나리[川端康成]의 『설국雪國』이 이렇게 시작되던가?

2004년 3월 10일 오후 1시, 홋카이도[北海道]의 지토세[千歲] 공항을 빠져 나오니 그 곳은 참으로 '雪國'(눈의 나라)이었다. 아무리 북위 43도의 북쪽 나라라 하더라도, 내 조국이라면 꽃피는 3월 중순인데 이렇게 눈이 퍼붓다니. 쏟아지는 폭설을 뒤집어쓰며, 쌓여 있는 눈에 미끄러지며, 마중 나온 홋카이도 대학 대학원생과 함께 쾌속 전철을 타고 예약해 둔 시내의 숙소[Weekly Mansion]로 들어왔다.

숙소는 내가 앞으로 6개월 간 머물 홋카이도 대학 문학부까지 걸어서 5분 거리라 편리하긴 하지만, 있으리라 예상했던 식당이 없었고, 또 가장 실망스러웠던 것은 방에서 인터넷을 할 수 없다는 것, 그렇다면 이 집에 있을 이유가 없다. 어차피 예약한 것이니 1주일 동안만 여기서 묵기로 하고 내일 학교로 들어가, 자리가 당장 있을는지는 몰라도, 학교의 게스트 하우스를 신청해 보기로 했다. 객실에 들어와 대충 짐을 풀고 잠시 침대에 누워 쉰 후, 숙소를 나와 걸어서 대학 구내 식당으로 갔다. 식당까지도 걸어서 5분 거리라, 인터넷만 된다면 계속 머물 만한 집이다.

식당이 있는 곳은 클라크 회관 안, 학생과 교직원 겸용 식당이다. 클라크가 누구인가? 1876년 이곳 삿포로[札幌]에 이 홋카이도 대학의 전신인 삿포로 농업 대학을 설립했던 미국인 교육자 윌리엄 클라크(William S. Clark) 총장, 그것보다 이분이 유명해진 것은 이분이 일본을 떠나는 고별 강연에서 학생들에게 말한 "Boys, be ambitious!" 때문이었다.

식당은 전형적인 일본식 카페테리아. 잗다란 그릇에 옹기종기 담아 놓은 갖가지 밥과 반찬 중에서 먹고 싶은 것을 소반에 담아 계산대에 가서 계산하고 먹으면 된다. 1엔 어치를 사도 꼭 발행해 주는 영수증에는, 내가 가져온 음식의 소금 양과 총 칼로리를 자동으로 계산하여 찍어 주는 서비스를 하고 있다.

3월 11일 오전, 대학 문학부로 가서 가도와키 세이이치[門脇誠一] 교수를 만났다. 문학부 언어 정보학과 정교수인 그는 한국어－일본어 대조 연구를 전공하는 분으로, 나와는 25년 동안 교유하고 있고, 이번에 나를 초청해 주신 분이기도 하다. 2002년 7월에 이곳에서 만난 적이 있으니까, 1년 8개월 만의 상봉이다. 고맙게도 기대하지 않았던 내 연구실을 마련해 두었다. 후루카와[古河] 기념관이라고 1906년에 만들어진 고색 창연한 2층 목조 건물의 108호. 그러나 이 건물은 프랑스 르네상스 풍의 아름다운 지붕을 가진 유형 문화재로서 현재 문학부 교수 연구실로 사용하고 있으니, 이 점에서도 일본인들의 한 면모를 엿보게 한다. 내가 초등학교 교실에서 보았던, 위로 밀어 올리는 창문이 있고, 복도를 걸을 때 계속 삐걱거리는 소리가 나는 건물이니, 100년 전 모습을 그대로 간직하고 있는 것이다. 연구실은 서양식 건물답게 상당히 넓었고 천장이 아주 높았으며, 무엇보다 반가운 것은 인터넷이 되는 컴퓨터가 있다는 것. 또 가도와키 교수에게 고마운 것은 3월 19일부터 학교 안에 있는 게스트 하우스에 6개월 동안 있을 수 있도록 주선해 준 것. 내가 이분을 우리 학교로 초청할 경우에 우리 학교와 나는 이분에게 이런 배려를 해 줄 수 있을까 하는 생각을 잠깐 해 보았다.

연구실에 와서 우선 컴퓨터부터 열어 보았는데 '한글' 지원이 안 되고 있어 메일을 읽을 수 있을 뿐 한글로 글을 쓸 수는 없고, 내가 가져갔던 노트북 컴퓨터는 110볼트 용 플러그를 깜빡 잊고 안 가져와 이용할 수 없는 상황. 할 수 없이 누구 컴퓨터 도사가 나타날 때까지, 그리고 110볼트 용 플러그를 구할 때까지 기다려야 했다.

220볼트에서 110볼트로 바꾸는 플러그가 일본 안에는 없음을 안 것은, 며칠 동안 시내 전기상을 돌아본 후의 일. 앞으로 일본에 올 분들은 나와 같은 실수를 되풀이하지 말아야 할 것이다. 서울에서 컴퓨터 관계 회사를 경영하는 외우畏友 성충기 사장에게 하소연했더니 곧 특급으로 플러그를 보내준다는 메일이 오고, 박사 학위 논문을 준비하고 있는 한국인 유학생이 찾아와, 연구실의 컴퓨터를 만지작거리더니 얼마 안 가 한글을 쓸 수 있게 만들어 주었다. 오프라인 세대의 비애를 다시 절감했다. 그러나 이것은 사실 세대 차의 문제가 아니라 내 게으름의 소치이겠다. 어쨌든 아쉬운 대로 한글 문서 작성은 할 수 있게 되었고, 고국의 여러분들께 삿포로 통신을 어설프게나마 보낼 수 있게 된 것에 감사한다.

홋카이도 대학

지금은 거의 안 쓰이지만 22년 전 내가 이곳에서 있을 때만 해도 흔히 듣던, 그러면서도 삿포로에서만 쓰인 일본말에 '삿총(サッチョン)'이란 단어가 있었다. '삿포로 총각'의 준말인데, 놀랍게도 '총각'이란 한국어가 일본에 차용되어 쓰이고 있었던 것이다. 아직도 일본어 사전에 '총가(チョンガ)'란 말이 '총각, 독신 남자'란 뜻으로 등재되어 있고 한국어 '총각總角'에서 왔다고 풀이되어 있기는 하지만, 요즈음 일본의 대학생들은 이 말을 들어본 적이 없다고 말한다. '김치'같은 특산품이 아닌 '총각'이란 한국말 단어가 일본에 차용되어 있다는 점이 신기하기도 한데, 아마도 일제 시대 일본 남자들이 독신으로 한반도에 많이 와 있었기 때문에 그들을 부르던 '조선말'이 일본에 들어가게 되었던 듯 싶다. 이 곳 홋카이도는 일본인의 표현대로 '일본의 프런티어의 땅, 끊임없는 꿈이 펼쳐지는 북녘의 대지'였으므로 일본 남부에서, 그리고 외국에서 많은 '이방인'들이 모여와 살았고, 그 중에는 독신으로 오는 남자들이 많았으므로, 다른 지역에서는 쓰이지 않는 '삿총'이란 말이 생겨난

것일 게다. 하여튼 22년 전 그때도 나 혼자 이곳에 와 있었으므로 나보고 일본인들이 '삿총'이라고 부르던 기억이 있다.

이 홋카이도에 다시 나는 '삿총'으로 왔다. 22년 전이 아니라도, 재작년 여름에 대학원생들을 데리고 이 대학의 세미나에 참석한 일이 있으므로 이곳은 나에게 그리 생소한 곳은 아니다. 아니, 이번에 내가 몸담고 있는 대학에서 해외 파견 연구비를 받아 강의를 비롯한 모든 학교의 의무에서 해방되어 외국으로 가게 되었는데, 내가 이곳을 택한 이유도, 지금 내 나이에 무슨 개척 정신으로 새로운 나라를 찾아가기도 그렇고 해서 마음 편하게 지낼 수 있는 곳을 찾자고 이리 오게 된 것이다.

이 홋카이도는 일본 4개의 큰 섬 중에서 두 번째로 큰 섬. 우리 남한 땅에서 제주도와 충청북도를 뺀 넓이와 비슷하다니까 '대지'라는 표현이 걸맞은 곳이다. 이 홋카이도 섬의 도도道都가 바로 삿포로인데, 나를 초청해 준 홋카이도 대학은 이 삿포로시의 북서쪽에 위치하고 있다. 삿포로시의 인구는 현재 185만 명 정도이지만 그 넓이는 서울의 2배나 된다고 하니, 얼마나 넉넉한 도시인지 쉽게 짐작할 수 있다. 이 대학의 위치는 옛날에는 물론 변두리였겠지만 130년 가까이 한 곳에 있다보니 이제는 주위가 많이 개발되어, 이 학교에서 걸어서 10분 거리에 백화점과 삿포로 국철國鐵 역과 상가가 있어, 생활하기에 편리한 곳이 되었다. 홋카이도는 원래 아이누족들만 살던 땅이었는데 남쪽으로부터 일본인들이 들어와 아이누족들은 거의 흩어져 버리고, 물론 지금은 일본인들이 훨씬 더 많다. 이 홋카이도와 아이누에 관한 이야기는 다음으로 미루고, 오늘은 앞으로 내가 8월까지 몸담고 있을 홋카이도 대학에 대해 말하고자 한다.

홋카이도 대학은, 1876년 당시 미국 매사추세츠 주립 농업대학 학장이었던 윌리엄 클라크박사가 일본 메이지[明治] 정부의 초정을 받아 이곳에 와서 이곳 풍토에 적합한 농업 기술을 개발 · 연구하기 위해 세운 삿포로 농업 대학에서 출발한다. 이 삿포로 농업 대학은 도쿄와 교토에도 대학이 없던 시절에 개교했기 때문에, 홋카이도 대학은 일본 최초의 대학이라는 자부심을 갖고 있다. 클라크 박사는 이 대학을 설립하고 다음해 귀국하였는데, 귀국할 때 그가 남긴 "신사가 되어라(Be gentleman)! 젊은이여, 야망을 가져라(Boys, Be ambitious)!"는 말이 일본 교과서에 실려서 유명해진 분이다. 현재도 이 클라크 총장의 흉상이 캠퍼스 안에 있고 관광 명소로 알려져 미국인, 한국인 등 많은 이들이 찾아온다.

삿포로 농업 대학은 그 후 도후쿠[東北] 제국 대학 농과 대학(1907년), 홋카이도 제국 대학(1918년) 등으로 소속과 이름이 바뀌었다가 1947년 지금의 이름으로 고정된다. 현재 11개 학부(우리의 단과 대학에 해당), 14개 연구과(우리의 대학원에 해당), 2개 부속 병원, 3개 부설 연구소(우리의 연구원에 해당), 14개 연구 센터(우리의 연구소에 해당)를 가지고 있고, 세계의 40여 개 대학과 교류 협정을 맺고 있지만(한국의 서울대, 전북대, 영남대, 충남대, 연세대, 강원대 포함), 이런 외형적인 규모는 적어도 일본의 대학을 이야기할 때에는 별 의미가 없다. 얼마나 내실 있게 대학을 운영하고 있는가가 문제이고, 우리나라 대학이 본받아야 할 점이라 생각되는 것이다. 이제 내가 가장 부러워하고 있는 이 대학의 경영 모습을 일부라도 소개하려 한다.

작년 말 현재 학부 학생 10,636명, 대학원생 5,699명, 외국인 유학생 773명(이 중 한국 학생이 50명 정도)으로서 외국인을 제외하고 전체 학생

수로만 본다면 내가 재직하고 있는 대구 가톨릭 대학보다 조금 큰 편인데, 이들을 지도하는 교수 수는 무려 2,135명이나 되고 연구나 강의를 뒷받침하고 있는 사무 직원과 기술 직원은 (일용직, 잡급직을 제외하고) 1,908명이 된다. 물론 국립 대학이니까 교직원 확보율이 높은 편이겠지만, 교수와 학생과의 비율이 1 대 8이니 놀라지 않을 수 없다. 얼마 전 한국에 있을 때 어떤 여론 조사 기관이 가장 훌륭한 국어 국문학과가 있는 대학이 어디며 왜 그렇게 생각하느냐고 나에게 묻기에, 단연 서울대이고 교수 수가 가장 많기 때문이라고 대답한 일이 생각난다.

그러나 이렇게 교수들과 사무 직원들을 많이 채용해서 월급만 축내게 한다고 좋은 대학이 될 수는 없다. 이 대학이 왜 부러운가는 다음과 같은 사소한 점들 때문이다. 우선 나에게 제공된 연구실이 있는 후루카와 기념관은 1906년 설립된 이 지역 최초의 서양식 2층 목조 건물로서 아름다운 프랑스 르네상스 풍의 지붕을 갖고 있는 유형 문화재이다. 여기에는 내 연구실을 포함해서 연구실이 모두 9개가 있는데(결국 이용하는 교수가 9명 미만이라는 뜻이다), 현관에는 24시간 수위가 앉아 출입자를 점검하고 있다. 우리의 아파트처럼 수위 2사람이 격일제로 근무하고 있는 것이다. 내가 볼일이 있어 일요일 밤에 나왔더니 변함없이 수위가 그 자리에 앉아 나를 맞이했다. 결국 10명 미만의 교수 연구실을 위해 학교는 이렇게 배려하고 있는 것이다. 이 대학의 교수 연구실이 있는 모든 건물이 이와 같은 상황이라, 교수들은 한밤중이라도 연구실을 마음 놓고 출입할 수 있는 것이다.

선진국 대학엘 갔다 온 교수들치고 그 대학 도서관을 말하지 않는 사람은 별로 없지만, 나도 이 홋카이도 대학 도서관 이야기를 하지 않을 수 없다. 장서 수가 350만 권이나 되고(대구 경북대 도서관 장서가 250만 권이고, 장서 수가 전국 두 번째라는 말을 출국 얼마 전에 들었다) 어떻고 하는 외형적인 이야기가 아니다(사실 일본에서 한 도서관의 장서 수는 별 의미가 없다. 국내 모든 도서관의 장서를 전국 어디에서나 이틀 안에 빌려 볼 수 있으니까). 이 도서관은 평일에는 아침 9시부터 밤 10시까지 서고를 비롯한 모든 시설을 개방한다. 그러려면 이 시간 중에는 모든 직원들이 근무해야 한다는 말이 된다. 나는 거의 매일 아침 9시 10분 경, 연구실 가는 길옆에 있는 이 도서관에 들러 신문을 훑어보는데, 한번은 조금 일찍 8시 50분에 도착한 일이 있었다. 당연히 문이 닫혀 있으리라 믿고 현관 앞에서 기다리려는데, 안에서 이미 들어가 있던 한 학생이 나오는 것을 보고 안으로 들어가 2층 신문실로 가 봤더니, 그 날 조간 신문이 여느 때와 꼭 같이 이미 잘 정리되어 있어 감격한 일이 있었다. 그 날만 그랬던 게 아닌 것이, 그 뒤에도 같은 일을 가끔 겪었으니까!

이 대학 안에는 기이하게도 관광 명소가 많다. 위에서 말한 클라크 흉상을 비롯해, 후루카와 기념관, 중앙 잔디, 종합 박물관, 느릅나무 숲(느릅나무는 영어로 elm tree, 이 elm에서 온 일본어 '에루무(エルム)'가 바로 이 대학의 상징이다), 포플러 가로수 길, 은행나무 가로수 길, 시계탑, 식물원 등은 이미 세계적인 관광 명소가 되어 이 중 어떤 것은 한국 여행사의 홋카이도 관광 코스에도 들어가 있고, 길거리 안내판에는 한글로도 이 곳 표시를 해두고 있다(특히, 마지막의 식물원은 입장료가 우리 돈으로 4,500원이나 된다). 진리의 상아탑이어야 할 대학이 입장료까지 받는 관광 코스라니 그 무슨 발칙한 소리냐, 그러다가 대학 이미지 다 깨지고, '깨끗한 대학'이 아니라 '지저분한 대학'이 되

어 연구 분위기가 저해된다고? 요즈음 한국 대학가에 불어 닥친 경제 논리가 아니라도, 세계의 시민들이 이렇게 찾아와 보고 잔잔한 감명을 안고 돌아갈 수 있는 대학이라면, 인구 증가율이 떨어져 학생 수가 좀 줄어든다고 입학처에서 밤잠 못 이룰 일은 없으리라 생각된다.

또 한 가지, 이 대학에서 내가 부러웠던 점은 연구 공간을 충분히 제공한다는 점. 중앙 도서관 말고도, 문학부에도 도서관이 있고, 내가 소속된 언어학과에도 따로 도서관이 있다. 그 도서관은 겨우 연구실 정도의 넓이가 아니라, 대형 강의실 크기이다. 각종 사전을 비롯한 기본적인 공구서는 똑같은 책이 중앙 도서관에도, 문학부 도서관에도, 언어학과 도서관에도 중복 소장되어 있다. 이 책들은 물론 중앙 도서관에 모두 등록되어 있다. 예산 낭비라고? 그러나 중요한 것은 돈이 아니라, 보다 편리하게 연구할 수 있는 환경이다. 각 학과 도서관마다 대학원 학생들이 공부하고 논문을 쓸 수 있는 충분한 공간과 컴퓨터가 마련되어 있다. 그리고 이 도서는 장서 수에 따라 학과 조교가 관리하기도 하고 따로 사서를 채용하기도 한다.

도서관과 관련하여 22년 전에 겪었던 일 한 가

지를 말하고자 한다. 당시 소련 잡지에 실렸던 여진어 관계 논문이 필요해서 중앙 도서관에 갔더니, 그 잡지는 사학과 도서관에서 보관하고 있다고 그리 가라기에 사학과로 왔다. 이 학과는 학과 도서관 담당 사서가 따로 있었는데, 그 직원 말이, 자기는 동양서 담당이라 잘 모르고 서양서 담당자가 잠깐 나갔으니까 조금만 기다려 달라고 했다. 옆에 앉아 기다리면서, 그 동양서 담당 사서의 하는 일을 보고 있었는데, 그 사서는 새로 들어온 아랍어 책들과 몽골어 책들을 정리하며 책 제목과 저자 등 서지 사항을 아랍 문자와 몽골 문자로 노트에 적고 있었다. 깜짝 놀라 몇 개 국어를 아느냐고 물었더니, 좀 겸연쩍어 하면서 깊이 있게는 몰라도 아랍어, 히브리어, 몽골어, 힌디어, 한국어 등은 사전을 찾아 가며 읽을 수 있다고 말한다. 실제로 그 노트를 보니 이런 문자들로 서지 사항이 기록되어 있었다. 이 사서는 몇 년 전에 사서로서 정년퇴직하고 지금은 다른 사람이 와 있었는데, 이 새로 온 사람도 역시 같은 일을 하고 있었다. 그런데 그들은 교수가 아니었던 것이다.

그 대학이 그렇게 좋으면 돌아오지 말고 거기서 살라고? 사실은 22년 전부터 그러고 싶었는데 끝내 그렇게 하지 못했다. 그러니 지금 이 나이에 어떻게 하겠는가? 그냥 부러워하고만 있어야지…….

(『한글 새소식』 381호, 2004. 5. 5.)

삿포로에서 듣보고 생각하며 (3)
—아이누족과 아이누말—

지금은 없어진 듯하지만 몇 년 전까지 우리나라의 상당히 유명한 옷 제조 기업체에 '주식회사 논노'라는 회사가 있었던 것으로 기억한다. 주로 여성 옷을 만드는 회사였는데, 이 '논노'라는 말은 같은 이름의 일본 의상 잡지에서 따 온 것으로 대개 알고 있다. 그런데 '논노'라는 말은 무슨 뜻의 어느 나라 말일까? 여성 옷 관계 잡지니까 아마도 이탈리아말이거나 프랑스말일 거라고 생각하는 분들이 많은 듯하다. 그러나 이 '논노'는 바로 이제 이야기할 아이누말로서 '꽃'이라는 뜻을 갖고 있으니, 여성 의상 잡지 이름으로는 아주 잘 붙인 이름이라고 생각된다.

내가 머물고 있는 이 홋카이도는 원래 아이누

족의 땅이었다. 언제부터 그들이 이곳에서 살아왔는지 알 수 없지만 일본 옛 기록에 이미 15세기에 일본인들과 이 곳 아이누족과의 충돌 사건이 있었다고 씌어 있다. 일본 역사책에는 고대부터 이곳에 사는 민족을 한자로는 '蝦夷, 夷, 狄'으로 적고 '에조', '에미시'로 읽어 왔었는데, 이 민족이 현대 아이누족의 조상이 되는 것이다. 아이누족은 이 곳에만 있었던 것이 아니라, 남쪽으로는 일본 혼슈와 북쪽으로는 사할린섬과, 알래스카에 속하는 얼루션 열도에도 살았던 흔적이 있다. 그러다가, 아마도 일본인들과 러시아인들에 밀려서, 차차 이 홋카이도로 모이게 된 것으로 생각된다. 그래서 이 민족이 원래 남쪽에서 올라온 폴리네시아 계통인지, 아니면 대륙에서 내려온 북방 계통인지 아직 학자들의 정설이 없다. 이 민족의 기원과 고대 역사에 관해서는 거의 알려진 것이 없다는 말인데, 그것은 이 민족이 역사를 기록할 문자를 갖지 못하였기 때문이다.

아이누족이 원래 일본 땅의 주인이었는데, 일본인들이 들어와 이들을 북쪽 홋카이도 땅으로 몰아낸 것인지 아직 확실히 알 수 없다. 그러나 일본인들 중 '아이누'를 마치 자신들의 먼 조상인 듯한 생각을 하는 사람들이 가끔 있음을 보았지만, 언어학적으로 아이누말을 보거나 형질학적 관점에서 그들의 체질을 보아서는 아이누족은 일본인들과는 아주 다른 민족임에 틀림없다.

어쨌든 홋카이도의 주인이었던 이 아이누족이 지금은 그들의 말도, 문화도, 혈통도 다 잃어버렸다. 혈통마저 잃어버렸다는 말은 현재 순수한 아이누족이 있는지조차 알 수 없고, 있다면 일본인들과의 혼혈에 의한 아이누계 일본인들만 남아 있다고 보는 것이 현실이기 때문이다. 학자들의 조사 결과로는 20세기 후반 홋카이도에 약 15,000명, 사할린에 약 1,300명의 아이누족이 있다고는 하지만, 그들은 아이누의 말도 풍습도 거의 잊어버리고 있는 형편이므로, 그들이 스스로 아이누족이라고 하는 말을 믿고 발표한 위의 통계 숫자를 어디까지 믿을 수 있을는지 모르겠다.

홋카이도의 남쪽 지역인 시라오이[白老]라는 곳은 20세기 초반까지만 해도 아이누족이 굉장히 많이 모여 살던 곳이었는데, 그 많던 아이누 부락은 다 없어지고 지금은 아이누 민족 박물관이 있어 관광객을 맞이할 뿐이다. 한국 여행사의 관광코스에도 들어 있지만, 이 민족 박물관을 지키는 아이누인은 관광객을 보면 "Totek no es-okay ruwe? (안녕하십니까?)"라고 유창한 아이누말로 인사를 하는데, 이것을 보면 우리가 제주도를 찾을 때 관광 안내원인 아가씨에게서 제주도 방언으로 하는 인사를 받은 일이 생각난다. 그 아가씨가 쓰는 제주도 말이 어렸을 때 그녀의 어머니에게서 배운 말이 아니라 관광 안내원이 된 후 필요에 의해 배운 말이듯이, 이 아이누인의 아이누말도 직업상 다시 배운 말인 것이다.

이렇게 아이누족이 몰락하게 된 것은, 1457년 일본인에 대한 홋카이도 아이누족의 대규모 저항의 결과 일본인 호족 가키자키[蠣崎] 가문이 홋카이도의 아이누족을 합법적으로 지배하게 되었고, 그 이후에도 1669년, 1789년 대규모의 저항에서 일본인들의 무자비한 아이누 학살로 인해 많은 아이누인들이 희생되었기 때문이다. 일본의 아이누 정복 역사를 보면 스페인의 아메리카 인디언들에 대한 정벌이나, 미국의 하와이 침략, 러시아의 시베리아 정복과 조금도 다름없는 비인간적 무력 행사였다. 그 이후에도 아이누의 저항과 일본의 살육은 계속되어, 19세기 전반에 홋카이도의 아이누 인구는 약 70%로 감소되었다 하니 그 상황을 짐작할 수 있다.

다시 1870년(메이지 3년) 일본의 메이지 정부에 의해 이 아이누 땅을 홋카이도라는 행정 구역으로 확정하고부터 일본 정부의 끊임없는 동화 정책에 의해 아이누족은 일본식 이름을 만들어 일본 호적에 편입되어야 했으며, 일본 학교에서 교육을 받지 않으면 안 되게 되었던 것이다. 이로 인해 20세기 초기까지 홋카이도 도처에 있던 아이누족의 자연 부락은 세계 대전 이후 찾아볼 수 없게 되었으며, 이전에 녹음된 아이누말을 들으면 무슨 뜻인지 알아들을 수 있다는 할머니가 아직 홋카이도에 몇 사람 있다고 하지만, 언어로서의 아이누말은 20세기 중반 이전에 이미 사라져 버리고 만 것이다.

아이누족에 관한 인류학적, 민속학적, 언어학적 연구는 일본과 유럽의 학자들에 의해 많이 이루어졌다. 내가 관심을 갖고 있는 아이누말에 관해 이야기하기 전에 이 민족의 인류학적, 민속학적 연구 성과를 잠시 먼저 소개하고자 한다.

언어와 마찬가지로 아이누족의 체질도 독특하여 현대 세계의 어떤 민족과도 친연 관계가 없다고 한다. 흔히 아이누족은 키가 작은 민족이라고 알려져 있으나 현대 아이누의 남자 평균 키가

160.54㎝라고 하니 일본인 평균과 비슷하여 그리 작은 키라고 할 수는 없다. 가슴 부위가 비교적 길고 아랫도리가 짧은 편이며, 어깨와 허리, 가슴 둘레가 커서 건장한 체격을 갖고 있다. 머리 길이도 아주 큰 편으로(198.36㎜) 세계의 인종에서 그 유례를 찾을 수 없을 정도이다. 그러나 머리의 폭은 오히려 작아 이른바 긴 머리형[머리 길이－넓이 지수 75.95]에 속한다. 폴리네시아 인종이 긴 머리형이므로 이들과 비슷한 편이지만 머리 크기가 서로 아주 다르고, 한국·몽골·만주 인종은 짧은 머리형에 속하므로 아이누족은 이른바 알타이 계통도 아니다. 눈은 깊고 코는 넓은 편이며, 아이누의 특징이라고 하는 몸의 털은 팔다리와 배, 가슴, 등판 부위에 많다. 한국과 일본 어린이의 엉덩이 부분에 많이 나타나는 이른바 몽고 반점은 아이누 사람들에게는 드문 편이라고 한다. 눈자위는 검은 갈색이고, 어릴 때부터 쌍꺼풀의 눈을 갖고 있다. 귀는 큰 편이고, 광대뼈는 크지 않으며, 이빨은 가지런하여 비뚤어진 배열은 거의 없다고 한다.

전통적인 아이누의 식사 횟수는 하루 한 번 또는 두 번이었고, 주로 동물질과 해산물, 그리고 야생 식물의 열매(산포도, 조릿대 열매 등), 잎과 뿌리(머위, 쑥, 나리, 얼레지 등), 해초(김, 다시마 등) 등을 섭취했다. 짐승은 뼈와 모피 이외의 모든 부분을 먹었고, 물고기는 말리거나 얼리거나 그을려서 저장했다. 동물질은 일정 부분 생식했고, 사람고기를 먹는다는 전설이 있었지만 확인된 일은 없다. 17세기 무렵부터 원시적인 농업 생산을 하면서 조와 피를 경작했고, 일본인에게서 소금을 얻어오기 전에는 바닷물로써 음식의 간을 맞추었다. 월귤나무 등의 야생 열매를 발효시켜 만든 전통적인 탁주가 있어서, 최근까지도 제사에 사용되었다.

아이누의 가족은 원래 부모와 미혼의 자녀를 중심으로 하는 핵가족이었고, 여기 배우자를 잃은 조부모가 함께 있는 일이 있기는 해도, 원칙적으로 두 부부가 동거하는 일은 없었다고 한다. 그러다가 19세기 말 농경 생활이 성해지면서 대가족제가 늘어나게 되었다. 사촌 동기와의 혼인과, 특히 이종(이모의 자녀)간의 혼인은 엄격히 금지되었다. 다시 재종(육촌) 동기간, 숙질간 등의 근친혼도 하지 않음이 원칙이었다. 죽은 남편의 형제와 결혼하는 이른바 레비레이트(levirate) 혼인은 가능했지만, 죽은 부인의 자매와 결혼하는 소로레이트(sororate) 혼인은 금지된 것은 아니지만 일반적으로 받아들이지 않았다. 배우자가 사망하고 자녀가 아직 어렸을 경우, 레비레이트 혼인에 의해 가족의 재구성이 이루어지지 않으면, 가족은 해체되고 어린 자녀 중 남자 아이는 아버지 쪽으로, 여자 아이는 어머니 쪽으로 데려가서 키워졌다. 이혼할 경우도 마찬가지였다. 혼인 나이는 남자 19~20살, 여자 16~17살이 보통이고, 본인의 뜻이 존중되었다. 결혼 예물로 남자 쪽이 여자 쪽에 칼, 그릇, 가구 등을 보냈다. 가족을 뜻하는 낱말은 아이누말에 없고, 가장 비슷하다고 생각되는 'ir'라는 말은 가족보다 넓은 친족을 가리킬 때도 사용된다.

아이누족에게는 전통 음악과 춤이 있다. 음악은 가요가 중심인데, 연애 노래, 노동 노래 및 '유카라'라고 불리는 많은 영웅 서사시 노래 등이 있다. 모두 반음계 음정에 의한 짧고 단순한 선율의 반복이다. 전통 악기로는 '묵쿠나' 또는 '묵쿠리'라고 불리는 대나무 악기와 '톤코리'라고 불리는 오현금五絃琴이 있다.

춤에는, 본래 마귀를 위협하는 주술적인 행진에서 나온 춤과, 제사 때에 샤먼[무당]이 신의 모습으로 꾸며 추는 가면 무용극에서 나온 춤이 유명하다. 지금도 위에서 말한 시라오이의 민속 박물관에서 이 음악과 춤을 공연하고 있다.

아이누의 종교는 샤머니즘의 색채가 짙다. 그들에 의하면 우주는 수직적인 3단계로 나뉘어 있는데, 하늘 위의 세계, 땅 위의 세계, 땅 밑의 세계가 그것이다. 하늘 위의 세계는 '칸토'라고 불리고, 거기에는 신들이 사는 곳이 있다. '칸토'는 다시 '아래쪽 칸토, 위쪽 칸토, 가장 위쪽 칸토'로 나뉘고, '가장 위쪽 칸토'에는 우주의 최고 신인 '칸토 코르 카무이(Kan-to-kor-kamuy, '하늘을 가진 신'의 뜻)'가 살고 있다고 하는데, 이 '칸토 코르 카무이'는 태양의 신, 또는 우레의 신으로도 나타난다. 땅 밑의 세계는 죽은 사람의 영혼이 사는 곳이고, 그 가장 아래에 '질퍽질퍽한 땅 밑 나라'가 있어 여기에는 악한 인간의 영혼이 가서 산다고 믿는다. 신이 인간 세계를 찾아올 때는 동물이나 다른 특별한 모양을 하고 오지만, 평소 '칸토'에 머물 때는 인간과 같은 모양을 하고 사람처럼 생활한다는, 인격신의 관념을 그들은 갖고 있다. 또한 애니미즘(animism)적 사고도 널리 퍼져 있는 듯하다.

아이누말은 이른바 집합어(polysynthetic language)에 속한다. 집합어란 말은 문장 성분이 서로 뒤섞여 한 낱말처럼 보이는 언어이다. 예를 들어

"usaoruspe aeyaykotuymasiramsuypa."라는 말은 '여러 가지 소문에 대해 우리는 스스로 깊이 계속 생각하고 있다.'라는 뜻인데, 이 문장을 분석하면 'usa-oruspe, a-e-yay-ko-tuyma-si-ram-suy-pa'로서 '여러 가지-소문, 우리-그것에-자신-에-멀리-자신의-마음을-흔들다-계속하다'라는 뜻의 성분이 합쳐진 것으로, 여기서 'usa'(여러 가지), 'oruspe'(소문, 평판), 'tuyma'(멀리, 깊이), 'ram'(마음), 'suy-'(흔들다) 들만 독립할 수 있는 낱말이다.

이렇게 동사는 각종 의미를 갖는 일종의 접사와, 또는 낱말들과 융합되어 복잡한 구성을 하게 되는 것이다. 이런 구성을 하는 언어에 축치말, 에스키모말 같은 극북極北의 여러 언어나, 유럽의 바스크말 등이 있다. 스페인에 "하느님이 악마를 징벌하기 위해 내리는 가장 큰 벌은 그 악마에게 7년 동안 바스크말을 공부하게 하는 것이다."라는 속담이 있다고 하는데, 이 속담에서 미루어 아이누말의 복잡함을 짐작할 수 있겠다.

아이누말의 음소는 모음 5개(a, e, i, o, u)와 자음 12개(k, t, p, m, n, c, s, h, x, w, y, r)뿐이고, 음절 구조도 (1) 모음 하나, (2) 자음+모음, (3) 모음+자음, (4) 자음+모음+자음의 4가지밖에 없다. 아이누말에 모음 조화 현상이 있다고 주장한 학자가 있었으나 일반적으로 받아들여지지 않는다. 아이누말의 어순은 SOV형[주어－목적어－서술어], AN형[수식어－피수식어]으로 알타이어식이다.

ku-yupo somo cep koyki.
나의－형 아니 물고기 잡았다.
(나의 형은 물고기를 잡지 않았다.)

soy ta an menoko taan hekaci
밖 에 있다 여자 이 소년
kor acapo macihi ne.
갖다 아저씨 부인 이다.
(밖에 있는 여자는 이 소년의 아저씨의 부인이다.)

아이누말의 동사는 인칭 변화를 하고, 또 간단한 존경법이 있으며, 퉁구스어처럼 1인칭 복수에 포함형과 배제형 두 가지가 있음이 그 특색의 하나라 할 수 있다. (1) ray(그가 죽는다, 그들이 죽는다), (2) e-ray(네가 죽는다), (3) eci-ray(너희들이 죽는다), (4) ray-an(당신이 죽는다, 당신들이 죽는다), (5) ku-ray(내가 죽는다), (6) ray-as(우리들[배제형]이 죽는다), (7) ray-an(우리들[포함형]이 죽는다). 여기서 존경법(4)은 1인칭 복수 포함형(7)을 써서 나타냄을 알 수 있다. 독일어에서 2인칭 존경형이 3인칭 복수형으로 표현되는 것과 대조를 이룬다.

'아이누'란 낱말은 그들 말로 사람이란 뜻을 갖고 있다. 일본 역사책에 나오는 이 민족의 이름 '에조, 에미시'도 아이누말로 사람이란 뜻이다. 위에 나왔듯이 '카무이'는 하느님을 뜻하는데, 일본말 '카미'와 어떤 관계에 있는지 알 수 없고, 또 '카무이'가 '곰'이란 뜻도 있다는 사실은 묘한 느낌을 일으킨다. 아울러 일본말 '쿠마', 한국말 '곰'과 어떤 관련이 있는 것인지 궁금하다.

홋카이도뿐만 아니라 일본의 혼슈에도 아이누말 기원의 지명이 많이 남아 있다. 우선 내가 살고 있는 이 삿포로란 도시 이름도 아이누말인데 'sat 메마른'+'poro 큰'으로 분석된다. 아마도 '메마른 대지'라는 뜻이 아닐까 한다. 홋카이도에 있는 아이누말 기원의 유명한 지명 몇 개를 들어보면 '왓카나이[稚內]: wakka-nay(물－늪), 노보리베쓰[登別]: nupur-pet(짙은－강), 도야[洞爺]: to-ya(호수－언덕), 호로베쓰[幌別]: poro-pet(큰－강), 누카비라[額平]: noka-pira(모양－벼랑), 리시리[利尻]: ri-sir(높은－산)' 등이다. 이 중 'nay, pira'는 우리말 '내川, 벼랑'과 비교하고 싶은 마음이 자꾸 생긴다.

아이누 낱말 중 가장 흥미 있는 것이 수사이다. 아이누말 수사는 기본적으로 'si-ne(1), tu(2), re(3), i-ne(4), asik-ne(5), wan(10), hot-ne(20)'의 일곱 개밖에 없고, 나머지 수사는 이들을 조합해서 만들어 낸다. 먼저 6은 'iwan'인데 '10(wan) 빼기 4(i)'의 구성이고, 7(arawan)은 '10 빼기 3(re)', 8(tu-pe-san)은 '10 빼기 2(tu)', 9(sine-pe-san)는 '10 빼기 1'로 이루어졌다. 11부터는 'ikasima'(넘다)라는 말을 덧붙여 '11. sine ikasima wan, 12. tu ikasima wan, ……, 19. sine-pe-san ikasima wan, 21. sine ikasima hot-ne, 27. arawan ikasima hot-ne'라는 식으로 만들고, 20을 넘는 10 단위 수사는 20진법과 감수법을 써서 '30. wan e tu hot-ne (10 뺀다 2×20), 40. tu hot-ne, 50. wan e re hot-ne (10 뺀다 3×20), 90. wan e asik-ne hot-ne (10 뺀다 5×20), 100. asik-ne hot-ne (5×20)'로 나타낸다. 이런 방법으로 수사를 만들다 보니 예컨대 938과 같은 수는 'asik-ne hot ikasima i-ne si-ne wan hot-ne, tu-pe-san ikasima wan e tu hot-ne (5×20+4×1×10×20에, 8 더하고, 10 뺀다 2×10)'으로 표현하여 그 어형이 굉장히 길어진다. 이렇게 어형이 긴 것은 그런 큰 수를 거의 사용하지 않았다는 뜻이 된다. 이런 방법으로 수사를 만드는 언

어에 위에서 말한 축치말, 에스키모말 등이 있다.

많은 학자들이 아이누말의 계통을 찾고자 노력해 왔다. 일본어, 한국어, 알타이어, 심지어 인도유럽어와의 비교가 시도되었지만, 어느 쪽도 믿을 만한 결론을 내리지 못하고 있다. 그래서 아이누말 계통에 관한 현재까지의 결론은 계통을 모르는 "고립어(isolated language)"이다. 일본은 물론, 유럽에도 아이누말 학자들이 많이 있는데, 지역적으로 가깝고 또 우리말과의 친연성도 이야기되고 있는 형편임에도, 우리나라에 이 언어를 전문적으로 연구하는 학자가 없음은 안타까운 일이다. 아이누말에 관심을 갖는 젊은 학자들이 나왔으면 하는 바람이다.

(『한글 새소식』 383호, 2004. 7. 5.)

삿포로에서 듣보고 생각하며 (4)
—발해국의 멸망과 백두산 화산 폭발—

삿포로까지 가서 해묵은 발해 멸망과 백두산 폭발 이야기는 왜 끄집어 내느냐고 못마땅해 하실

분도 계시겠지만, 이 문제에 관해 내가 여기 와서 다시 알게 된 점들이 있어서 이 이야기에 대해 많은 분들과 함께 생각해 보고자 이 문제를 들고 나온 것이다.

우선 이 곳 삿포로에서 만난 한 분을 먼저 소개하는 일이 순서에 맞을 듯하다. 그분은 이 곳 삿포로 한국 교육원 원장으로 계시는 분인데 성함을 소원주邵元柱라고 한다. 읽는이들은 이분 성씨의 한자에 다소 새로운 느낌을 가지실 수도 있겠다. 우리나라에 소蘇씨는 비교적 많은 편이지만 이 소邵씨는 그리 흔한 편이 아니기 때문이다. 소邵씨라고 하면 동양 철학을 전공하는 분들이나 중국 성운학 또는 중국 고전 시가에 관심 있는 분들은 쉽게 중국 송나라 시대의 소옹邵雍(1011~1077)[호: 강절康節] 선생을 떠올릴 것이다. 그분의 시 '달빛 맑은 밤에 읊조림淸夜吟'을 외고 계시는 분들이 많을 것이기에. 이야기 나온 김에 인용하면 "달은 하늘 가운데 이르렀고[月到天心處] 바람은 물 위를 스치네[風來水面時]. 이 평범한 맑은 뜻을[一般淸意味] 헤아려 아는 이 적구나[料得少人知]."이다.

소강절 선생의 저작으로 알려져 있는 『황극 경세서皇極經世書』에는 간결한 도표와 독특한 술어로 당시 북송北宋의 한자음 체계를 보여주는 귀중한 자료가 들어 있어, 중국 성운학을 연구하는 학자들이 보지 않을 수 없는 문헌이 된다. 특히 『계림유사』를 연구하는 학자들은 『계림유사』의 저자 손목孫穆과 소강절 선생의 시간적, 지역적 거리가 가깝기 때문에 더욱 보물로 생각하는 책이다.

그런데 소 원장의 집안은, 임진왜란 때 원군으로 왔던 소영춘邵永春이라는 명나라 장군이 전쟁이 끝난 후 중국으로 되돌아가지 않고 조선 여자와 결혼해서 전라도 익산 땅에 살게 되어서 이룩된 익산 소씨 집안이라고 한다. 그건 그렇고.

이 소 원장은 오래 동안 중등 교육계에 있었고 교육학으로 박사 학위를 받은 분이지만 원래 대학과 대학원 석사 과정에서는 지질학을 전공하셨단다. 석사 과정을 일본에서 밟았는데, 그 무렵 일본 지질학자들로부터 백두산 화산재가 일본 동북 지방과 홋카이도에서 발견된다는 말과, 이 백두산 화산재는 지금부터 1천 년 전에 폭발했던 것이라는 말을 듣게 된다. 이를 계기로 소 원장은 본격적으로 백두산 화산재에 관한 연구를 시작한다.

전문적인 이야기는 피하고, 우선 백두산 이야기부터 잠깐 한다면, 우선 이 산 이름에 왜 '흴 백

白' 자가 들어 있는가를 좀 정리해 볼 만하다. 중국에서도 이 산을 창바이산[長白山]이라 부르고, 이곳을 터잡아 청나라를 건설한 만주족들도 이 산을 '골민 샹안 알린(Golmin Šanggan Alin: 길고 흰 산)'이라 일컫고 있다. 흔히 에베레스트산이나 킬리만자로산처럼 이 산이 높아 항상 꼭대기에 눈이 덮여 있기 때문에 그런 이름이 붙은 것으로 생각하는 분들도 있지만, 사실 백두산에는 일년 내내 눈이 쌓여 있지는 않다. 이 이름은 눈에서 온 것이 아니라 백두산 화산 폭발 때에 뿜어 나온 흰 색의 속돌[浮石] 때문에 생긴 이름이라고 한다.

백두산의 이 속돌이 언제 뿜어 나온 것인지 확실한 것은 알 수 없으나, 지금부터 천 년 전쯤에 대폭발이 있었고 이때 속돌이 대량 쏟아져 나왔으며, 이 폭발은 홀러신(Holocene: 지금부터 1만 년 전부터 현재까지의 시대를 가리키는 지질학 용어. 일본에서는 '完新世'로 번역함)에 들어와서 지구상 최대의 규모였다고 지질학자들은 말한다. 어마어마한 양의 용암과 유독 가스와 화산재가 솟아올랐는데 용암이 사방으로 흘러 퍼지는 속도가 시속 200킬로미터 이상이었다니 맹금류猛禽類나 혹시 빠져나갈 수 있었을까, 근방의 모든 생명체가 홀로코스트(Holocaust: 완전 멸망, 절멸絶滅)되지 않을 수 없었다고 한다. 이 용암으로 덮인 땅의 면적은 2천㎢로 추정되고 전체 퇴적물의 용량은 약 10㎦, 용암과 화산재 때문에 황폐해진 삼림 등은 무려 4천㎢, 그리고 바람에 날려간 화산재는 1200㎞ 이상의 먼 곳까지 퍼졌다고 학자들은 추정하고 있다.

다시 일본과 중국과 한국의 지질학자들은 이 인류 최대의 재난이었을 백두산 화산 폭발의 연대를 여러 가지 방법으로 정밀히 계산하고 측정하여, 그 계절이 겨울이었으며 그 연대는 870년에서 934년 사이라는 것까지 알아내었다.

그런데, 한 때 '해동성국海東盛國'이라고 중국에서도 무시하지 못했던 발해라는 나라가 926년 거란의 야률아보기耶律阿保機에 의해 갑자기 멸망한다. 발해의 이 갑작스런 멸망의 원인에 대해 고대사 학자들은 여러 가지 해석을 붙이지만, 일본과 한국, 중국의 일부 지질학자들은 그 중대한 원인을 백두산 폭발에 두려고 한다. 이 글 첫머리에서 말한 소 원장께서도 그렇게 생각하는 학자들 중의 한 분이다.

잠깐 여기서 생각해 볼 일은, 그러한 세계적인 대재난이 바로 우리 곁에서 불과 천년 전에 있었는데, 왜 우리는 1980년대 후반인 최근에야 그런 사실을 알게 되었을까 하는 점이다. 사실 이 글을 쓰고 있는 나 자신도 학교 시절에 백두산은 아득한 옛날 지질 시대에나 폭발했었고 앞으로 다시는 폭발하지 않는 죽은 화산으로 배웠다. 50억 년 이상의 나이를 가지고 폭발과 쉼을 되풀이하는 화산들 쪽에서 본다면, 겨우 5천 년의 기록밖에 갖고 있지 않은 인간들이 '이 산은 죽은 화산이다, 산 화산이다.'라고 말하는 꼴이 얼마나 우스꽝스러울까? 다행히 요즈음에는 교과서나 각종 사전에서 '사화산'이라는 용어를 전부 '휴화산'으로 바꾸기로 했다지만, 이 '쉰다'는 것도 인간이 말하는 쉼과 화산의 쉼 사이에 엄청난 틈새가 있을 것이니 이런 표현에 화산들께서 과연 만족을 하실는지?

다시 백두산 대폭발의 일을 우리가 모르고 있었던 문제로 돌아오자. 천 년 전의 그 대폭발은 위에서 말한 대로 겨울철에 있었고, 그 때 바람은 강한 편서풍이었기 때문에 중국에서는 알 수가 없었다. 한반도는 후삼국[고려, 신라, 후백제]끼리의 혼란스런 다툼 때문에 당시 우리의 영토 훨씬 바깥쪽에 있었던 백두산에 관해 알 수도 없었고 알려고도 하지 않았다. 그렇다면 유일하게 기록이 가능한 쪽은 일본이 되는데, 그것도 이 화산재의 영향을 받은 지역인 일본의 동북 지역과 현재 내가 살고 있는 홋카이도 지역은 문자를 갖고 있지 않는 아이누족들의 땅이었다. 모든 주위 상황이 이 대폭발을 기록으로 남기지 못하게 할 형편이었고, 결국 기록이 없었으므로 우리는 그 사실을 잊어버리게 되었다고 말할 수 있는 것이다.

다만 기록하기를 즐기는 일본측 문헌 중 12세기 초에 쓰여진 『부상 약기扶桑略記』라는 역사책에 "915년 7월 13일 데와노쿠니 지방에서 전해 올리기를, '하늘에서 재가 내려 높이가 2촌이나 됩니다. 여러 지역의 농사와 뽕 기르기가 엉망이 된 까닭이 이것입니다.'고 했다延喜十五年7月十三日 出羽國言上 灰高二寸 諸鄕農桑枯損之由."는 말이 있다. 이 기록이 백두산 화산 폭발에 관한 것일 가능성은 거의 없다고 학자들은 보는데, 그것은 우선 계절이 안 맞고 또 다른 지질학적인 문제가 있기 때문이라는 것이다.

발해 멸망과 백두산 폭발 문제는 아직 그 관련성이 어떠한지 결론이 나지 않았다. 그런데 한 가지 이상한 일은, 이렇게 인류 역사상 최대의 재난이었다고 할 만한 이 폭발에 대해 아무리 기록이 없었다고 한들 우리가 그렇게까지 모르고 있었던가 하는 점이다. 지질학자와 사학자들이 함께 반성해야 할 문제가 아닐까 싶다.

남들을 비판만 할 게 아니라 나도 무언가 해야겠고, 또 하고 싶어진다. 내가 할 수 있는 일은 백두산 언저리에서 계속 살아 왔고, 백두산을 그 민족의 발상지로 믿었던 말갈족, 여진족, 만주족의 신화나 전설 속에 혹시 이 화산 폭발에 관한 이야기가 없을까 찾아보는 일이다. 말갈족과 여진족의 신화나 전설 기록은 전혀 없으니까 그 후손인 만주족의 그것을 이제 틈나는 대로 뒤져봐야겠다. 인류 최대의 사건이었다면 틀림없이 입으로나마 전해 오는 이야기가 꼭 있을 것이니까……. 그런데 섬뜩한 일은, 이 죽은 화산이라고 했던 백두산이 앞으로 수십 년 안에 다시 대규모로 폭발할 가능성이 크다는 중국 화산 학자들의 예언이다. 뭔가 대비를 해야 하는 것인가?

[덧붙임: 이 글을 쓰는 데 삿포로 한국 교육원의 소원주 원장께서 많은 도움말과 자료를 주셨습니다. 여기 적어 고마움의 뜻을 전합니다.]

(『한글 새소식』 384호, 2004. 8. 5.)

삿포로에서 듣보고 생각하며 (5)
-일본 사람-

내가 일본에 머물며 일본 사람들과 함께 산 기간은 1982년 9월부터 다음해 1월까지 삿포로에서 5개월, 그리고 금년 3월부터 8월까지 이번에도 삿포로에서 6개월, 그 밖에 재작년 내가 있는 대학의 대학원 학생들과 세미나 참석차 역시 삿포로에 와서 1주간, 그것이 전부니까 모두 합해도 1년이 안 된다. 이렇게 일본 사람이나 일본말과 접촉한 시간도 짧고 지역도 한정되어 있으니 내가 일본 사람이나 일본말에 관해 무슨 이야기를 한다면 그것은 위험할 만큼 부분적이고 편파적인 관견일 수 있겠다. 게다가 나는 아주 어렸을 때-그게 국민 학생 시절인지 중학생 시절인지도 모를 만큼 옛날에-김소운 선생의 『목근 통신木槿通信』이란 책을 읽고 큰 감명을 받았고, 그 뒤에도 이 책이 좋아 몇 번이나 거듭 읽은 처지여서, 내가 가진 일본에 대한 생각과 느낌은 다분히 일방적인 것일 가능성이 크다. 그래서 그랬는지 10여 년 전에 인기 있었던 전 아무개 씨의 『일본은 없다』와 같은 책을 읽었을 때에도 오히려 이 책과 저자에 대해 반발만 생겼고, 이 책을 비판하는 글을 써서 발표한 적도 있었다.

그렇지만 사정이 그렇다 해도, 나 같은 사람이 말하는 일본도 한 한국 사람의 눈에 비친 일본의 한 면일 수도 있겠기에, 망설여지면서도, 내가 겪은 일본 사람과 일본말에 관해 이야기하고 싶은 마음이 생긴다. 한 언어학도가 본 일본 사람과 일본말이라 생각해 주시면 고맙겠다.

일본 사람이 제일 싫어하는 것은 남에게 '迷惑'을 끼치는 일. 이 '迷惑'이란 한자는 일본말로 '메이와쿠'로 읽고 '폐를 끼치다'의 '폐'라는 뜻으로 쓴다. 가령 버스로 단체 관광 여행을 갈 경우, 어느 관광지에 도착해서 30분 간 자유 관광을 하고 11시 20분에 출발하니까 그 때까지 오시라고 안내자가 말을 하면, 한 사람 빠짐없이 그 시간 정각에 모이는 것이 아니라 그 출발 시간보다 5분 전에 이미 다 모여서 차안에 앉아 있는 것이 일본 사람들이다. 조금이라도 내가 늦어서 다른 관광객들에게 폐가 될까봐 염려해서이다. 이건 힘없는 서민들만 그러는 것이 아니라, 그 일행 중에 장관이나 국회의원이 있다 해도 마찬가지일 것이다. 어렸을 때부터 그런 생활에 버릇이 되어 버렸기 때문.

이렇게 남에게 폐를 안 끼치려는 마음은 참 고운 마음[일본말로 '야사시이 고코로 즈카이(優しい心使い)']일 수 있지만, 어떻게 생각하면 너무 피곤하고 신경질적으로 보이기도 한다. 그러나 일본 사람들은, 적어도 겉으로는, 피곤해 하기는커녕 즐거운 마음으로 이런 일을 한다.

모르는 사람에게 길을 물었을 때, 그 길을 그이가 알고 있으면 신이 나서 자세히 설명해 주고, 모를 경우에는 얼마나 미안해하는지 물은 사람이 민망할 정도이다. 백화점에서 옷을 사려고, 포장해 놓은 것을 다 뜯고 입어 보고 난 후 마음에 안 들 경우 되는 대로 흩뜨려 놓고 그냥 가도 점원은 '고맙습니다.'를 연발한다. 이것이 얄팍한 상술만이 아니라고 할 것이, 내가 겪은 다음과 같은 일들이 있기 때문이다. 친구 두 명과 '이자카야'(흔히 '선술집'이라고 번역하지만, 여기서 식사를 겸하는 일이 많다)를 갔는데, 주인 말이 맥주 두 잔과 안주 두 개를 세트로 해서 주문하면 훨씬 싸게 치인다고 했으나, 모두 저녁 식사를 한 지 얼마 안 되었고 또 아무도 맥주 0.5리터를 두 잔씩이나 마실 수 없을 듯해서, 맥주 석 잔과 안주 세 개를 따로따로 주문했다. 그런데 이야기가 길어지고 신나게 떠들다가 보니 일행 중 한 명이 술을 자꾸 시키게 되어, 처음 한 잔씩으로 끝내려 했던 것이 모두 합해 여섯 잔이나 술이 들어왔다. 그러자 주인이 시키지도 않은 안주를 세 접시 가져오는 것이다. 우리는 '안주 없이 계속 깡술만 마시고 있으니까 주인이 우리를 불쌍히 생각해서 서비스를 하나보다.'라고 생각되어 기분이 좀 야릇했는데, 그게 아니라 주인은 우리에게 보다 싼 쪽으로 계산할 수 있도록 가르쳐 준 것이었다. 결국 우리는 주인이 처음 권한 대로 술과 안주를 세트로 산 셈인데, 이렇게 먹는 것이 맥주만 계속 여섯 잔 시키는 것보다 싸다는 계산이고, 안주까지 덤으로 더 얻을 수 있었던 것이다. 주인은 가만히 있으면 돈을 더 벌 수 있는데도, 부탁도 않은 일을 손님을 위해 스스로 해 준 것이다.

비슷한 일이 또 있었다. 며칠 동안 '위클리 맨션'이란 숙사에서 지낼 일이 생겨, 6일간 방을 예약하러 갔더니, 주인 말이 7일간으로 계약하잔다. 왜 그러느냐고 물으니까 6일로 계산하면 하루 4천5백 엔씩이니까 2만7천 엔이 되지만, 일주일 단위로는 2만5천 엔에 방을 빌려주고 있으니 그 쪽이 싸다는 것이다. 내가 부탁한 것도 아닌데, 주인은 이렇게 자기의 수입 감소를 무릅쓰고 이런 친절을 베푸는 것이다. 나는 6일만 있을 것이고, 그러면 그 방은 내가 나가면 하루 비워 두지야 않겠지만, 적어도 내가 있는 동안 7일째 날 치 예약을 받지 못하는 것이다. 이런 식의 장사가 멀리 보면 더 이익이 되는 것일까?

22년 전 삿포로에 있을 때 이런 일이 있었다. 그 때는 내가 혼자 어떤 한국인의 집에서 하숙을 하고 있었는데, 한국의 아내가 한 달 동안 일본에 와 함께 지내게 되어, 다른 집의 방을 1개월간 빌리기로 계약하고 돈을 치렀다. 그런데 그때 아내가 공교롭게도 여행을 당분간 취소해야 할 병을 앓게 되어 일본에를 못 오게 되었다. 이미 치른 돈이 아깝기도 하고, 어쨌든 그 집에 못 들어가게 되었다고 집주인에게 알려는 줘야 했기에, 집주인을 찾아가서 사정을 이야기했다. 그때 집주인 아주머니는 아내가 병이 나서 올 수 없다는 내 말을 듣고 얼마나 안돼하는지…… 마음속으로 '아, 잘 하면 돈을 적어도 반 정도는 받아 낼 수 있겠구나.'는 희망을 가졌다. 그런데, 그걸로 끝이었다. 주인 아주머니는 계속 '정말 안 되었다.'를 연발하더니 안녕히 가시라고 하면서 안으로 들어가 버렸다. 나는 도저히 그 상황을 이해할 수가 없었다. 그 아주머니의 그렇게 진심으로 동정하던 모습과, 돈에 관해서는 한 마디 말없이 돌아서 들어가 버리는 모습. 이것이 흔히 말하는 일본인의 이중적인 모습인가보다 생각하면서도, 이해가 되지 않는 것이었다. 다른 일도 아니고 아내는 병으로 못 오는 것이고, 그 점을 그 아주머니는 그토록 안돼하였는데…… 그리고 내 대신 그 방을 다른 사람에게 빌려 줄 수 있을 만큼 충분히 일찍 내가 알려 준 것인데…… 위의 선술집 주인이나 위클리 맨션 주인과는 너무나 다른 모습이 아닐 수 없었다.

이 일이 계속 의문스러워 그 후 여러 일본 사람들에게, 그리고 일본에 오래 살았던 한국 사람들에게 이야기해 보았다. 그리고 일본 사람들의 시각에 치우친 결론인지는 모르겠으나 마침내 해답을 얻었다. 그 집 아주머니는 처음에 나와 계약한 한 달의 기간이 끝날 때까지 그 방을 결코 딴 사람에게 세놓지 않을 것이라는 말이었다. 갑자기 아내의 병이 좋아져서 일본으로 올 수도 있겠고 내가 다시 그 집에 들어오려고 할는지도 모른다는 것이다. 가령 나에게 돈을 반쯤 내어 주었거나, 그 집을 다른 사람에게 주기로 계약을 한 상태라면, 내가 다시 찾아갈 때 일이 복잡해지고 피차 난처해질 수 있다는 것, 그래서 그것이 바로 일본 사람들이 제일 싫어하는 '메이와쿠'로 발전될 수 있다는 것. 이런 해석을 듣고 난 후에야 '과연 일본인이구나' 하는 생각이 새삼스러웠다.

이렇게 일본 사람을 좋게만 이야기만 하면 상당히 많은 한국 사람들은 별로 기꺼워하지 않는다. 위의 『목근 통신』 같은 책은 그토록 정감이 깃든 아름다운 문장으로 되어 있는데도 우리나라에서 별 인기가 없었다. 이것이 일본에 대한 우리들의 열등감과 관계있는 것은 아닌지 모르겠다. 그런데 거꾸로 일본 사람들의 한국에 대한 열등감도 분명 있는 듯하다. 고대 문화에 대한 이야기는 그만두더라도, 어떤 일본 사람 마음 한 구석에는 한국 사람을 깔보거나 내리누르려는 마음이 있는 것도 사실이다. 지난 6월초, 내가 지금 있는 홋카이도 대학에서 개교 기념 축제가 있었는데, 참으로 일본 대학의 축제는 대단한 것이라는 말을 여기서 다 할 수 없으니 줄이기로 하고, 국제적 대학답게 12개국 유학생들이 자기 나라 전통 음식점을 열었다. 그런데 이 각국 음식점을 소개하는 책자의 순서에서 한국이 맨 끝에 가 있는 것은 우연인가, 고의인가?

내가 얼마 전 우연히 본 일본어 회화 교과서 중에 이런 이야기가 있었다. 각국 유학생들이 모여 사는 어떤 대학의 국제관에서 인도 유학생의 생일이 다가왔는데, 기념 잔치 준비로 '마루탕'상은 바이올린 연주를, '벤베누치'상은 피아노 연주를 맡고, '쿳쿠'상과 '탕'상은 자기 나라 특별 요리를 만들고, '알리'상은 배꼽춤을 추고, '샤론'상은 마술 공연을 하기로 했다. 한 사람 남은 '키무'상에게는 무엇을 맡겠느냐고 묻자 '키무'상은 난처해하면서 '나는 아무것도 잘 하는 것이 없는데, 참 곤란하네요.' 하다가 '아, 나도 잘 하는 게 있습니다. 라멩가 잇키니 짓파이 타베라레마스. (라면 열 개를 한꺼번에 먹을 수 있습니다)'라고 대답하는 말로 이 단원은 끝난다. '타베루(먹다)'라는 동사의 가능형 '타베라레-(먹을 수 있다)'를 설명하는 단원인데, 먹을 줄만 알고 아무 재주 없는 사람의 역을 하필이면 '키무'상에게 맡긴 것이다. 이런 생각을 하는 것부터가 일본에 대한 나의 열등감 때문일까?

위에서 말한 이야기들이 정말 두 나라 사람들의 서로에 대한 열등감과 관계가 있다면 이건 참으로 피차 불행한 일이 아닐 수 없겠다. 어쨌든 한국과 일본은 지역적으로, 역사적으로, 언어적으로,

혈연적(?)으로 가장 가까운 관계에 있는 나라인데도, 이렇게 서로에 대한 껄끄러운 마음을 계속 갖고 지내야 한다면 두 나라 모두에게 좋을 것은 하나도 없다. 김소운 선생 같은 분이 두 나라에서 많이 나와 주기를 기다릴 수밖에 없는 것인지…….

'메이와쿠'를 그토록 싫어하던 일본 사람도 요즘 변해 가고 있는 듯했다. 친절함이나 정직함의 문제에서는 별로 달라진 것을 보지는 못했지만 '메이와쿠'의 문제는 좀 변화한 듯하다. 22년 전만 해도 큰 온천탕이나 사우나에서 일본 어린이들이 떠들며 장난질하고 헤엄치고 하는 일을 전혀 볼 수가 없었다. 그런 일을 하면 그 아버지가 야단을 쳐서 못하게 했던 것이다. 어린애들이 얌전하게 탕 안에 다소곳이 앉아 있는 모습이 참 부자연스럽게도 보였다. 그런데 이번에 큰 온천장엘 가서 보니 젊은 아버지들이 아들들과 함께 헤엄치며 떠들어 대는 광경을 자주 볼 수 있었다. 술집이나 음식점에서도 이전에는 일행끼리 소곤소곤이라고 하는 표현이 알맞을 정도로 조용히 이야기를 주고받던 일본 사람들이 이제는 옆의 사람을 전혀 의식하지 않는 듯 떠들어대는 광경을 심심찮게 볼 수 있다. 일본 사람들이 왜 이렇게 변했을까? 전에는 일본 사람들이 매운 음식이나 생마늘을 거의 먹지 않았는데, 지금은 곧잘 먹는 것도 보았다. 혹시 이런 식생활의 변화와 관계있는 것일까?

22년 전에 자주 다니던 학교 앞의 커피점과 헌책방들이 주인도 바뀌지 않은 채 그대로 있다. 이건 아무리 생각해도 불가사의한 일이다. 돈을 못 벌었으면 망해서 없어졌을 테고, 돈을 20여 년간 벌었으면 훨씬 큰 점포로 바꾸었을 만한데, 옛날 그 모습 그대로, 그 자리를 지키고 있다. 우리나라 대학 앞에서 헌책방을 찾아보기란 흐린 날 별 찾기처럼 어려운 일이지만, 이 홋카이도 대학 앞에는 헌책방이 왜 그리 많은지? 22년 전에 한 헌책방에서 사려다 안 산 책이 그 자리에 그대로 꽂혀 있는 걸 보면 시간이 한 20여 년 정지된 듯한 느낌도 든다. 사실 일본 사람들은 잘 늙지도 않는지, 주인의 모습도 옛날 그대로인 것 같았다. 내가 있는 연구실 건물도 100년 가까이 된 것을 문학부 연구실로 쓰고 있어 복도를 걸을 때마다 삐걱거리는 소리가 나고, 위로 밀어 올리는 창문도 도르래에 달린 밧줄이 삭아 잘못해서 떨어질까 염려될 만큼 낡은 건물이다. 연구실의 전화기는 박물관에서나 볼 수 있는 다이얼식. 그러나 그 창문이 떨어진 일도 없었고, 그 고물 전화기도 시간이 조금 더 들 뿐 잘 걸리고 잘 들린다. 끊임없이 첨단적인 것을 찾아가면서도 또 케케묵은 옛것을 애써 보존하려는 일본 사람들의 이런 두 가지 모습은 여러 가지를 생각하게 한다.

(『한글 새소식』 385호, 2004. 9. 5.)

삿포로에서 듣보고 생각하며 (6)
—일본말—

일본 사람만큼 말씨에 까다로운 민족도 드물 것 같다. 높임법의 발달이 우리말의 한 특징이라고 하지만 내가 보기에는, 상대 높임의 경우는 한국말 쪽이 더 다양할는지 몰라도, 공손법이나 주체 높임의 표현법의 경우에는 한국말이 일본말을 도저히 못 따라갈 듯하다. 더군다나 어휘에 의한 높임법은 한국말 쪽이 비교가 안 될 정도로 일본말 어휘가 풍부한 편이다. 어휘에 의한 대우법이 세계에서 제일 발달된 언어가 인도네시아의 자바말이라고 알고 있는데 이 언어의 경우, 거의 모든 명사, 동사,

심지어는 전치사의 경우까지, 주체나 상대에 따라 10가지 이상의 서로 다른 어휘를 가지고 있으니 그 복잡한 정도를 짐작할 수 있다. 그 정도는 아니라도 일본의 높임에 따른 어휘의 분화도 대단한데 그 예를 여기서 들기에는 너무 번거로워 생략하지만, 한국말의 예로 본다면 '잡수시다/자시다, 주무시다, 계시다, 돌아가시다 ; 진지, 말씀, 존함, 연세/춘추, 댁, 병환, 치아, 당신 ; 뵙다/뵈다, 여쭙다, 모시다, 드리다, 아뢰다'가 고작인 현대 한국말보다 훨씬 다양한 높임 어휘(그들은 존경어, 공손어, 겸양어로 나눈다)가 일본말에 있다는 것만 지적해 두기로 한다. 그런데 문제는 한국 사람들이 일본말을 너무 쉽게 생각해서인지 이런 높임의 낱말들을 배우지 않고 일본 사람을 대한다는 일이다. 외국 사람이니까 이해는 되겠지만, 스스로 일본말을 아주 잘 한다고 생각하는 한국 사람들 중에 그런 사람들이 제법 있는 것을 보았으므로 딱한 생각이 들 때가 있었다.

일본말에서 주체 높임[존경]이나 상대 높임[공손]을 나타낼 때 접두어 '오(お), 고(ご)'를 많이 쓰는 것은 잘 알려져 있는데, 이 접두어를 특히 여성들이 지나치게 많이 쓰는 경향이 있어 좀 적게 쓰자는 말까지 나오고 있다. 농담 삼아 '히프(엉덩이)'라는 말에도 '오(お)'를 붙여 '오힛푸(おヒップ)'라고 할 만큼 너무 흔히 쓴다는 것이다.

일본말에 들어와 있는 외래어를 보면 참말 눈이 뱅뱅 돌 지경이다. 한국 사람이라면 도저히 그럴 수 없다 싶을 정도로 외래어를 많이 쓴다. 최근 하루치 홋카이도 신문의, 가타카나로 표기된 외래어 중 한국에서는 잘 쓰지 않는 말만 골라본 것이 다음과 같다.

보란테이야(volunteer, 자원 봉사자), 호오무레스(homeless, 노숙자), 리하비리(rehabilitation, 재활 훈련), 라미네에토(laminate, 코팅), 후리이・다이야루(free dial, 전화 요금 착신자 지불 제도), 오오다아・스톳푸(order stop, 주문 마감), 캬싱구・사아비스(cashing service, 현금 서비스), 마네에・로온다링구(money laundering, 돈세탁), 데파아토(department, 백화점), 홋토사루(futsal, 소규모 축구), 아메다스(automated meteorological data acquisition system, 자동 기상 관측 시스템), 렌타루・비데오(rental video, 비디오 대여점), 콘비니(convenience store, 편의점), 갓쓰・포오즈(guts pose [앞의 것은 네덜란드말], 승리를 표하는 자세), 라이후와아쿠(lifework, 평생 사업), 리후렛슈・오오픈(refresh open, 신장 개업), 리뉴우아루・오오픈(renewal open, 신장 개업), 사마아・코레쿠숀(summer collection, 여름

새 상품), 빗구·바자아루(big bazaar, 대형 바자회), 스카이·데이나아(sky dinner, 스카이 라운지에서의 만찬), 아니메(animation, 만화 영화), 산쿠스·훼스타(thanks festa[뒤의 것은 이탈리아말], 감사 축제), 나비(navigator, 안내), 부라이다루·훼아(bridal fair, 결혼 용품 판매점)…….

아마 다 들자면 책이 되는 건 아닌지 모를 정도로 엄청난 수이다. 신문이나 방송에서 너무 쓰니까, 노인들을 위해서 좀 자제해 달라는 이야기를 관공서에서 하고 있다. 일본의 국어학자들은 이상하게도 이런 문제에 별로 관심을 보이지 않는다. 외래어와 관련해서 한 가지 재미있는 일은 긴 외래어형을 일본 사람 입맛에 맞게 마음대로 줄이는데, 일본 글자로 넉 자가 되도록 줄이는 것이 거의 버릇이라는 점이다. 다음 것들은 일본에서 만든 약어인데, 일본 글자로 쓰면 이들은 전부 넉 자가 된다. 위에 든 것 중에서 '리하비리, 데파아토, 아메다스, 콘비니' 등도 마찬가지다.

에아콘(air conditioner, 냉방기), 레모콘(remote controller, 원격 조종기), 레미콘(ready-mix concrete, 회반죽), 바리콘(variable condenser, 가변 축전기), 파소콘(personal computer, PC), 아이코라(idol collage,

사진 합성), 돈카쓰(豚 cutlet, 포크 커틀릿), 마스코미(mass communication, 매스컴), 보라나비(volunteer navigation, 봉사자 안내), 가라오케(カラ[空] orchestra, 노래 반주 기계), 토란스(transmission, 동력 변환 전달 장치), 인후레(inflation, 통화 팽창), 항카치(handkerchief, 손수건), 콤파치(compatibility, 호환성), 돔페리(Cuvée Don Perignon, 고급 포도주 이름)…….

요즈음 일본에서 열광적으로 인기 있는 텔레비전 연속극 '겨울 연가'의 일본 이름이 '후유노 소나타(ふゆのソナタ, 겨울 소나타)'인데, 이것도 많이 쓰니까 넉 자로 줄여서 'ふゆソナ(후유소나)'라고 할 정도이다. '케에타이 뎅와키(携帶電話機, 휴대 전화기)'나 '사요오나라(さようなら, 안녕히 가십시오)' 같은 말도 마치 외래어인 듯 가타카나 글자로 'ケータイ(케에타이), サヨナラ(사요나라)'처럼 네 글자로 쓰기를 좋아한다. 일본 사람들이 이렇게 넉 자를 좋아하는 것은 아마도 일본 시가의 전통적 리듬 또는 박자와 관계가 있는 듯하다.

언어 구조가 비슷한 두 언어가 오랜 기간 접촉하다 보면 서로의 언어 재산을 주고받는 일이 상당히 많다는 것은 이미 역사 언어학의 상식이 되어 있다. 이른바 알타이 어족이란 것도 이들 민족들이 오래도록 가까이서 살다 보니 언어 요소의 서로 빌림이 이루어져 비슷해졌다는 주장이 그래서 나온 것이다. 한국말과 일본말은 고대로부터 지금까지 어휘를 포함하여, 특히 문법 요소 등의 많은 언어 재산을 주고받고 있다. 나는 17세기부터 문헌에 나타나는 한국어의 주격 조사 '-가'가 일본말 차용어라고는 생각하지 않지만, 적어도 일본말의 영향으로 널리 쓰이게 되었다고 믿는다. 최근 한국말에서 찾아볼 수 있는 '큰일이다, 불행이다, 동감이다, 무리다, 억지다, 병이다, 결례다'와 같은 구성은 명사에 서술격 조사 '-이다'가 붙은 모습이지만, 이들은 '-하다' 무리 형용사처럼 쓰이고 있다. 이것은 분명 현대 일본말의 이른바 형용 동사形容動詞의 구성을 흉내낸 것으로 보인다.

일본 신문 · 잡지나 거리 간판에서 '皮ふ科, れん獄'처럼 한 낱말을 적는데 일본 글자와 한자를 섞어서 써 놓은 것들을 종종 볼 수 있다. '皮膚(피부)'의 '膚'자나 '煉獄(연옥)'의 '煉'자가 일본의 상용 한자[자주 쓰는 1,945개의 한자]에 들어 있지 않기 때문에 일본 글자로 그 한자의 음만 적은 것이다. 일본 사람들의 철저한 규정 지킴의 마음가짐도 여기서 엿볼 수 있을는지 모르나, 그것보다 그

네들은 일본 글자를 한자와 거의 구별하지 않는 버릇 때문인 듯하다. 일본 글자가 한자에서 왔다는 역사성과 소학교 1학년 때부터 일본 글자와 한자를 동시에 가르치는 교육 방침이 그네들을 그렇게 만든 것이다.

일본에서는 한자를 훈독도 하는 버릇이 있기 때문에, 한자를 버리는 일은 우리보다 일본 쪽이 더 쉬울지 모른다. 그러나 대부분의 일본 사람들은, 한자가 없으면 글을 쓸 수 없다고 생각할 만큼 한자에 익숙해져 있다. 우연히 식당에서 본 한자 표기 중에 한국의 '양념장'이란 말을 '藥念醬(약념장)'이라고 써 놓은 것을 보고 속으로 웃었다. 그토록 한자 쓰기를 좋아하는 것이다. 이렇게 된 데에는 위에서 말한 일본 글자의 역사성과 교육 방침의 탓도 있지만, 일본 글자의 쓰임새에도 그 이유가 있을 듯하다. 말하자면 한글의 '삶, 없-, 끝' 등과 같은 표의화가 일본 글자로는 개발되어 있지 않은 탓이다. 세계의 어떤 언어의 표기법이든 뜻글자화가 적당히 많을수록 좋은 표기법이 되는 법인데, 그 이유는 눈으로 얼른 보아서 이해하기가 쉽기 때문이다. 예컨대 영어에서 그 실제 발음이 [s], [z], [iz], [i:z]처럼 다르게 소리나지만 명사

복수형의 표기를 /(e)s/로 고정함으로써 영어의 읽는이들이 얼마나 글읽기의 능률을 얻게 되는지는 이미 검증된 바 있다.

그러나 일본 글자도 우선 두 가지가 있으므로 이것을 잘 활용하고(예컨대 명사는 모두 가타카나로 쓴다든가 하는 방법으로), 현재 사용 중인 격조사 'は(와), を(오)'처럼 실제 발음과 다르게 표기하는 방법을 더 찾아낸다면, 그리고 우리처럼 띄어쓰기를 도입한다면, 일본 글자로써 표의화가 불가능한 일은 아니다. 일본이 가끔 우리에게 한자 병용을 권고하고 있는데, 나는 오히려 일본이 한자를 버리는 게 좋겠다고 설득하고 싶은 것이다. 2차 대전 후 미국이 일본을 통치할 때 일본 글자를 로마자로 바꾸도록 하려고 소학교에서부터 로마자 교육을 몇 년이나 시행했다는데, 그때 미국 사람들이 현명한 판단을 했다고 지금도 믿고 있다. 아마 그것이 성공되었더라면, 모르긴 몰라도 일본의 문자 생활과 경제 생활은 더욱 발전되지 않았을까 생각하는 것이다. 내가 수집해 둔 외국어 성경 중에 로마자로 기록된 일본어 성경이 두 가지나 있다는 말도 덧붙여 둔다.

위에서 말한 상용 한자 문제와 관련하여, '車輛

(차량), 恪別(각별)'의 '輛, 恪'도 상용 한자가 아니므로 일본에서는 이 한자 대신에 '兩, 格'으로 바꿔 쓴다. 이런 식으로 한자의 원래 뜻과는 상관없이 음이 같은 한자로 바꾸는 일이 많은데, 이건 옛날부터 중국에서 써 오던 가차假借의 방법이긴 하지만, 중국은 한자밖에 글자가 없었으니까 그런 방법을 쓴다 하더라도, 일본은 왜 그렇게까지 한자를 쓰려고 하는지 우리로서는 좀 이해하기 힘들다. 또 위의 '피부과, 연옥'에서처럼 한자를 안 써도 아무 문제가 없는 줄을 잘 알면서도……. 북한이 일찍이 한자를 버렸지만, 그렇다고 그들의 문자 생활이나 경제 생활이 나아진 게 뭐 있느냐고? 분명 나아진 게 많이 있고, 또 사실 그들이 한자를 계속 써 왔다면 분명 지금보다 더 나빠졌으리라고 나는 믿는다.

[덧붙임: 언어학도로서 일본말에 관해 할 이야기가 어찌 이것뿐이겠습니까만 지면을 생각하지 않을 수 없어 이만 줄입니다. 그 동안 읽어 주신 분들께 깊이 감사드립니다.]

(『한글 새소식』 386호, 2004. 10. 5.)

2. 우리 말글을 생각하며

퉁구스어와 한국어

1) 퉁구스족과 퉁구스어

오늘날까지 인종학자들이나 지리·역사학자들이 써 온 퉁구스(Tungus)족이란 말은 대개 다음과 같은 3가지의 뜻을 갖는 듯하다.

(가) 협의의 퉁구스족
동시베리아에 살고 있는 에벤키(Evenki)족.

(나) 중의中義의 퉁구스족
에벤키족을 위시하여 동북 시베리아의 라무트(Lamut)족, 사할린 섬 대안對岸의 네기달(Negidal)족·오로치(Oroch)족·나나이(Nanay)족·울차(Ulcha)족, 사할린 섬에 살고 있는 오로코(Oroko)족·북만주의 솔론(Solon)족, 만주 일대와 중국 서북 변방인 신장[新疆] 지방에 거주하는 만주족과 시버족[錫伯

族], 그리고 동양사와 한국사에 등장하는 여진족을 포함한다.

(다) 광의의 퉁구스족

가장 넓은 의미의 퉁구스족에는 중의의 퉁구스족에다가 다시 몽고족, 한민족, 또 동양사에 등장하는 오환烏桓·선비鮮卑·거란契丹 등 소위 '동호東胡'족까지 포함하고, 다른 말로 '북北몽고 인종'이라고 하기도 한다. 이 '북몽고 인종'이라는 용어는 중국 인종을 가리키는 '중앙 몽고 인종' 및 아시아 남부에 퍼져있는 '남南몽고 인종'과 대립되는 개념이다.

퉁구스라는 말은 동호東胡라는 말에서 나왔다고 많은 학자들은 믿고 있지만 중국 역사책에 나오는 '동호'라는 말의 개념과 위의 (가), (나), (다)의 어느 개념과도 일치하는 것이 없다. 이 말의 기원이야 어찌 되었건 이 글에서 말하는 퉁구스족이란 중의의 것임을 먼저 밝혀 둔다.

퉁구스족은 위에서 말한 대로 시베리아 동부·북부, 그리고 캄차카(Kamchatka) 반도, 연해주(사할린 섬 대안의 소련 지역으로 대개 북위 55도에서 43도에 이른다. 함경북도와 접경한다) 및 만주와 신장 지방에 살고 있는데, 소련 정부의 3차례 국세國勢 조사에서 밝혀진 그 인구는 <표 1>과 같다.

이 퉁구스족들의 언어를 일반적으로 퉁구스어라고 하는데, 이 언어의 이름은 민족의 이름보다 개념이 뚜렷한 편이다. 즉, 흔히 퉁구스어라 함은 중의의 퉁구스족들이 사용하는 언어만을 의미하는 것이다.

퉁구스어는 다른 용어로 Manchu-Tungus Languages, die mandschu tungusischen Sprachen, tunguso-manchzhurskij jazyki, Languages tonguzes 등의 이름을 갖고 있다.

〈표 1〉 퉁구스족의 인구와 거주지

분류	종족 이름	다른 이름	1926년도	1959년도	1970년도	주 거주지
북퉁구스족	에벤키	퉁구스	·	40,000명	25,000명	동시베리아 전역
	라무트	에벤	·	9,000명	12,000명	북동 시베리아
	네기달	엘켄베이	683명	800명	537명	연해주 북서쪽
	솔론	·	300명	·	·	북서 만주
남퉁구스족	오로치	나니	647명	782명	1,089명	연해주 북부
	우디헤	우데, 우디거	1,357명	1,444명	1,469명	연해주 북부
	나나이	골디, 赫哲	5,309명	8,026명	10,005명	연해주 중부
	울차	나니, 올차	723명	2,055명	2,448명	연해주 북부
	오로코	울타	·	·	300명	사할린 섬
	만주	·	·	·	21,405명	만주 및 신장

퉁구스어는 대략 <표 2>와 같은 방언으로 이루어져 있다.

1. Northern branch
   11. NE group
      111. Lamut
      112. Arman
   12. NW group
      121. Evenki
      122. Negidal
      123. Solon
2. Central branch
   21. CE group
      211. Oroch
      212. Udihe
   22. CW group
      221. Kili
      222. Nanay
      223. Lower Amur dialects
         2231. Ulcha
         2232. Ulta(Oroko)
3. Southern branch
   31. Manchurian group
      311. Jurchen
      312. Manchu

2) 과거의 퉁구스어

한국사와 동양사에 이름을 남긴 언어 중 퉁구스어라고 믿어지는 것들에는 먼저 숙신어肅愼語(일명 息愼 또는 稷愼語), 읍루어挹婁語, 말갈어靺鞨語, 물길어勿吉語가 있다. 그러나 현재 우리들은 이들 언어에 관한 자료를 전혀 가지고 있지 않다. 다만 이들 민족이 뒤에 말할 여진족과 만주족의 조상이었음이 확실하고 그 생활 모습과 문화의 양상이 퉁구스족과 비슷하므로 그렇게 추측할 뿐이다. 부여扶餘·고구려·발해의 언어도 퉁구스어와 관계가 있을 수 있는데, 이 중 고구려의 언어 이외에는 역시 자료가 거의 없어 확실한 말을 하기 어렵다.

비교적 많은 언어 자료를 남긴 퉁구스어로는 먼저 여진어를 들 수 있다.

여진족은 10세기 발해가 거란契丹에게 멸망된 후부터 그 이름이 역사에 등장하는데 스스로 물길勿吉족의 후손이라고 부르면서 두만강 유역과 동부·북부 만주에서 수렵 생활을 하며 원시적인 상태로 거주하고 있었다. 그러나 10세기 말부터 부족의 단합이 이루어져 고려 왕조를 괴롭히기 시작했으며, 마침내 1115년(고려 예종 12년) 아쿠타[阿

骨打]라는 부족장이 여진족을 통일하여 금金나라를 세웠고 마침내는 중국의 중원 지방도 지배하게 되어 송나라와 고려를 위협하는 대제국으로 성장하게 됐던 것이다. 이 여진족의 금나라는 한자를 모방하여 만든 여진 문자까지 갖고 있어서 많은 문헌을 남긴 문화 국가가 되었으나 유감스럽게도 이 문자로 씌어진 이 시대의 문헌은 현재 남아 있는 것이 하나도 없고 다만 금석문에서만 그 모습을 찾아볼 수 있을 뿐이다. 금나라는 1234년 몽고족의 침략으로 멸망해 버렸고 다시 만주 고토故土에서 야만적인 생활을 16세기 말까지 계속한다. 15세기 명나라의 사이관四夷館과 회동관會同館에서 만들어진 『화이 역어華夷譯語』라는 중국어-외국어 대역 사전 속에 9백여 개에 가까운 여진어 낱말과 여진어 문자가 수록되어 있어서 여

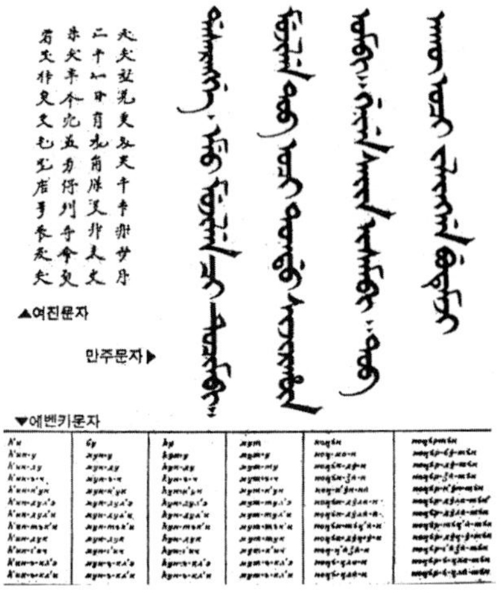

〈그림 1〉 퉁구스어의 여러 문자들

진어 연구에 좋은 자료가 되고 있다(<그림 1> 참조).

흔히 여진어 문자와 혼동되고 있는 거란契丹 문자는 몽고 어파에 속하는 거란어를 나타내고 있어서 퉁구스어학에서는 연구 대상에 넣지 않고 거란족도 퉁구스족에 잘 포함시키지 않는다(<그림 2> 참조).

〈그림 2〉 거란 문자

만주에 흩어져 살던 여진족은 16세기 초부터 스스로를 만주족이라 부르면서 부족을 다시 통합하여 오다가 그 추장 누르하치[奴兒哈赤]에 의해 후금국後金國이 건립되고(광해군 8년, 1616년) 다시 청淸으로 개호改號한 후 동양 천지를 호령하는 대국으로 발돋움하게 된다. 이 만주족은 몽고 문자를 약간 고쳐서 만주 문자를 제정한 후(1632년 완성) 이 문자로 만주어를 기록한 방대한 양의 만주어 문헌을 남겨 두었으며, 현재도 솔론족과 신장의 시버족들은 이 만주 문자를 사용하고 있다.

3) 퉁구스어의 여러 문자들

퉁구스어를 나타내는 문자에는 먼저 위에서 말한 여진 문자와 만주 문자를 들 수 있다.

그러나 현재 전해지지는 않으나 발해국의 언어가 퉁구스어였을 가능성이 크므로 발해 문자를 퉁구스족이 발명한 최초의 문자로 볼 수 있을 것이다. 이 발해 문자를 모방하여 거란 문자가 만들어졌을 것이고 다시 이를 모방한 문자가 여진 문자이다.

여진 문자는 거란 문자, 서하西夏 문자와 함께 동양의 3대 난해難解 문자에 속한다. 아직 완전히 해독되지 못한 이 여진 문자는 한자와 같은 성질의 표의 문자와 접미사를 주로 나타내는 표음 문자로 이루어진다. 현재까지 수집된 여진 문자는 앞서 말한 『화이 역어』와 금석문 등에 나타난 것들로 약 1,000자 정도 된다. 여진 문자를 최초로 해독한 학자는 독일의 언어학자 Wilhelm Grube 박사로 그의 연구 결과는 Die Sprache und Schrift der Jučen(1896)에 나타나 있다.

만주 문자는 몽고 문자를 고쳐서 만든 것으로 진보적인 음소문자이다. 중국어를 나타내기 위한 특수한 문자를 제외한다면 5개의 모음자와 19개의 자음자로 이뤄진다. 만주족들은 17세기 초부터 20세기 초까지 3백여 년간 수많은 중국의 문헌들을 만주어로 번역하면서 이 만주 문자를 사용했으므로 만주어 연구 문헌은 풍부하게 남아있다. 국내학자로 만주어를 연구하는 분은 박은용朴恩用 교수(효성여대)와 성백인成百仁 교수(명지대학)가 있다. 현재도 일부 퉁구스족들은 이 만주 문자를 사용하고 있는데 이들은 모두 중국의 판도 안에 거주하는 민족(흑룡강성의 만주족, 신장의 시버족 등)들이다.

현대 퉁구스족 중에서 소련 내에 거주하고 있는 민족들은 1930년대부터 키릴 문자로 그들의 언어를 기록하고 있다. 학교 교육이나 신문 등에 이 키릴 문자를 사용하는 퉁구스족들은 에벤키족, 라무트족, 나나이족들이다.

4) 퉁구스어의 구조적 특징

퉁구스어는 한국어와 구조상 일치하는 점이 많으나 한국어와 아주 다른 면도 많이 갖고 있다. 퉁구스어 중에서 라무트어로써 예를 들어 본다면,

(1) 라무트어 동사는 인칭 어미를 가진다. 예컨대 egzen zol descin(큰 돌이 있다)라는 문장과 egzer zolal descir(큰 돌들이 있다)라는 문장에서 마지막 낱말의 -n과 -r은 각각 그 주어가 3인칭 단수임과 3인칭 복수임을 나타낸다.

(2) 라무트어의 수식어는 피수식어의 수數와 일치한다. 예컨대 앞의 2문장에서 egzen(큰)이라는 형용사는 뒤에 오는 명사 zol(돌)이 단수임을 나타내고, egzer(큰)이라는 형용사는 위에 오는 명사 zolal(돌들)이 복수임을 나타내 주기 위해 각각 다른 접미사를 갖고 있는 것이다.

(3) 라무트어는 소유 접미사(Possessivsufix)를 갖고 있다. 즉 zu-w(나의 집) zu-s(너의 집), zu-n(그의 집)에서 -w, -s, -n은 각각 소유 접미사가 된다.

(4) 라무트어의 1인칭 대명사에는 포함형(Inklusiv)과 배제형(Exklusiv)의 2가지가 있다. 즉 같은 1인칭 대명사인 mut(상대방을 포함하는 우리)와 bu(상대방을 포함하지 않는 우리)가 엄격히 구별 사용되고 있고 이들이 주어로 사용될 때는 그 동사의 어미도 달라진다.

(5) 라무트어에는 주격·공동격·호격 조사가 없다. 한국어에는 '-가, -와, -야'가 있다.

(6) 라무트어의 지시 대명사는 er(this), tar(that)의 2가지뿐으로서 한국어의 '이, 그, 저'와는 양상이 다르다.

이 밖에도 퉁구스어와 한국어 사이에 일치하지 않는 구조적 특징이 많이 있지만 반면에 한국어와 퉁구스어의 공통점은 더욱 많이 있다. 공통점의 대표적인 것으로는 문장 구조가 '주어+객어+술어'의 순이라는 것, 관계 대명사와 관사가 없다는 것, 동사가 자유스럽게 변화하여 다른 품사의 기능을 갖는다는 것, 모든 문법적 기능은 접미법接尾法으로 이루어진다는 것, 모음 교체母音交替가 문법적 기능을 갖지 않는다는 것 등이다.

그러나 2개 이상의 언어를 비교할 때 이런 구조적인 특징이 그 언어들을 같은 어족이다, 아니다라고 말해 주지 못한다. 예컨대 러시아어와 영어는 구조적으로 전혀 다르지만 이들이 인도 유럽 어족에 속함을 부인할 수 없고, 아이누어와 바스크어는 구조적으로 비슷하지만 이 두 언어가 동일 어족이라고 말한 학자는 아무도 없음과 같다.

5) 퉁구스어와 한국어

퉁구스어와 한국어를 면밀히 비교해 보면 이 두 언어 사이에는 뚜렷한 음운 대응 관계가 있음을 알 수 있다. 둘 이상의 언어에 음운 대응 관계가 성립된다는 사실은 과거 어느 시대에 이 언어들은 동일한 언어(이를 공통 조어共通祖語라 함)였다는 증거가 된다. 따라서 한국어와 퉁구스어도 과거 어떤 시절에 한국어・퉁구스 공통 조어(이를 필자는 Proto-Koreo-Tungusic이라 불렀음. 약어는 PKT)를 형성하고 있었다 할 만하다. Ramstedt라고 하는 비교 언어학자는 지금부터 4천 년 전 한국어・퉁구스어・몽고어・터키어의 공통 조어 시대가 있었다고 말한 바 있으나 필자의 견해로는 비교적 후대에까지 PKT시대가 있었다고 보아지는 것이다.

필자가 한국어와 퉁구스어의 분기를 신라의 통일(7세기 말) 무렵으로 보는 것은 다음과 같은 이유에서이다. 즉, 삼국 시대의 언어인 신라・백제・고구려 언어는 흔히 생각하듯이 그리 큰 차이를 갖는 것이 아니었다. 삼국 시대의 언어들이 서로 뚜렷이 달랐다는 견해를 가지고 있는 학자로

이기문 교수(서울대) 같은 분이 있으나 이 언어들의 차이란 방언차에 불과하다고 보는 김방한 교수(서울대)의 견해를 필자는 좌단左袒하는 것이다.

그리고 고구려어와 말갈어가 비슷하지 않다면 이 두 민족이 합해서 발해국을 건립할 수 없을 것이고 또 현존하는 고구려어 자료와 여진어 자료(여진어는 바로 말갈어의 후손이다)들은 이 두 언어가 아주 가까운 사이임을 말해 주고 있는 것이다. 따라서 신라・백제・고구려・말갈・발해・여진의 언어들은 동일 언어의 방언이라고 가정할 수 있는데, 신라의 삼국 통일로 인한 한국어(남방어)의 독자적인 발달과 발해의 건립으로 인한 퉁구스어(북방어)의 독자적인 발달로 두 언어는 차차 다른 방향으로 양극화를 재촉하였고 이런 상황은 고려의 건국(남방어 쪽)과 거란・몽고어의 간섭(북방어 쪽)으로 더욱 심각해졌던 것이다.

요약하면 발해의 건국에서 고려의 건국까지의 시기인 8세기 초에서 10세기 초의 2백 년 동안 한국어와 퉁구스어는 분기를 시작했고 10세기 초에는 이미 두 언어의 거리가 서로를 이언어異言語로 여길 만큼 멀어져 버렸다고 말할 수 있는 것이다.

그러나 앞서 말한 대로 퉁구스어와 한국어 사

이에는 뚜렷한 음운 대응 법칙이 성립되므로 이 두 언어의 공통 조어 존재설은 증명이 끝났다고 볼 수 있으며, 퉁구스어가 알타이어족에 속함이 명백하다면 한국어의 계통도 분명해지는 것이다. 끝으로 한국어와 퉁구스어의 인상적인 대응 어휘를 몇 개 들어보면 다음과 같다.

한국어	퉁구스 공통어	한국어	퉁구스 공통어
발(足)	pal(足)	둘(二)	dur(二)
부글부글(沸)	pakol(熱)	다가(近)	daga(近)
바닥(底)	pata(底)	길(道)	giri(路)
붉-(赤)	pula(赤)	구리(銅)	guli(銅)
담-(容)	tama-(集)	실(糸)	sira(糸)
덮-(蓋)	tap-(投入)	물(水)	mol(水)
돌-(廻)	tor-(廻)	말(馬)	mori(馬)
구렁이(蛇)	kulin(爬)	모르-(不知)	muli-(不知)
가리-(蔽)	kori-(蔽)	날(生)	nalu(未熟)

6) 덧붙임

흔히들 한국 민족은 퉁구스족에 속한다느니 한국어는 퉁구스어에 가깝다느니 하는데 이 말은 논리적으로 보아 잘못 형성된 말투다.

숫자상으로 보아도 한국 민족의 수는 5천만이 넘고 독립 국가를 형성하고 있음에 반해 퉁구스족은 현재 10만 명을 넘지 못하고 문화적으로도 약소 민족임을 부인할 수 없는데 이런 말투를 쓴다는 것은 모순이 아닐 수 없다. 이런 말투가 생기게 된 것은 역사적으로 보아 퉁구스족이 서양 학자들에게 먼저 알려졌고 퉁구스어는 진작부터 알타이 어족에 속한다고 믿어져 왔으나 한국어는 계통이 확실하지 않았기 때문에 그리 된 것이다. 그러나 이제 한국인도 서양 세계에 널리 알려졌고 한국어의 계통도 어느 정도 밝혀졌으므로 이러한 18세기의 말투는 고쳐져야 함은 물론이다. 고쳐 말하면 한국어는 퉁구스어와 함께 알타이 어족에 속하고 한국인은 퉁구스인과 함께 북몽고 인족에 소속된다고 말할 수 있는 것이다.

(한글학회 경북지회, 『한글 경북』 2호, 1981. 12. 30.)

한글 대접이 어찌 소홀해서 될 일인가?

말과 글자

해마다 한글날이 가까워 오면 신문과 잡지와 TV들은 마치 잊고 있던 조상의 산소를 명절날 찾아가듯 우리말과 우리글에 관한 기사를 다루어 한글날을 잊고 있지는 않다는 성의를 표한다. 사실 우리말 · 우리글은 이미 돌아가신 조상과는 달리 우리 생활의 중요한 한 부분을 이루는 요소이고 많은 경우에 나 자신을 평가 받는 중요한 척도가 됨에도—'신언서판身言書判'이라는 말을 상기하자. —불구하고, 1년 365일 말과 글에 별 관심을 보이지 않다가 이 무렵이 되면 새삼 애국자가 된 양 기염을 토하곤 하는 현실을 보면 딱한 생각이 안 들 수 없다.

물론 매일을 한결같이 신경 써가며 지낼 수 없으니까 따로 하루를 정해 새삼스러운 생각을 가져보는 것이야 나쁜 일이라 할 수 없겠지만, 문제는 우리의 중차대한 언어 · 문자 생활에 관한 일을 보도 기관들은 너무나 행사 위주로 형식적이고 졸속拙速히 다루려 하기 때문에 문제가 생기는 것이다.

올해로 오백마흔 돌을 맞는 이 한글날은 '세종대왕께서 우리의 독창적 민족 문자인 한글을 제정 · 반포하신 것을 기념하는 날'로 생각하면 틀림없다. 이 한글날이 훈민정음을 제정하신 날이냐, 반포하신 날이냐, 아니면 그런 것과 관계가 없는 날인데 잘못 날짜를 택한 것이냐를 따질 것 없이 '우리 글자 제정'이라는 위대한 사업을 '기념'하는 날이므로 이 날을 계기로 우리 '글자'에 관해 생각해 볼 기회를 만드는 것도 물론 좋은 일이다. 그러나 매스컴은 이 날을 맞아 '글자'뿐만 아니라 우리말(언어)의 문제—국어 순화 · 철자법 · 외래어 · 외국어 조기 교육 등등의 문제까지 다루기 때문에 대중들은 이 한글날이 '우리말'과 관계 있는 날로 생각하게 되고, 세종대왕은 우리말 · 우리글을 만드신 분으로 둔갑하며, 따라서 상당히 유식한 분들도 '그럼 세종대왕 이전에는 우리 조상들이 무슨 말을 썼을까?'라는 제법 지적인 호기심마저 갖게 되는 것이다(통탄스럽게도 필자는 몇몇 대학 교수들로부터 바로 이와 꼭 같은 질문을 받은 적이 있다).

초등학교 시절부터 한글날은 세종 임금님이 어려운 한자 대신에 우수한 우리 문자 한글을 만드신 날이라고 수없이 들어 왔음에도 이런 착각을 일으키는 까닭은 매스컴의 무분별하고 졸속한 '한글날 특집' 때문이다. 글자와 말은 깊은 관계를 갖긴 해도 아주 다른 것이다. 세종 이전에도 이후에도 우리 민족은 우리말(한국어)을 쓰고 있었고, 문자로는 중국인이 발명한 한자漢字라는 문자를 널리 사용했다는 사실은 꿈 속에서도 잊어서는 안 될 일이다.

한글의 우수성

새삼스런 이야기지만 한글의 우수성은 먼저 그 독창성에 있다. 지금까지 알려진 문자의 수는 2백 개가 넘고 현재 사용되고 있는 문자의 수만도 50 개가 넘지만 (현재 사용되고 있는 언어의 수는 5천 개가 넘는다는 통계도 참조할 것) 문자의 조상은 '바빌로니아'의 상형 문자와 중국의 한자라고 한다. 바꾸어 말하면 인류가 만들어 낸 모든 문자는 이 두 문자를 제외하고는 다 다른 문자를 모방·변형한 것이지 창조한 것은 없다는 말이다.

그러나 한글은 아직까지 어떤 문자를 모방·변형해서 만든 것인지 알려져 있지 않다. 티베트 문자에서 파생된 몽고족의 파스파 문자를 모방했다는 설이 가장 유력하지만, 한글의 기원이 불분명한 것이 사실인 만큼 한글은 순전히 독창적으로 제정된 문자라고 생각해야 한다.

그러면서도 그 제정 원리가 음성학 및 음운론적 원리에 입각한 과학적인 것이며 철학적인 것이라는 점과, 글자 수가 적고 획이 아주 간단하며 나타내는 소리가 비슷하거나 조음調音 위치가 같으면 글자 모양도 비슷한 점(예컨대 'ㄴ, ㄷ, ㅌ, ㄸ')

등등이 모두 한글의 우수성이다. 따라서 배우기 쉽고 읽기 쉬운 점은 세계의 어느 문자도 따르지 못함을 세계의 많은 문자 학자들이 인정하는 바이다.

한글의 문제점

그러나 현대의 문자 생활에서 한글이 갖고 있는 불편성도 없는 바가 아니다. 우리는 이런 한글의 문제점을 고쳐 감으로써 훨씬 합리적이고 실용적인 문자 생활을 영위할 수 있을 것이다.

첫째로 앞에서 한글의 글자 수가 적다고 했는데 사실 현재 우리는 글자 수를 자음 글자 14개, 모음 글자 10개, 합해서 24개라고 언필칭言必稱 말하지만, 실제로 기본 문자는 자음자 19개(ㄲㄸㅃㅆㅉ 포함), 모음자 21개('ㅐㅒㅔㅖㅘㅙㅚㅝㅞㅟㅢ'의 모음자 포함), 모두 40개가 된다. 그러나 우리의 실제 문자 생활은 기본 문자를 2개 이상씩 모아서 하나의 글자로 쓰고 있기 때문에 엄청나게 많은 활자를 가져야 한다는 점이다. 이론적으로 우리의 글자 수는 1만 자가 넘으며(자음 글자 19×모음 글자 21×받침 글자 27), 실제 사용되는 활자 수가 3천 자나 되어 세계에서 글자 수가 제일 많은 중국보다 더 많은 활자를 사용해야 하는 불편을 겪고 있다(중국보다 활자가 많은 이유는 한자까지 쓰고 있기 때문이다). 이 점은 우리의 인쇄술을 발전시키지 못한 가장 큰 원인이 되어 왔다.

둘째로 글자 모양이 거의 직선으로만 이루어져 있고 너무 간단하며 글자의 크기가 획의 많고 적음에 관계 없이 똑같기 때문에, 기억하기 불편하고 눈이 쉬 피로해져 능률적인 독서에 지장을 준다. 사실 한글 글자 중에 곡선은 'ㅇ, ㅎ'자에만 쓰일 뿐 모두 직선으로만 글자를 이루고 있어 전체적으로 글자의 인상이 부드럽지 못하게 된다(다행히 ㅇ자의 빈도가 아주 높아 이 결함을 어느 정도 감싸 주고 있기는 하다). 또 '이', '그' 자나 '쨟', '뜛' 자나 활자 호수가 같으면 글자가 차지하는 공간도 똑같으므로 '쨟', '뜛' 자처럼 획이 많은 글자는 작은 호수의 활자인 경우에 새까맣게 보일 수가 있는 것이다. 그리고 'ㄴ, ㄷ'과 'ㄹ, ㅌ' 등의 글자는 글자 모양의 차이가 너무 적어 혼동을 불러일으킬 염려가 크며, 모음의 경우에도 '아, 어 ; 오, 우 ; 야, 여 ; 요, 유'가 오로지 기본획의 상하 좌우 어느 쪽에 점이 몇 개 있느냐에 따라 아주 다른 글자가 된다는 것도 문자 생활에서 결코 실용적이라 할 수 없을 것이다.

함께 생각해 볼 점

한글의 불편성을 덜기 위해 학자들은 이미 반 세기 전에 한글 풀어 쓰기 연구를 시작하였다. 그러나 한글을 그대로 풀어 써 놓으면(예: ㅎㅏㄴㄱㅡㄹ) 글자 모양이 불안정하고 아름답지 못하며, 위에서 말한 이유로 기억 능률과 독서 능률이 떨어지므로 이를 미적으로 곡선화하고 안정감 있는 모양을 갖도록 다듬지 않으면 안 된다. 이런 작업을 위해서는 어느 개인이 자기 취향대로 만들 것이 아니라 문자 학자·국어 학자·도안가·심리 학자들이 모여 많은 실험을 거친 후에 할 일이다.

그러나 여기서 분명히 짚고 넘어갈 점은 이런 작업은 '문자 개선'의 성격을 넘어 '새 문자의 제정'이라는 의미를 갖게 된다는 점이다. 바꾸어 말하면 우리의 자랑인 한글을 버리고 새 문자를 만드는 것이다. 여기에 우리의 고민이 있다. 편의성 때문에 우리가 자랑해 마지않는 세종대왕의 위대한 업적인 한글을 버리고 편리한 문자를 새로 만들 것이냐, 불편한 대로 우리의 자랑을 간직할 것이냐? 또 불편하다고 한다면 그것이 어떻게 자랑이 될 수 있겠느냐?

새로 문자를 만드느니보다 차라리 우리 눈에 익어 있는 '라틴(로마)' 문자를 채택함이 어떠냐? 실제로 문자 개혁을 단행해서 우리가 얻는 이익과 손실은 어떤 것이겠느냐? 등등의 문제는 학자들만의 두뇌로 해결할 일이 아니다. 오늘 서둘러 결정지으려 하지 말고 전체 국민이 몇 년 동안 대토론회를 벌여 결정할 문제라고 본다.

우리말·우리글이 세계에서 가장 훌륭한 것이고, 우리말·우리글 속에 우리의 민족혼이 담겨져 있고… 하는 등등의 말은 더 이상 할 필요가 없다. 우리는 우리 사회의 전통적 재보財寶인 우리말을 사랑하고 잘 다듬어 나가서 보다 우리 생각을 잘 표현할 수 있는 세련된 언어로 만들어 가기만 하면 족하다. 우리가 우리 국토를 사랑하고 개발하듯이 우리말을 사랑하고 개발해 나가는 것이 중요한 일일 것이다.

(천주교 대구대교구, 『빛』 42호, 1986. 10. 1.)

분열될 조짐을 보이는 현대 한국어

1) 현대 한국어의 분열

우리 민족이 한반도 안에서만 함께 살며 단일 언어인 한국어만을 사용하게 된 것이 정확히 언제부터였는지 말하기 힘들지만 언어 외사外史적 사실로 추정해 보면 늦어도 삼국 통일 이후(7세기말)에 한국어 공통어가 확립되어 그 이후 커다란 변화 없이 오늘에 이르게 되었다고 보아 큰 잘못이 없을 것이다.

물론 신라 · 백제 · 고구려의 언어가 서로 별개의 언어였다고 믿어지지는 않지만, 하나의 민족이라는 관념 아래서 하나의 통일된 언어로 한반도에서 의사소통을 하게 된 것은 역시 이 7세기 이후로 잡는 것이 안전할 듯하다.

그 이후 오늘날까지 천 몇 백 년 동안 우리 민족의 언어는 수없는 외침과 이민족異民族 지배의 고통에 시달리면서도 획기적인 언어의 치환置換 없이 오늘에 이르렀음은 우리 민족성과 언어의 한 특질을 엿보게 하는 좋은 자료가 될 수 있을 것 같다.

그러나 언어란 끊임없이 변화하기 때문에 어떠

한 단일 언어라 하더라도 계속적으로 분열되고 또 통일되는 속성을 버릴 수 없는 법이다. 그래서 어떤 시대에나 통일된 언어의 분열 양상인 방언이 존재하게 되고, 지리적 · 사회적 상황에 따라 어떤 방언이 계속 고립되어 마침내는 자매어姉妹語로 발전하기도 하고, 더 심해지면 친족어親族語 차원의 언어로 분화해 버리기도 하는 것이다.

7세기 이래, 우리 한국어 공용어에서 가장 멀리 떨어져 나간 방언으로 제주 방언을 들 수 있겠으나, 20세기 후반에 들어와 이 제주 방언은 더 이상의 생명력을 잃고 사멸 단계에 들었기 때문에, 한국어 사용자들은 이제 한국어가 완전무결한 단일 언어라고 생각하게 되어 버렸다.

그러나 19세기부터 시작된 한국어의 '디아스포라(Diaspora)' 현상을 간과해서는 안 된다. 청淸나라 조정의 '만주 성역 공토화滿州聖域空土化' 정책에도 불구하고 우리 민족은 압록강 · 두만강을 건너 만주 땅으로 확산되었고, 마침내 현재 소련 영토인 '시호테 알린沿海州' 지방까지 우리 민족이 들어가 집단 거주 생활을 하게 되었으며, 그 후 소련과 일본의 강제 정책으로 중앙 아시아의 우즈베키스탄과 카자흐스탄 지방에 25만 명 이상, 사할린 섬에 4만 명의 한국인들이 한국어를 쓰면서 살게 되었다.

다시 1950년 이후 남북한이 정치적으로 단절되면서 한국어는 크게 남북한 방언으로 분열될 조짐을 보였고, 미국 로스앤젤레스 시의 40만 한국인과 일본 오사카 시의 40만 한국인들의 언어가 영어와 일본어의 강력한 간섭을 받는 한국어로 이질화異質化할 가능성을 보이고 있다.

그렇다면 현재까지 지리적·정치적 이유로 분열된 현대 한국어 방언권은 다음과 같이 7개를 들 수 있을 것이다.

① 한국어 : 사용 인구 4천만 명. 중앙 방언을 중심으로 하고, 크게 중앙·동남·서남의 3 하위 방언(Subdialect)을 갖고 있다.
② 북한어 : 사용 인구 2천만 명. 서부 방언을 표준어로 정하고 있고 동부 방언이 따로 존재한다.
③ 중국 조선어 : 사용 인구 170만 명. 중국 내의 조선족(1988년판 〈중국 인구 통계 연감〉에 의하면 총 176만5204명)들의 언어로서 북한 동부 방언을 기초로 하고 있다. 중국어의 강력한 영향을 받아 젊은 층의 언어는 한반도의 언어와 심각한 이질화 현상을 드러내고 있다. 철자법과 그 밖의 언어 정책은 80년대까지 북한어의 노선을 따르고 있었다.

④ 소련 고려어 : 사용 인구는 1979년의 소련 인구 조사에 의하면 25만5천 명(우즈베키스탄에 16만3천 명, 카자흐스탄에 9만2천 명)으로 이들 '고려 사람'들이 한국어와 한글로 언어·문자 생활을 하고 있다. 이들은 대부분 1937년 연해주 지방에서 강제 이송移送된 15만 명의 조선인들과 그 후손들이다. 스스로 '고려 사람'이라고 부르고, 그들의 말을 '고려말'이라 일컫는다. 그들의 왜, 어떻게 시베리아 극동 지역에서 이곳으로 이주하게 되었는지 현재로서는 명확히 밝혀져 있지 않다. 러시아어와 카자흐어·우즈베크어의 영향을 강력하게 받고 있어 별도의 정책 지원이 없는 한, 소멸의 위험마저 안고 있다. 한반도의 한국어와 가장 이질화된 언어이다.

⑤ 로스앤젤레스 한국어 : LA시에서 집단 거주하고 있는 한국인들의 언어이다. 사용 인구는 40만 명 정도이고 영어의 영향 아래 놓여 있다.

⑥ 오사카 조선어 : 일본 오사카 시에서 집단 거주하고 있는 조선인들의 언어로, 사용 인구는 40만 명쯤이다. 일본어의 영향을 받고 있다.

⑦ 사할린 조선어 : 일제 때 채광採鑛 업무를 위해 강제로 끌려간 조선인과 그 후손들 4만여 명이 남 사할린 섬에서 한국어를 쓰며 살고 있다. 한글 신문 『레닌의 길로』까지도 발간하고 있으나 러시아어의 강한 영향 밑에 있다.

앞서 말한 대로 특별한 정치적 상황의 변동이

나 정책적 지원이 없는 한, 이들은 점차 이질화하여 마침내 자매어로 분열될 가능성이 크다. 특히 한반도와 지리적·정치적으로 거의 단절된 소련 고려어와 사할린 조선어, 중국 조선어가 그러하다.

2) 북한어의 이질화 현상

북한어와 남한 한국어의 이질화 현상은 한국어 성립 이래 가장 심각한 현상으로 지적되어 왔다. 전술한 대로 언어의 분열은 어느 시대, 어느 언어에서도 일어나는 현상이지만 남북한 언어의 분열은 자연적인 언어 자체의 현상이 아니라 정치적 이유에 기인하는 정책적 분열인데다가, 단일 민족·단일 언어만을 생각해 온 우리 민족에게는 너무나 충격적 사건으로 받아지기 때문에 더욱 심각한 것이다.

북한의 표준어는 서울 방언을 기층基層으로 정해졌지만, 현재 북한의 정치적 중심지인 평양이 서울과는 상당히 이질적 방언권인 평안도 방언권 내에 들어있기 때문에 서울 방언과는 다른 방향의 발전을 생각하기란 크게 힘들지 않은 일이다.

게다가 남북한의 40년에 걸친 철저한 단절과

양쪽의 강력한 이질적 언어 정책 때문에 남북한 언어는 심각한 이질화의 길을 걷지 않을 수 없었던 것이다.

〈남북 언어 이질화의 예〉

북한	남한	북한	남한
끌힘	인력	천구호	프랑카드
옮겨지음	각색	여닫이	스위치
바다물미역	해수욕	짐승학	포유동물학
깨우기	현상	비치기	조명
쩨마	테마	삐오네르	소년단
웽그리아	헝가리	웰남	베트남

남한 한국어와 북한어를 이질적으로 느끼게 하는 원인이 되는 점을 몇 가지 들어 보면 다음과 같다. 첫째, 북한어가 많은 평안 방언 어휘를 채택한 점, 둘째, 북한측에서 무리한 신조어新造語를 채택한 점, 셋째, 외래어의 진원震源이 다른 점, 넷째, 이념이 다른 사회라는 점 등이 그것이다. 평양 방언에서 채택된 북한 어휘의 예를 몇 개 들어보면, 게사니(거위), 부루(상치), 강냉이(옥수수), 마스다(망가뜨리다), 남새(채소), 컬레(켤레), 수집다(수줍다), 한껍에(한꺼번에), 곰팽이(곰팡이), 세관다(세차다), 버럭덩이(구박덩이), 보잡이(길잡이), 문다지

다(문지르다), 어방없다(어림없다), 지숙하다(지긋하다), 후치질(뒷마무리), 문문(물씬물씬), 슴벅이다(깜박이다) 등등이다.

북한에서 무리하게 새로 만든 어휘들은 우리말 순화 차원에서 긍정적으로 볼 수도 있겠는데, 다음과 같은 예들은 우리에게 어색하게 느껴진다. 끌힘(인력), 천구호(프랑카드), 옥쌀(옥수수쌀), 옮겨지음(각색), 서로말(대화), 여닫이(스위치), 이닦이약(치약), 중앙으로 꺾어차기(센터링), 바다물미역(해수욕), 짐승학(포유동물학), 더운물흐름(난류), 끄트머리소리(어말음), 풀어옮김법(간접화법), 알림문장(서술문), 볶음머리(파마), 붙임띠(반창고), 판종이(마분지), 돌이(옥타브), 우스개(유머), 나리옷(드레스), 무늬그물(레이스), 큰마루(클라이맥스), 깨우기(현상), 비치기(조명), 작은붙이기(소도구) 등등. 셋째로 북한의 외래어 중 러시아어를 통해 들어온 어휘들이 우리에게 생소한 느낌을 준다. 예컨대 그루빠(그룹), 뜨락또르(트랙터), 쩨마(테마), 삐오네르(소년단), 꼼무나(공동 집단), 웽그리아(헝가리), 뽈스카(폴란드), 체꼬슬로벤스꼬(체코슬로바키아), 스웨리예(스웨덴), 웬남(베트남) 등이 그것이다.

북한이 우리와 다른 이데올로기 국가이기 때문

에 즐겨 쓰는 어휘나 표현법이 우리에게 생경하게 느껴지는 것이 당연하다. 이것은 문화의 차이에서 빚어진 언어 차이라고 할 만하다. 예를 들면 '밥공장, 인민배우, 공민증, 주탁아소, 국제열차, 밭머리총회, 영농전투, 원료기지, 예술선동, 문답초소(상담실), 탁구전법, 식의주食衣住, 로력을 헐케하다, 방조를 받고있다, 건설할 것이 예견되었다, 단체들은 결정들에서 류출되는 과업들을 당회의들에서 토의하며 시책들을 강구 작성하여야 할 것이다' 등이 그것이다.

이 밖에 표기법이 다르기 때문에 서사 언어에서 오는 이질감도 있고, 정책적으로 가장 큰 문제라고 할 수 있는 점은 사전의 표제어 배열 순서가 다른 데서 오는 쌍방의 사전 이용의 불편성이라 할 수 있다. 같은 언어와 문자를 쓰면서 사전 표제어 배열이 다르다는 것은 국제적인 수치일 수가 있는데, 남북이 교류되면 이 문제가 어떻게 해결될지 궁금하다.

3) 소련 고려어의 이질화 현상

한반도의 한국어와 정치적·지역적으로 가장

멀리 떨어져 있는 소련 고려어는 소련 공통어인 러시아어와, 1천만 명 이상의 사용자를 가진 우즈베크어, 6백만 명 이상의 카자흐어 사이에서 고립되어 있으므로 이들 언어의 강력한 영향을 받지 않을 수 없다.

우선 가장 두드러지고 충격적인 변화는 이들 '고려사람'들이 자신의 성姓을 러시아식으로 고쳐 가고 있다는 것이다. 예컨대 그들의 성은 Digay, Kogay, Lagay, Nogay, Ogay, Pegay, Hegay, Chagay 등으로 적고 있는데 이는 각각 '지가池哥, 고가高哥, 라가羅哥, 노가盧哥, 오가吳哥, 배가裵哥, 허가許哥, 차가車哥' 등에서 유래한 것이다.

그들의 이름은 Hegay Mariya Yurefna, Yugay Konstantin Apanasevich, Nogay Jasunovich, Ogay Yunmanovna 등으로 지어져 있는데 마지막 두 사람의 원래의 한국식 이름은 노재순盧在順, 오윤영吳允映이었다고 한다.

한국인들이 자신의 성명을 바꿀 정도라면 그들의 언어는 이질화하지 않을 수 없다. 카자흐스탄의 크질오르다 시에서 출판되고 있는 한글 신문 『레닌 기치』의 기사문에서 눈에 띄는 이질적 표기를 몇 개 들어 본다(그들의 철자법은 북한의 그것을 따르고 있음).

① 년년이, 리용, 련계, 로력, 률동성…….
② 조직들은 결정들에서 추출되는 과업들을 회의들에서 토론하여 시책들을 수립할 것(복수 접미사 '들'을 이렇게 빈번히 쓰는 것은 러시아어의 영향이다).
③ 건설할 것이 예견되었다, 메달로 표창되었다, 방조를 받고 있다, 치렬히 전개되고 있다…….(피동형이 빈번히 사용됨도 러시아어의 영향이다)
④ 러시아의 차용어 : 뷰로(사무국), 쏩호즈(국영농장), 바사(우두머리), 뜨랄(저인망)…….
⑤ 영향을 강화할데 대한, 안받침되다, 더 목표하다, 위신을 사다, 고상한 목적에 복무한다, 담보하다, 영용하게 로력하다…….

(『효대학보』 제777·778호, 1990. 4. 12.)

세종 임금의 말씨

새 글자 제정을 마친 후 세종 임금의 지휘를 받아 집현전 학자들이 바로 시작한 작업은, 후세의 학자들이 동국 정운식 한자음이라 부르는 표준 한자음을 제정하는 일과 우리말 표기를 위한 표준 정서법을 만드는 일이었다. 삼국 시대 이전부터 사용되어 왔을 우리의 전통 한자음을 면밀히 검토·분석하면서 이 한자음들을 하나하나 중국의 운서韻書에 나오는 음과 대조하여 새 표준음을 정하는 일도 쉬운 일이 아니었겠지만, 개인 말씨와 방언 말씨에 따라 천차 만별千差萬別하게 발음되고 있는 당시의 우리말을, 그것도 아무런 정서법의 전통도 없는 상황에서 새로 만들어 낸 문자로 기록한다는 일은 우리의 상상 이상의 어려운 일이 아닐 수 없었겠다. 1천 년이 넘게 쓰여 온 우리의 한자음—중국 운서의 규정음과 달라진 것도 많고, 또 지방에 따라 다르게 읽힐 수도 있는 우리의 한자음들을 통일하여 새로운 표준 통일음을 만드는 일은 그래도 운서라고 하는 일종의 규범집이 있으므로 그에 맞추어 할 수는 있었지만, 우리 고유어 기록의 경우는 아무런 규범도 전통도 그들에게는 없었던 처지였다. 그렇다고 집현전 학자들이 관찰한—이 관찰을 정확히 하기 위해 학자들이 끊임없이 지극한 노력을 기울였을 것이다.—우리말이 어느 정도 통일된 모습으로 되어 있었다면 또 모르겠지만, 그들의 귀에 들리는 우리말의 소리·낱말·문장·표현법 등은 말하는 사람마다 제법 달랐을 것이다. 특히 상당한 세력을 가지고 쓰이는 여러 방언들

사이의 차이에 대해 그들은 어떻게 표준 어형을 정할 것인가 무척 고민하였을 것이다.

개인차와 방언차가 심한 경우에 그 집현전 학자들은 먼저 그들 자신의 발음과 말씨를 깊이 관찰했으리라 믿어진다. 그들은 거의 모두 과거 시험에 우수한 성적으로 합격한 사람들이고, 운학韻學에 밝은 세종 임금을 모시고 언어학적 훈련을 받은 당시 최고의 지성인으로 자부하고 있었겠으므로, 일단 자신들의 발음과 말씨가 표준적인 것이라고 생각했을 가능성이 크다. 그러나 그들 집현전 학자들의 발음과 말씨도 서로 다른 점이 있음을 그들은 진작부터 알았을 것이다. 예컨대 훈민 정음 연구에 실제로 가장 큰 몫을 했을 신숙주申叔舟는, 원래 경상도 고령高靈이 그의 세거지世居地였지만 그의 증조부 때 전라도로 이주해서 그의 부모와 그 자신이 모두 전라도에서 태어나 자랐으므로(그의 아버지는 남원南原에서, 그의 어머니와 그는 나주羅州에서) 그는 분명 전라도 방언을 쓰고 있었을 것이다. 15세기의 전라도 방언은, 예컨대 '어려운'과 '니어(이어)'를 '어려븐'과 '니서'로 발음했다는 점에서 현대의 전라도 방언과 크게 다르지 않았으리라 생각된다. 훈민정음 연구에 참여한 학자들의 대표격이라 할 수 있는 정인지鄭麟趾의 말씨가 어떤 방언권에 속하는 것이었는지 확실히 알 수 없지만, 그가 충청도에서 태어나 15세에 이미 벼슬길에 올라 서울 생활을 한 것으로 보아 훈민정음 제정 무렵(이때 그의 나이가 50세에 가까웠음)에는 서울 방언에 익숙했으리라 믿어진다. 이 밖에도 집현전 학자들 중 최항崔恒·이개李塏·이선로李善老 등은 그들의 출신지로 미루어 중부 방언을 사용하는 학자였을 듯하다. 그렇다면 최고의 지성인임을 자부하는 그 자신들의 말씨가 서로 다르다는 점 때문에 적지 않은 갈등이 그들 사이에 있었을 것이다. 따라서 지금 예를 든 '어려운·니어'와 '어려븐·니서' 중 어느 쪽을 표준형으로 정할 것이냐에 대해 많은 논란이 생겼으리라 상상할 수 있다. 이런 관찰과 갈등의 한 모습이 『훈민정음(해례)』의 "방언과 이어가 제각기 다른데, 소리는 있고 글자가 없어 글이 통하기 어렵다方言俚語萬不同有聲無字書難通."란 말 속에 나타나 있다. 서울 방언의 '어려운·니어'에 대해 신숙주로 대표되는 남부 방언의 '어려븐·니서'의 대립은 매우 팽팽하여, 학자들만의 의견으로는 결정되기 어려웠을는지 모른다.

이런 경우에 결정적인 구실을 할 수 있는 것이 세종 임금의 말씨였을 것이다. 세종 임금의 말씨에 따라 이 팽팽히 맞선 어형의 어느 한 쪽을 표준형으로 정하는 것이 당시로서는 가장 좋은 해결책이었을 것이다. 그리고 세종 임금 자신도 이런 팽팽한 대립을 인정하고, 표준형 결정에 적극 참여하였으리라 믿어진다. 그렇다면 세종 임금의 말씨는 '어려운 · 니어'와 '어려븐 · 니서' 중 어느 쪽이었을까? 다시 말하면 세종 임금은 어떤 방언을 쓰던 분이었을까? 이 의문을 풀기 위해 먼저 할 일은 세종 임금의 어머니의 말씨부터 알아보는 것이 순서일 것 같다. 세종 임금의 어머니인 원경 왕후 민씨元敬王后閔氏는 경기도 개성開城 태생이고 그 친정은 경기도 여흥驪興에서 세거世居하던 여흥 민씨의 집안이었다. 따라서 일단 세종 임금의 어머니의 말씨는 경기 방언권에 속했다고 말할 수 있겠고, 세종 임금의 말씨도 이런 어머니의 말씨로부터 강한 영향을 받았으리라 추측된다. 또 세종 임금은 그의 아버지인 태종 이방원이 왕세자가 되어 대궐에 들어갈 때인 1400년(세종 임금의 나이 4살 때)까지 외가 출입을 자주 하였으므로 세종 임금에게 경기 방언의 영향은 매우 컸을 것이다.

그러나 세종 임금의 아버지 쪽의 말씨는 경기 방언에 속하지 아니하였다. 세종 임금의 아버지인 태종 이방원은 함경도 함흥咸興에서 태어났고, 다시 태종의 어머니인 신의 왕후 한씨神懿王后韓氏는 함경도 안변安邊 출신이며, 그 아버지 태조 이성계는 함경도 영흥永興에서 태어났다. 그리고 태조의 집안은 그 고조부인 목조穆祖 때부터 함경도 덕원德源과 함흥 일대에서 세거하였으므로, 세종 임금의 말씨 형성에는 이 함경도 방언의 영향도 적잖게 있었을 것으로 생각된다. 그런데 『용비어천가』에 따르면 세종 임금의 6대조인 목조는 원래 전라도 전주全州에서 살다가 그 곳 주민 170가구와 함께 강원도 삼척三陟을 거쳐 함경도 덕원으로 옮겼다고 하였으므로, 이 집안의 말씨는 전라도 방언의 영향을 받은 말씨였을 가능성이 크다. 당시 함경도 지역은 주로 여진족들이 살던 곳이었으므로 태조 이성계에 이르기까지 전라도 방언의 세력이 이 집안에 그대로 남아 있었을는지 모르겠는데, 어쨌든 현재 우리가 가지고 있는 자료에 의하면 '어려운'과 '이어'에 관한 한 함경도와 전라도 두 방언은 큰 차이를 드러내지 않는다. 결국 세종 임금의 말씨에는 어머니 쪽인 경기 방언과 아버지 쪽인 함경 방언 또는 전라 방언의 특징이 함께 있었거나, 그 어느 한 쪽의 특징만이 있었을 가능성이 있는 것이다.

그러나 지금까지의 추리는 세종 임금의 가계를 통해서 생각해 볼 수 있는 가능성에 지나지 않는 것이고, 실제로 그 당시의 말을 기록한 자료에 바탕한 이야기가 아니다. 다시 위의 '어려운 · 니어'와 '어려븐 · 니서'의 문제로 돌아가 보자. 세종 임금이 어머니 쪽인 경기 방언의 영향을 많이 받았으면 분명 '어려운 · 니어'로 발음했을 것이고, 아버지 쪽인 함경도 또는 전라도 방언의 영향을 많이 받았으면 '어려븐 · 니서'로 발음했을 것이다. 그렇다면 집현전 학자들이 기록한 초기의 훈민정음 문헌(예컨대 『용비어천가』나 『훈민정음(언해)』 · 『석보상절』 · 『월인천강지곡』 같은 문헌)에는 이 두 방언의 어느 한 어형으로 기록되어 있어야 하겠는데, 두루 알다시피 이 두 낱말이 세종 임금 시대의 문헌에는 '어려ᄫᅳᆫ · 니ᅀᅥ'로 기록되어 있다. 지금까지 학계에서는 15세기의 '어려ᄫᅳᆫ · 니ᅀᅥ'가 변화해서 현대 경기 방언의 '어려운 · 이어'와 남부 방언 또는 함경 방언의 '어려분 · 이서'가 되었다는 식으로 이론을 전개해 왔다. 그러나 지금 남아 있는 15·16세기의 방언 문헌을 보면 이 어중의 '-ㅂ-'과 '-ㅅ-'의 문제에 관한 한, 그 시대에도 지금과 거의 다르지 않은 어형을 갖고 있음을 알 수 있어 '어려본 > 어려분', 또는 '어려본 > 어려운' 식의 음운 변화는 인정할 수 없는 것이다.

그렇다면 왜 초기의 훈민정음 문헌에는 당시의 어떤 방언형을 기록하지 않고 현실적으로 존재하지 않는 '어려본 · 니ᅀᅥ'와 같은 어형을 기록해 둔 것일까? 이 의문은 다시 우리를 집현전 학자들의 어형 통일에 관한 고민으로 되돌아가게 한다. 새 문자를 만든 세종 임금은 앞에서 인용한 『훈민정음(해례)』의 말처럼 "방언과 이어가 제각기 다른데, 소리는 있고 글자가 없어 글이 통하기 어렵다."는 문제를 해결하기 위해 통일된 정서법을 제정함과 아울러, 이 새 문자를 이용하여 발음 · 낱말에서부터 표현법 · 억양에 이르는 모든 우리말 체계의 통일까지 계획하였을 것으로 생각된다(여기서 '억양'까지 이야기하는 것은 바로 이 시대 문헌에 꼼꼼히 나타나는 방점 표기를 의식하고 한 말이다). 이런 의지의 한 가닥은 동국 정운식 한자음을 제정할 때 썼던, 'ㆆ으로써 ㄹ을 보충한다以影補來.'는 절충적 통일의 방법에서 잘 느낄 수 있는 것이다. 현실적으로 발음되지 않는 'ㆆ'이란 글자로 한자음 끝소리 'ㄹ'과 'ㄷ' 음의 어긋남을 메워 중국 한자음과 우리 한자음을 통일하려는 절충적 방법을 우리 고유어 표기에서도 적용하지 않았을 리가 없는 것이다. 이와 같은 원리로 '어려운 · 니어'와 '어려븐 · 니서'의 방언차를 절충 · 통일하기 위해 이들을 '어려ᄫᅮᆫ · 니ᅀᅥ'로 적게 하였고, 이것을 표기에서만 사용한 것이 아니라 이들 표기의 어형을 실제 발음에서도 [erjeβɨn], [nize]와 같이 하도록 하여 언어 통일을 꾀하고자 하였을 것으로 짐작되는 것이다.

그러면 다시 우리의 관심사인 세종 임금의 말씨 문제로 되돌아 와 보자. 세종 임금의 발음이 명확히 '어려운 · 니어'나 '어려븐 · 니서'의 어느 한 쪽이었다면, 그 무렵의 표기도 이들 중 어느 한 쪽으로 되었을는지 모른다. 그러나 우리가 가지고 있는 당시의 문헌 표기가 '어려ᄫᅮᆫ · 니ᅀᅥ'로 되어 있음을 보아, 그리고 세종 임금의 언어 형성 배경으로 보아, 그분의 말씨는 경기도 방언과 함경도(또는 전라도) 방언 두 가지를 함께 쓰는 '2방언 사용자(bidialectalist)'가 틀림없었다고 생각된다. 다시 말하면 세종 임금은 경기 방언을 쓰는 사람과 말할 때에는(예컨대 정인지와 말할 때에는) '어려운 · 니어'로 발음하고, 또 전라도 방언을 쓰는 사람과 이야기할 때(예컨대 신숙주와 이야기할 때)에는 '어려븐 · 니서'로 발음했던 것이다(이 글을 쓰는 나 자신이 사실은 2방언 사용자이다. 나는 경기도 출신의 부모를 두고 서울에서 태어나 2살 때 대구로 와 자랐는데, 서울 사람과 이야기하면 서울 말을, 대구 사람과 이야기하면 대구 말을 쓰는 것이 버릇이 되었었다. 그러나 계속 대구에 살다 보니 이제는 거의 대구 말로 굳어져 버렸다).

다시 세조 · 성종 시대가 되면 이런 '어려본 · 니서'의 표기는 차차 사라지게 되는데, 이것은 이미 대궐 안에서 '어려븐 · 니서'와 같은 남부 방언 말씨가 거의 들리지 않게 되고 경기 방언인 '어려운 · 니어'가 주도권을 잡게 되었기 때문이다. 바로 세조 · 성종 임금들의 말씨를 비롯하여 언문청이나 간경 도감에 관여하는 학자들의 말씨가 '어려운 · 니어'로 거의 통일되어 있었기 때문일 것이다. 세조의 어머니인 소헌 왕후 심씨昭憲王后沈氏의 친정은 경상도 청송靑松이지만 소헌 왕후가 서울 근교에서 태어났고, 또 세조는 대궐에서 태어나 자랐기 때문에 외가인 경상도 방언의 영향은 거의 받지 않았을 것이다. 따라서 세종 시대의 문헌에서 'ㅸ, ㅿ'이라는 글자로 나타내려 했던 절충 작업은 이미 필요 없게 되었으므로 이 글자들을 사용하지 않게 된 것이다.

세종 시대의 문헌인 『석보상절』에 '-ᄋᆡ그에/-의그에(-에게), 즉자히(즉시), -긔(-게)'로 표기되던 것이 그보다 겨우 12년 뒤 세조 시대 문헌인 『월인석보』에 오면 거의 '-ᄋᆡ게/-의게, 즉재, -게'로 바뀌어진다. 이것도 이 짧은 시간 안에 이들 표기를 바꿀 만한 음운 변화가 일어난 것이 아니라, 『석보상절』 표기법과 『월인석보』 표기법의 표본이 될 만한 어떤 권위 있는 사람의 발음이 서로 달랐기 때문인 것으로 생각되고, 그 사람이 각각 세종 임금과 세조 임금이 아니었을까 하는 생각도 해 본다.

(세종대왕 기념 사업회, 『세종 탄신 600돌 기념 문집』, 1999. 5. 15.)

540년 전으로의 '우리말 기행'

"공자 가라사대, 배워서 때로 익히면 또한 기쁘지 아니하랴?子曰 學而時習之 不亦說乎"

얼마 전까지만 해도 논어論語 공부를 하는 한문 교실에서 흔히 들을 수 있는 말 중의 하나에 '가라사대'라는 것이 있었다. 많은 기독교 신자들이 읽는 성경에도 "하나님이 가라사대 빛이 있으라 하시매 빛이 있었고……"처럼 이 말은 자주 쓰이고 있다. 또 "옛말에 가로되……"라는 식의 표현을 요즈음도 심심찮게 들을 수 있다. 이 '가라사대, 가로되'라는 말은 그 문맥으로 봐서 '말씀하시기를' 또는 '말하기를'이란 뜻임을 한국인이라면 누구나 쉽게 알 수 있지만, 도대체 이 말은 어디에서 온 말이고 그 기본형은 무엇일까? 조금만 우리말에 관심 있는 이라면 한 번쯤 생각해 봤음직한 낱말이다.

한자 공부를 하면서 부수部首 이름을 외울 때 '曰'자를 '가로 왈'하고 익힌다. 이 '曰'자가 '말하다'라는 뜻을 가지고 있는 한자임을 아는 사람도 '가로 왈'의 '가로'가 무슨 뜻인지 고개를 갸웃거려 본 경험이 있을 것이다. 또 옛날 고등학교 시절 국어 시간에 읽던 '규중 칠우 쟁론기'라는 글에서 "그 이름은 가론, 척尺 부인과 교두交頭 각씨와 세요細腰 각시와……"의 '가론'이란 말이 '이를테면', '이른바'라는 뜻이라고 배운 기억도 있을 것이다.

여기 장황하게 예를 든 '가라사대, 가로되, 가로, 가론'이라는 말들은 모두 어원이 같은 말이라는 것은 쉽게 이해가 될 것이다. 그러나 이 낱말의 기본형이 무엇인지 국어학자들도 정확히 몰라서, 아마도 '갈다'쯤 되지 않을까 추측만 하고 있었다.

그랬는데 지난 7월 28일께 처음 알려진 『월인석보月印釋譜』 권19라는 책의 맨 첫 페이지에서 위의 낱말 무리의 기본형이 'ᄀᆞᆮ다'임을 알 수 있는 문장이 발견된 것이다. 바로 불경 '관음경觀音經'의 한 구절인 '불자하인연 명위관세음佛子何因緣 名爲觀世音'을 "엇던 因緣으로 觀世音 일훔을 이리 ᄀᆞᆮᄂᆞ니잇가"로 번역해 둔 것이다. 이 문장은 "어떤 인연으로 관세음보살의 이름을 이렇게 말하는 것입니까?"의 540년 전 우리말이다. 결국 '말하다'의 뜻을 가진 '가라사대, 가로되, 가로, 가론'의 기본형이 이 『월인석보』 권19를 통해 'ᄀᆞᆮ다'임을 알게 된 것이고, 이런 사실은 이 책이 발견되기 이전에는 국어학자들도 짐작은 했을망정 전혀 확인할 수 없던 일이었다. 이렇게 새로운 문헌이 발견되면 우리는 지금껏 모르던 우리말 어휘를 새로 알게 되는 수가 많다.

이 『월인석보』라는 책은, 지금부터 552년 전인 세종 29년(1447년)에 세종의 둘째 아들인 수양 대군이 죽은 자기 어머니 소헌 왕후(곧, 세종의 부인)의 명복을 빌기 위해 출판한 부처님의 전기 『석보상절釋譜詳節』과 『월인천강지 곡月印千江之曲』이라는 두 가지 책을 합편해서 그 12년 뒤인 세조 5년(1459년)에 다시 편찬해 낸 방대한 규모의 불교 관계 문헌이다. 수양 대군은 자기의 어린 조카 단종을 왕위에서 몰아내고 조선조 제7대 임금 세조가 되었으나, 임금이 되자마자 자기의 맏아들 의경 세자가 갑자기 죽는 참척慘慽을 당하게 된다. 충격을 받은 세조는 왕세자의 명복을 비는 뜻에서 많은 국고를 기울여 이 거대한 부처님의 전기를 다시 편찬하고 이름을 『월인석보』라고 붙인 것이다. 이 문헌은 한문 불경을 직역한 것이 아니라, 부처님의 전기와 그 가르침을 쉬운 구어口語로 기록한 것이기 때문에 당시의 생생한 우리말을 잘 보여 주는 소중한 자료로서 국어학자들이 귀하게 여겨 왔다.

그러나 불행하게도 세종 때 나온 『석보상절』과 『월인천강지 곡』은 물론, 이 『월인석보』도 지금껏 완전히 전해져 오지 않았다. 『월인석보』는 전부 몇 권이 되는지조차 알 수가 없는데, 현재 25권까지 알려져 있지만 그 중 3, 5, 6, 16, 19, 20, 24권 등 일곱 권이 아직 발견되지 않다가 이번에 제19권이 경북 고령에서 나타난 것이다.

『월인석보』나 『석보상절』은 새로 한 권이 발견되면 이제껏 알지 못했던 15세기의 새로운 어휘들이 수십 개씩 알려질 만큼 '어휘의 보고'라고 일컬어지는 문헌이다. 이번에 발견된 이 제19권에도 이제까지 모르고 있던 'ᄀᆞᆮ다'와 같은 어휘나, 이 무렵의 문헌에서는 찾아지지 않던 어휘 20여 개가 들어 있는데 그 중 몇 개를 소개해 보기로 한다.

'울에, 즐에, 무뤼, 한비'라는 말은 '천둥, 번개, 우박, 큰 비'라는 뜻으로서, 이 중 '즐에'라는 낱말은 지금까지의 어떤 문헌에도 기록된 바 없고, 현재 우리나라의 어떤 방언에서도 사용되지 않는 말이다. "忿恨은 怒ᄒᆞ야 뱟괼씨라"라는 문장도 이 책에서 찾을 수 있는데, 이 중의 '뱟괼씨라'라는 말은 한자로 미루어 보아 '한탄함이라' 정도의 뜻일 것 같으나 역시 옛 문헌에서는 처음 발견된 말이다. 『석보상절』에 한 번 나오기는 하지만, 이 문헌의 "ᄂᆞ올ᄋᆞᆯ 굴이다"라는 문장은 문맥으로 보아 '저주咀呪하다', '남이 잘못되기를 귀신에게 빌다' 정도의 뜻일 듯한데, 이 'ᄂᆞ올'이란 낱말의 정확한 의미를 아직 모르고 있다.

"漂ᄂᆞᆫ 뼈불일씨라"라는 문장의 '뼈불이다'라는 말은 '물에 떠돌다'라는 뜻이겠는데 역시 다른 문헌에는 나타나지 않은 낱말이다. "ᄂᆞ미 미리와다 뼈러디여도"라는 문장은 '남이 밀쳐서 떨어져도'라는 뜻으로, 이 중의 '미리와다'는 지금 경상도 사람들이 쓰고 있는 '밀받다'(밀치다)라는 말의 조상일 듯하다.

이 문헌 속에, 불법을 가르치는 사람을 비웃거나 모욕하는 사람에게는 무시무시한 천벌이 내린다는 대목이 있는데, 그 부분을 그대로 인용하면 "엄과 니왜 성긔며 이저디고, 입시우리 더럽고, 고히 平코, 손바리 곱고 뷔틀오, 누니 비며 흘긔오, 모미 내 더럽고, 모딘 腫氣며 膿血이며 水腹이며 短氣며 여러 가지 모딘 重病 ᄒᆞ리니"로 되어 있다. 풀이하면 '어금니와 이빨이 빠지며 이지러지고, 입술이 더럽고, 코가 납작해지고, 손발이 굽어 비틀리고, 눈이 비뚤며 사팔눈이 되고, 몸의 냄새

더럽고, 모진 부스럼이며 피고름이며 복수병腹水病(배에 물이 차는 병)이며 천식喘息이며, 여러 가지 모진 중병에 걸릴 것이니'가 된다. 15세기 사람들이 가장 두려워하던 병들을 나열한 것일까? 여기 '눈이 비며'의 '비다'(삐뚤다?)라는 말도 이 문헌에서 처음 나타나는 낱말이다.

이 문헌의 제1권에는 당시 사람들이 생각하던 가장 이상적인 미녀상美女像이 다음과 같이 묘사되어 있다. "모미 겨스렌 덥고 녀르멘 ᄎᆞ고, 이베셔 青蓮花ㅅ 香내 나며, 모매셔 栴檀香 내 나며, 차바ᄂᆞᆯ 머거도 自然히 스러 ᄆᆞᆯ보기ᄅᆞᆯ 아니 ᄒᆞ며, 겨지븨그에 브튼 더러ᄫᅳᆫ 이스리 업스며, 마릿 기리 몸과 ᄀᆞᆯᄫᆞ며, 킈 젹도 크도 아니ᄒᆞ고, ᄉᆞᆯ히 지도 여위도 아니ᄒᆞ니라."(몸이 겨울에는 덥고 여름에는 차고, 입에서 청련화의 향기가 나며, 몸에서 전단향 냄새가 나며, 음식을 먹어도 저절로 삭아서 용변을 아니 보며, 여자에게 붙는 '더러운 이슬'月經이 없으며, 머리털의 길이가 몸과 맞먹으며, 키가 작지도 크지도 아니하고, 살이 찌지도 여위지도 아니하니라.) 이 문장 속에는 'ᄆᆞᆯ보기'니 '더러운 이슬'과 같은 재미나는 표현이 들어 있다. 'ᄆᆞᆯ보기'의 'ᄆᆞᆯ'은 '변'便의 우회적迂廻的 표현으로서, 대변과 소변과 용변을 15세기에는 각각 '큰물', '져근물', '물보기'라고 하다가 후대에 와서 이런 어휘들은 사라져 버린다. 다만 여기서 파생된 낱말로 현대어의 '마렵다'가 있다.

옛 문헌이 새로 발견되면 우리는 옛사람들의 사고방식과 그들의 생활상을 더 자세히 살펴볼 수 있게 된다. 특히 국어학자들은 주옥과 같은 소중한 새 어휘들과 새 표현법을 알게 되어 기쁨을 억제하지 못하는 것이다.

(동아일보사 주간부, 『NEWS+』 196호, 1999. 8. 12.)

독립 기념관과 국어 교과서에 들어 있는 일본 제국주의 식민 사관

일본 제국주의 식민 사관은, 우리나라 학자들이 모든 학문 분야에서 뚜렷한 주체적 역사관을 가지기 이전에 강력한 일본 제국주의 정권과 일본 학자들에 의해 강제로 우리 민족에게 이식되었기 때문에 그 영향력은 상당한 것이었다. 이 일제 식민 사관에서 벗어나기 위해 1세기 가까이 우리 민족주의 학자들이 눈물겨운 노력을 기울여 온 것은 사실이지만, 불행히도 어떤 분야의 우리 학문 안에는 아직도 이 일본 제국주의 사관의 흔적이 남아 있고, 더욱 불행한 일은 우리 학문 속의 어떤 사관은 일제 식민주의 사관이라는 사실조차 인식하지 못하고 있어 계속 국민들에게 교육되고 있다는 사실이다.

몇 년 전 필자가 천안에 있는 독립 기념관을 방문했을 때 거기 전시되어 있는 설명 중에, 만주 남부와 한반도에는 고대에 북방에는 부여계 민족, 남방에는 한계韓系 민족의 두 계통이 있었는데, 이들은 부여계에 속하는 고구려 민족과 한계에 속하는 신라 민족으로 계승되고, 고구려 민족은 발해 및 물길 · 말갈 · 여진 · 만주 민족의 조상이 되었고, 신라 민족은 고려와 이씨 조선 민족의 조상이 되어 현대에 이르는 것으로 되어있음을 보고 아연실색한 적이 있었다. 결국 고구려 민족은 우리 민족과는 상관없고, 다만 고려가 건국될 때 그 일부가 고려에 유입되어 우리 민족의 형성에 약간의 보탬이 되었을 뿐이며, 현대 우리 민족의 뿌리는 신라인의 선조인 진한 민족이라는 설명이었다.

이런 식의 우리 민족 형성의 가설은 국어 교과

서에도 반영되어, "역사 시대 이후 만주 일대와 한반도에 자리를 잡은 우리 민족의 언어는 대체로 북방의 부여계 언어와 남방의 한계 언어로 나뉘어 있었던 것으로 보인다."[1]는 식으로 설명하고 있다.

고대에 한반도와 그 북부 지역에 이렇게 부여계와 한계라는 이질적인 민족과 언어가 있었다고 말하는 근거는 3세기 후반 저술된 중국 역사서 『삼국지』의 위서 동이전魏書東夷傳의 기록에 바탕한 것이다. 그러나 이 역사서에는 부여계 언어와 한계 언어가 이질적이었다는 말은 한마디도 없고, 이렇게 두 그룹으로 민족이나 언어를 나눌 근거가 조금도 없는 것인데, 이런 식으로 고대의 우리 민족과 언어를 나누는 일을 한 사람들이 바로 1930년대 일본 제국주의 식민 사관을 가진 일본 학자들이었다는 사실을 우리가 잊어서는 안 되겠다는 것이다.

일본 역사학자들은 19세기 말부터 일제 지배 말기까지, 우리 민족과 언어는 일본 민족 및 언어와 아주 가까운 관계에 있다는 주장을 굉장히 강조해 왔다. 그 이유는 바로 일본의 한일 강점을 합

---

1) 2002년 3월 1일 발행된 『고등학교 국어 (하)』, 16쪽에서 인용함.

리화하기 위한 것이었다. 그러면서도 우리 민족과 언어는 잡다한 혈통과 복잡한 언어로 이루어져 있다는 주장도 강하게 펼쳐 왔었다. 그러나 1920년대 말까지 우리의 고대 역사를 기술할 때에는 4국 시대(고구려, 백제, 신라, 가야), 또는 3국 시대가 있었음을 곧잘 인정해 왔었다.[2)]

그렇던 것이 1930년대가 되면 일본 역사학자들의 태도가 바뀌기 시작한다. 고구려를 한국의 역사에서 서서히 밀어내기 시작하는 것이다. 이런 태도의 변화는 1930년대 초부터 시작한 일본의 대륙 진출 및 만주국滿洲國의 건국과 밀접한 관계가 있는 것이다. 즉, 일본 역사학자들은 만주 진출과 허수아비 국가 만주국의 건국을 합리화하기 위해 만

---

2) 한국과 일본의 민족 및 언어 동계론에 관해서는 예컨대 쓰네야 모리후쿠[恒屋盛服]의 『조선 개화사朝鮮開化史』(1901년), 시라토리 구라키치[白鳥庫吉]의 『한사 개설韓史概說』(1907년), 가나자와 쇼자부로[金澤庄三郞]의 『일한 양국어 동계론日韓兩國語同系論』(1910년), 『일선 동조론日鮮同祖論』(1929/1943) 등 참조. 고대 한국의 고구려·백제·신라 3국의 인정에 대해서는 시라토리 구라키치[白鳥庫吉]의 『조선의 일본에 대한 역사적 정책朝鮮の日本に對する歷史的政策』(1904년), 쓰다 소우키치[津田左右吉]의 『조선 역사 지리朝鮮歷史地理』(1913년)나 이마니시 류[今西龍]의 『조선사 개설朝鮮史概說』(1919년) 등 참조.

주 지역의 정체성과 역사성을 세우려고 노력하는 것이다. 이러한 사관의 시작은 이미 이나바 군산[稲葉君山]의 『만주 발달사滿洲發達史』(1915년)에서 보이기 시작하지만, 구체적인 것으로 혼마 다이지로[本間泰次郎]의 『만주 사요滿洲史要』(1933년)를 들 수 있는데, 이 책 첫머리에 제시되어 있는 '만주 민족 건설의 국가를 중심으로 한 동양 제국의 흥망표'라는 계통도는 조심스럽기는 하지만 바로 '부여 → 고구려 → 발해 → 금金 → 후금後金 → 만주국'의 전통을 암시하려는 것이다.

고구려를 보다 적극적이고 강력하게 조선 역사에서 배제하려고 한 진술의 예로 역시 시라토리 구라키치[白鳥庫吉] 교수의 "아시아 제민족 사론アジア諸民族史論"(1939년)을 들 수 있다.[3)]

"이들과 동일 종족으로 동진東進하여 압록강 유역에 고구려국을 세운 자가 있었고, 다시 남하하여 백제국을 일으킨 자가 있었으며, 또 조선의 함경도·강원도 지방, 그리고 동북방인 현재의 간도間島 지방에 옥저국을 시작한 자가 있었다. 이들은 어느 쪽이나 예濊의 일족으로 퉁구스를 주체로 하여 여기 약간의 몽고가 혼혈된 자이다. ……

3) 『시라토리 구라키치 전집[白鳥庫吉全集]』 제8권(1970:213-4)에서 번역했음.

종래 신라, 백제, 고구려라고 삼국을 병칭竝稱했던 관계상 고구려를 조선이라 생각하고 있는 사람들도 없지 않겠지만, 이것은 잘못이므로 고치고자 한다. 위의 설명에서 이해되듯이 고구려는 퉁구스 계통의 몽고와의 잡종이다. …… 우리가 연구한 바로는, 백제도 고구려와 마찬가지로 예맥濊貊에 속하는 일족으로서 조선인이 세운 나라는 아니다. 즉, 백제의 서민 계급, 바꾸어 말하면 피통치자 계급의 토민土民은 조선인이지만, 그 지배자, 결국 백제의 상류 사회는 예맥으로서, 고구려 · 부여와 전혀 동일한 것이다. 백제는 우리나라에 충성을 다해 조공을 게을리 하지 않았고, 여러 종류의 대륙 문화를 우리나라에 수입하게 했던 일은 누구나 아는 사실이지만, 이런 일을 좌우한 상류의 유식 정치층은 예맥의 잡종이었던 것이다. 조선 반도의 삼국 중 순수한 조선인은 다만 하나 신라일 뿐이다."

시라토리 교수는 처음부터 고구려인을 부여족, 또는 예족 계통으로 보아 오기는 했지만 위의 글에서는 조선의 역사에서 아예 고구려를 제거하려는 의도가 뚜렷이 드러난다. 만주 지방이 퉁구스족과 몽고족의 터전임을 생각하면 이 글의 의도는 충분히 짐작되리라 믿는다. 이런 태도는 만주 제국의 건국建國 대학교 사학과 교수들과 이른바 남만주南滿洲 철도 주식회사의 연구부를 중심으로 점차 구체화되고 공고해진다. 이 무렵의 만주 관계 저술로 이런 태도를 취하고 있는 것이 한두 가지가 아니지만 1934년 도쿄 요시카와 쇼분도[東京吉川奬文堂] 편집부의 이름으로 발간된 『최신 만주 제국 및 극동 지리 자료最新滿洲帝國及極東地理資料』나, 야스이 곳키[保井克己] 교수의 『만주 · 민족 · 언어滿洲 · 民族 · 言語』(1941년) 등에서 쉽게 찾아볼 수 있다.

그러다가 철저한 식민 사관을 지닌 역사 언어학자 고노 로쿠로[河野六郎] 교수의 『조선 방언학 시고朝鮮方言學試攷』(1945년)에 오면 이런 고구려 배제의 태도는 극치에 달한다. 고노 교수의 이 저서에는 다음과 같은 주장이 들어 있다.

> ① 고대 한반도 일대는 그 민족과 언어가 참으로 다양하였는데, 그 북방은 부여계에 속하는 고구려어로 통일되고 그 남방은 한계에 속하는 신라어로 통일된다. 이 두 언어는 아주 다른 언어였다.
> ② 백제는 그 지배 계급의 언어는 부여계였고 피지배 계급의 언어는 한계에 속하는 마한어였다.
> ③ 고려를 세운 왕건王建은 개성開城 출신으로서 그는 고구려어의 요소가 섞인 신라어 방언을 쓰던 사람이었으므로, 고려어는 신라어와 다른 계통의 언어를 표준어로 삼았다. 따라서 고려의 건국은 우리 언어 역사의 획기적 사건이었다.

또 고노 교수는 임진왜란(1592년)을 굉장히 큰

전쟁으로 파악하여 임진왜란으로 인해 우리말이 크게 변화한 것으로 생각하고, 훈민정음 창제(1443년)에서부터 임진왜란까지를 중기 조선어로 시대 구분을 하고, 이 전쟁이 끝난 17세기 초부터를 근대 조선어라고 이름 붙였다. 흔히 임진왜란을 전후 7년 간의 전쟁이라고 말하지만, 실제로는 1592년(임진년) 4월부터 1593년 2월까지 10개월 간(임진왜란), 그리고 1597년(정유년) 7월부터 1598년 11월까지 1년 5개월 동안(정유재란) 있었던 전쟁이다. 이 전쟁이 벌어지고 있던 중에도 한쪽에서는 많은 서적들을 간행하고 있었던 것으로 보아 이 전쟁이 언어를 바꿀 정도의 대사건이었다고는 생각되지 않고, 또 실제로 임란 이전과 이후 우리말이 달라진 점은 아무것도 없다. 일본인 학자인 고노 교수가 임진란을 과대평가했던 것이다. 현대 한국인들도 임진란이 한반도를 완전히 황폐화한 대전쟁으로 생각하고 있는 경향이 있는데, 이것은 아마도 춘원 이광수의 반민족적 소설『이순신』(1931년 6월부터 동아일보에 연재, 1932년 단행본으로 출간)이 널리 읽혔음과, 박정희 정권 이전부터의 지나친! 충무공 영웅화 운동의 역작용과 관계있을 것으로 추측된다. 결국 고노 교수의 이러한 식민주의 사관에 입각한 주장을 그대로 받아들여, 현재의 고등학교 국어 교과서에는 우리말의 역사에서 다음과 같은 시대 구분이 설정되고 만 것이다.

① 고려 건국부터 16세기 말 임진왜란까지의 한국어를 중세 국어라고 한다.
② 임진왜란 직후부터 19세기 말까지의 국어를 근대 국어라 하고 있다.

고려 건국을 중세 국어의 시작으로 본 이유는, 그 이전 신라 시대에는 신라어였던 경상도 방언이 표준어였고, 고려가 개성으로 수도를 옮기고부터는 고구려어의 요소가 남아 있는 경기도 방언이 표준어가 되었기 때문이다. 신라어와 고구려어가 아주 달랐다는 일본 제국주의 식민 사관의 영향 때문에 이런 시대 구분이 나오게 된 것이다. 또 임진왜란으로 인해 우리말이 크게 바뀌었다고 보는 것도 아무 근거가 없다. 일본인 학자 고노 교수의 잘못된 편견을 무비판적으로 받아들인 결과이다.

결국 우리 민족과 언어의 기원을 일본 제국주의 식민 사관에 입각해서 이질적인 부여계와 한계로 나누는 데에서부터 잘못 시작하여, 우리말의 역사를 기술하는 데에까지 중대한 과오를 범하고 있는 것이다. 광복이 된 지 이미 60년이 가까운 시간이 지났는데도, 우리 민족과 언어의 역사적 정체성을 찾지 못하고, 일본 제국주의 식민 사관을 독립기념관의 전시물과 국정 국어 교과서에 그대로 싣고 있으니 관심 있는 일본인들이 얼마나 속으로 비웃고 있을까를 생각하면 등에 진땀이 흐르지 않을 수 없다.

(『생각과 느낌』 25호, 2003. 3. 25. ;
『한글 새소식』 372호, 2003. 8. 5.)

고구려 민족이 우리 조상이 아니라고?

우리는 국민 학교와 중·고등 학교 시절 국사 과목 공부를 하면서, 삼국 시대의 신라·백제와 함께 고구려도 배웠기 때문에, 국사 책에 등장하는 많은 고구려 사람들이-예컨대 고주몽, 유리왕, 을파소, 광개토왕, 을지문덕, 연개소문 등등이-신라의 김유신, 백제의 계백 장군과 다름없이 모두 우리의 조상이라는 생각을 자연스럽게 해 왔다. 그리고 학교를 나온 뒤에도 이 고구려에 관한 생각은 별로 달라지지도 않은 채, 당연히 고구려 사람은 우리 조상으로 간주했으며, 좀 더 솔직히 말한다면, 이 문제에 관해서는 사실 대부분의 사람들이 별 관심 없이 학교 시절의 옅은 인식만 가지고 지내왔던 것이다.

그런데 근래에 와서 난데없이 중국이, 고구려 역사가 한국의 역사가 아니라 중국 역사라는 주장을 펴고, 이 주장을 합리화하기 위해 그 동안 대대적인 작업을 해 왔다는 소식이 보도를 통해 알려지게 되었다. 이런 소식을 들은 대부분의 한국인들은 그저 멍한 느낌으로, 그게 무슨 소린가 싶어질 뿐인 듯하다. 우리들에게 고구려는 우리 조상의 나라임을 한 번도 의심해 본 적이 없기 때문이다. 그래서 조금 생각한 뒤에는 중국 측 주장이 말도 안 되는 소리라고 흥분하면서, 피켓을 들고 거리로 뛰쳐나가거나 수백만 명의 서명 받기 운동부터 벌이려 하는 것이다.

그러나 좀 냉정히 생각해 봐야 할 것은, 우리에게는 지극히 당연하게 생각되는 일에 대해서 왜 중국인들은 엉뚱한 소리를 내는가 하는 점이다. 중국인들에게 아무리 어떤 꿍꿍이셈이 있다 하더라도, 터무니없이 남의 조상을 제 조상이라고 막무가 내로 우기지는 않을 것이기 때문이다. 그러면 중국인들은 무슨 근거로 고구려의 역사를 자기 나라 역사로 보는 것일까?

중국이 고구려를 그네들의 속국, 또는 그들 소수 민족 중의 하나가 세운 나라로 보려고 한 것은 사실 어제 오늘의 일이 아니다. 이미 20여년 전부터 고구려를 그들 동북 지방의 한 제후국 정도로 본 학자들이 있었으며, 근래 이 문제가 크게 부각되는 이유는 중국 정부가 대대적으로 이런 학자들을 지원하고 있기 때문인 것이다. 중국 학자들 중 일부가 고구려를 그들 중앙 정부에 종속된 제후국, 속국 정도로 보는 주요한 이유는, 고구려가 그들 중앙 정부, 예컨대 위魏나라, 한漢나라 들에 조공朝貢을 바쳤으며, 그들의 통치자인 천자天子에게 복종했다는 단편적인 옛 기록에 바탕한 것이다. 중국의 중앙 정부가 강력했을 때 주위의 나라들이 이른바 사대교린事大交隣 정책의 일환으로 조공을 바치거나, 정책을 자문諮問함은 흔히 있던 일이었다. 고대 시대에 중국과 국경을 맞대고 있던 고구려뿐 아니라 신라, 백제, 일본, 월남 등도 그러했던 것으로, 이들 조공 행위 등을 가지고 이 나라들이 중국의 속국 내지 제후국이었다고 주장한다면 신라, 백제, 일본, 월남 등도 모두 중국의 역사 안에 들어가야 하는 것이다.

중국이 고구려를 자기 민족 국가로 보기 앞서, 1930년대에는 일본 역사학자들이 고구려 민족을 일본 민족의 조상으로 본 일이 있었다. 그 근거는 고구려의 옛 지명에 나오는 말들이 일본어와 비슷한 것들이 몇 개 있었기 때문이다. 그래서 고구려어는 일본어의 조상이며 따라서 일본 민족은 고구려 민족의 후손이고, 조선 민족은 신라 민족의 후손이며, 따라서 고구려 민족과 신라 민족은 아주 다른 민족이라는 주장을 펼치고 있는 얼빠진 역사학자와 언어학자가 아직까지도 일본인과 한국인 사이에 존재하고 있음도 우리는 알고 있어야 하는 것이다.

그렇다면, 다시 고구려 사람이 우리 조상이냐 하는 문제에 초점을 맞춰서 생각해 보자. 고구려 사람의 인골人骨이 한 조각이라도 발견된 것이 있다면, 그 디엔에이를 검사해서 현재 우리들과 얼마나 가까운지 알아볼 수도 있겠지만, 불행히도 고구려 사람의 인골은 알려진 것이 없다. 문화적인 유물—예컨대 주택, 복식, 제도 등—은 주위의 영향을 쉽게 받을 수 있는 것이므로 이것으로 어떤 민족의 정체성을 밝히기는 어렵다. 이럴 때 어떤 민족이 다른 민족과 멀고 가깝다는 가장 확실한 척도가 되는 것이 그들의 언어라 할 수 있는데, 다행히도 우리에게는 고구려의 언어 자료를 어느 정도 가지고 있는 것이다.

과거 일본 제국주의 식민 사관을 가진 학자들은 고구려 지명과 신라 지명 중에 다른 것만 골라내어, 고구려 말과 신라 말이 아주 다른 것처럼 이야기해 왔다. 이 점이 바로 사관史觀의 무서움이다. 이렇게 우리의 역사를 왜곡한 사람은 현재의 중국 이전에 이미 일본에도 있었고, 놀랍게도 우리 국사학자와 국어학자 중에도 있어 왔던 것이다.

고구려 언어와 신라 언어가 다르지 않았다는 증거는 분명히 있다. 전문적인 것은 피하고 쉽게 이해할 수 있는 결론만 적어 보면 다음과 같다.

첫째, 고구려의 지명과 신라의 지명에 다른 요소도 있지만 공통되는 것이 더 많다.
둘째, 고구려의 인명과 신라의 인명에 뚜렷한 공통점이 있다.
셋째, 고구려 사람들이 고구려 언어를 기록하기 위해 사용한 고구려 이두吏讀와 신라 사람들이 신라 언어를 기록하기 위해 사용한 신라 이두가 서로 다르지 않다.

결론은 이러하다. 고구려 사람들은 신라 사람들과 동일한 언어를 쓰던 동일 계통의 민족이었으며, 중국인·일본인을 포함해서 지금까지 알려진 어떤 민족도 현재의 한국인만큼 신라 말·고구려 말과 가까운 언어를 사용하는 민족은 알려져 있지 않다.

(청우회, 『청우青友』 211호, 2004. 2. 15.)

우리말의 과거, 현재, 미래

1) 우리말의 과거

한국어를 전공하지 않는 사람들이라도 가끔은 우리말이 도대체 언제부터 사용되기 시작했는가, 다시 말하면 한국어가 언제 이 세상에 태어났는가 하는 의문을 가질 때가 있을 것입니다. 실제로 제가 한국어 변천사를 전공하고 있음을 알고 있는 분들이 저에게 그런 질문을 해 온 일이 가끔 있었습니다. 아울러 "세종 임금께서 우리말을 만드셨느냐?, 그러면 세종 임금 이전에는 우리나라 사람들은 어떤 언어를 사용했느냐?"는 좀 엉뚱한 질문을 해 오는 분들도 있었습니다. 이야기가 나온 김에 이 마지막 질문부터 설명을 좀 하겠습니다. 잘 아시는 대로 조선조 제4대 임금이신 세종대왕께서 15세기 중반에 세계에서 가장 독창적이고 과학적인 문자인 훈민정음을 만드셨습니다. 이 사실은 초등학교 학생들도 잘 알고 있는 일이지요. 그리고 이 훈민정음 창제의 위업을 기리기 위해 한글날이라는 기념일이 있습니다. 그런데 한글날이 되면 신문과 방송 등 여러 언론 기관에서는 이 날을 기념하고자 국어학자들을 초빙해서 훈민정음과 우리말에 관해 이야기하게 합니다. 한글날을 맞아 우리 문자인 훈민정음에 관한 이야기만 한다면 별 문제가 없겠습니다만, 문자와 언어는 밀접한 관계가 있기 때문에, 이 한글날에 여러 언론 기관에서는 우리 문자보다도 우리말에 관한 이야기를 더 많이 다루고 있습니다. 우리말의 순화 문제, 외래어 범람 문제, 북한 언어와의 이질화 문제, 청소년의 말씨 문제, 특히 요즈음 와서 영어 공용화 문제, 영어 조기 교육 문제, 해외 동포들의 언어 문제 등, 이 한글날이 되면 우리말에 관한 거의 모든 문제들이 이야기되는 현실입니다. 그러다 보니까 무의식 중에 '한글날은 우리말과 어떤 관계가 있는 날인가보다.'라는 생각이 들게 되고, 이런 생각이 다소 비뚤어져서 '이 날은 세종 임금께서 우리말을 만드신 것을 기념하는 날'로 둔갑되어 버리기도 하는 것입니다. 초등학교 때부터 배워 온 '세종 임금의 우리 문자 창제'가 '세종 임금의 우리말 창제'로 바뀌어 착각을 일으키게 된 것입니다. 예, 그렇습니다. 세종 임금 이전과 이후, 우리 민족은 똑같은 우리 한국어를 사용해 왔던 것입니다.

그렇다면 우리 조상들은 언제부터 우리 한국어를 사용해 온 것이겠습니까? 이제부터 제가 연구해 온 바에 따라 이 문제를 말씀드리기로 하겠습니다.

우리들은 우리 민족의 시조를 지금부터 4천3백여 년 전에 사셨던 단군왕검으로 믿고 있기 때문에 우리말도 그 때부터 사용되었으리라는 소박한 생각을 가지고 있습니다. 이런 생각이 왜 생기는가 하면, 우리 민족은 퍽 오래 전부터 단일한 언어를 사용하는 단일 민족으로 생활해 왔기 때문입니다. 그러나 동일한 민족이라도 언어를 바꾸는 일이 인류 역사에서 자주 있는 일임을 꼭 기억해야 합니다. 예를 들면 프랑스 인들은 원래 그들 고유한 여러 언어들과 켈트어, 라틴어 들을 사용하다가, 9세기 무렵부터 프랑스어로 언어를 바꾸었습니다. 이탈리아 민족도 기원전부터 라틴어와 그 밖의 다른 언어들을 사용하다가 역시 9세기 무렵에 이탈리아어로 언어를 바꾸었습니다. 물론 라틴어가 변해서 프랑스어, 이탈리아어가 된 셈입니다만, 라틴어와 프랑스어, 이탈리아어는 한 언어의 방언이 아니라 언어 구조가 아주 다른 별개의 언어입니다. 소수 민족이기는 합니다만, 미국의 아메리카 인디언들이 그들의 고유한 언어를 사용하다가 영어로 언어를 바꾼 일은 우리에게 잘 알려진 사실입니다. 우리 민족도 단군왕검 이후 몇 천 년의 기간 동안 언어를 바꾸지 않았다고 말할 근거는 아무것도 없습니다. 단군 조선 이후 이 한반도와 그 주변에는 숙신, 읍루, 부여, 고구려, 말갈, 동옥저, 예, 마한, 진한, 변한, 신라, 백제, 가야 등 많은 민족과 국가들이 나타났다가 사라졌고, 또 이런 민족들의 대규모 이동이 상당히 있어 왔었습니다. 이 기간 동안 그 여러 민족의 어느 하나가 단군왕검께서 사용하시던 언어를 그대로 잘 보존해 왔으리라고 믿기는 힘들 것입니다. 그리고 보다 근본적인 어려움은 단군왕검께서 어떤 언어를 사용하셨는지 우리는 전혀 모르고 있다는 점입니다. 막연히 우리는 단군왕검이 우리 민족의 시조이시니까, 우리와 같은 언어를 쓰지 않았겠나 하는 상상을 할 뿐인 것입니다. 결론적으로 말씀드리면, 단군왕검이 역사적으로 실존했던 우리의 시조라고 인정하더라도, 단군 조선 시대에 우리 조상들이 어떤 언어를 사용했는지 전혀 알지 못하고 있다는 점을 먼저 인식해야 할 것입니다. 뿐만 아니라 단군 이후의 우리 조상이라고 믿고 있는 민족들의 언어에 관해서도, 그 자료가 남아 있는 것이 없기 때문에, 전혀 알지 못하고 있습니다. 우리가 알 수 있는 최초의 우리말에 관한 자료는 단군왕검 이후 2천 몇 백 년이 지난 5세기 초의 것인데, 그것은 고구려 장수왕이 414년 건립한 광개토왕 비문이라고 할 수 있습니다. 잘 아시는 대로 광개토왕비는 지금은 압록강 건너 중국 집안시集安市에 있는 동양 최고最古의 비석으로서, 순 한문으로 기록되어 있긴 합니다만, 삼국 시대의 많은 인명, 지명, 관명官名 등이 들어 있고, 또 이들 고유 명사의 기록이 후대의 한국어와 연결이 되기 때문에 5세기 초의 우리말 자료로 손색이 없다고 할 수 있겠습니다. 그렇다면 5세기 초에는 우리 조상들이 지금 우리가 쓰고 있는 한국어의 조상이라고 할 만한 고대 한국어를 사용했다고 분명히 말할 수 있을 것입니다. 이것은 물론 현재 남아 있는 자료만으로 이야기하는 것이고, 여러 가지 정황으로 보아 아마도 삼국의 건립 시기인 기원 전후부터는 우리 조상들이 지금 우리가 쓰고 있는 한국어를 사용했을 것이라고 보아도 큰 무리는 아닐 것 같습니다.

5세기 초의 광개토왕 비문의 기록과 그 후 5, 6세기의 고구려·신라의 여러 금석문金石文 기록, 그리고 『삼국사기』와 『삼국유사』에 나오는 삼국 시대의 여러 인명·지명·관명 기록, 또 신라·고려의 향가 자료와, 고려 시대에 기록된 외국인들의 고려어에 관한 기록, 그리고 신라·고려 시대의 여러 이두 자료 들을 면밀히 검토해 보면 5세기 초부터 13세기 말까지의 우리말은 거의 동일한 언어였음을 알게 됩니다. 여기서 동일한 언어였다는 말은 이 자료들이 보여 주는 언어의 체계가 동일했다는 말로서, 좀더 구체적으로 이야기하면 이 자료들이 보여 주는 당시 언어의 자음과 모음 체계가 이 기간 동안 동일했다는 말이 되는 것입니다. 다소 전문적인 이야기가 됩니다만, 5세기 초부터 13세기 말까지의 우리말은 자음에 'ㅊ, ㅋ, ㅌ, ㅍ' 같은 거센소리나 'ㄲ, ㄸ, ㅃ, ㅆ, ㅉ' 같은 된소리가 없었고, 모음은 'ㅏ, ㅓ, ㅗ, ㅜ, ㅣ'의 5개밖에 없는 공통된 체계를 가지고 있었다는 것입니다. 그래서 학자들은 5세기부터 13세기 말까지 9백여 년 동안 우리 조상들이 사용했던 우리말을 고대 한국어라고 부르고 있습니다.

고대 한국어의 구조를 현재 우리가 쓰고 있는 현대 한국어와 비교해 보면, 문장 구성 순서(주어－목적어－서술어)나, 낱말 만드는 방법, 명사나 동사의 변화 방법 등에서 기본적으로는 크게 다르지 않았습니다. 또 기초적인 어휘, 예컨대 '검다黑, 구슬玉, 돌石, 둘二, 박瓠, 불火, 신靴, 어미母, 없다無' 등과 같은 낱말은 그 발음은 좀 달랐지만 이미 고대에서부터 사용되었습니다. 그러나 위에서 말씀드린 대로 그 무렵 한국어의 자음과 모음의 체계는 지금과 아주 달랐습니다. 자음이나 모음이 지금과 달랐다는 사실은, 가령 고대 한국어를 말하던 신라의 최치원 선생이나 고려 태조 왕건 임금 같은 분의 연설을 우리가 지금 듣게 된다면 거의 이해하기 힘들 정도였다는 이야기가 되는 것입니다.

13세기가 지나면 우리말이 커다란 변화를 겪게 되어 17세기 말까지 이르게 되는데, 그래서 14세기부터 17세기 말까지의 한국어를 학자들은 '중세 한국어'라고 부릅니다. 이 중세 한국어는, 말소리에서는 현대 한국어와 비슷하게 되어 고대 한국어에 없던 자음인 거센소리나 된소리가 생겨나고, 새로운 모음 'ㅡ'가 나타나게 되지만, 아직도 현대 한국어와 다르게 소리내는 말들이 많이 존재하였습니다. 예를 들자면, 지금의 '가위, 접시, 기와, 씨름, 물고기, 달팽이, 섬기다, 시골, 끝, 칼' 같은 낱말들이 'ᄀᆞ애, 뎝시, 디새, 힐홈, 믈고기, ᄃᆞᆯ팡이, 셤기다, 스ᄀᆞ올, 긑, 갈'과 같이 발음되었던 것입니다. 또 '내, 네, 쇠, 세종대왕' 같은 낱말이 '나이, 너이, 소이, 셔이종 다이왕'처럼 발음되었고, '간ᄎᆞ랍다(간단하다), 고마(공경), 미르龍, 바ᄃᆞ랍다(위태롭다), 샤옹(남편), 위안(동산), ᄒᆞ다가(만일에)' 등과 같이 매우 많은 어휘들이 지금과 달랐으므로, 중세 한국어를 말하던 세종 임금이나 이순신 장군 같은 분의 말소리를 우리가 듣게 된다 하더라도 그 절반도 이해하지 못하게 될 것입니다.

18세기가 되면 우리말이 또 한번 크게 변화되어서 현재 우리가 쓰고 있는 말과 아주 비슷해집니다. 지금 우리말에서 사용되고 있는 말소리(자음과 모음)는 이 무렵에 거의 모두 만들어져서 적어도 말소리는 지금과 다름없이 된다고 말할 수 있습니다. 다만 어휘는 각 시대의 생활상을 반영하는 것이므로 18세기와 19세기, 그리고 20세기 전반기의 어휘는 21세기로 넘어가는 지금과 상당히 다른 것들이 많았던 것은 사실입니다. 그래서 18세기의 정조 임금이나 19세기의 김대건 신부, 20세기 초의 유길준 선생 같은 분의 말을 우리가 귀로 듣는다고 한다면, 그분들의 말소리는 거의 다 알아듣게 된다고 하더라도 그분들이 사용한 어휘의 정확한 의미는 이해하지 못할 수도 있는 것입니다.

이렇게 우리 한국어는 5세기 초에 자료를 남긴 이래 지금까지 크게 두 번(13세기 말과 17세기 말) 커다란 변화를 겪은 후 현재 우리가 쓰고 있는 현대 한국어로 발전되어 온 것입니다. 이 1,500여 년 동안 말소리와 문법의 세부 사항과 어휘에서 많은 변화를 겪기는 했으나, 한국어라는 언어 자체는 근본적인 바뀜 없이 오늘에 이르게 된 것입니다. 영어나 독일어의 역사가 8세기에 시작되고, 프랑스어와 이탈리아어의 역사가 9세기에 시작되며, 러시아어는 11세기에야 시작되는 것과 비교할 때 우리 한국어는 그들보다 더 오랜 역사와 전통을 가진 언어임을 알 수 있습니다(다만 중국어의 최초의 자료는 기원 전 10세기의 것이 남아 있고, 일본어의 경우는 7세기의 자료가 남아 있습니다). 그리고 프랑스와 이탈리아 땅에서 2천년 이상 살아 온 프랑스, 이탈리아 민족들이 그들의 언어를 라틴어에서 프랑스어와 이탈리아어로 바꾸었다거나, 아메리카 인디언들이 그들의 고유한 언어를 버리고 영어를 받아들이게 된 일, 중국의 소수 민족인 시버족[錫伯族]이 그들의 언어를 너덧 번씩 바꾸어 온 것(선비어 → 거란어 → 몽고어 → 여진어 → 만주어)에 비한다면, 우리 민족은 우리의 언어인 한국어를 1500년 이상 줄기차게 간직하고 다듬어 왔음을 알 수 있습니다.

2) 우리말의 현재

현재 전세계에는 8000여 개 이상의 언어가 존재한다고 학자들은 추정하고 있습니다. 이 많은 언어들 중에서 우리 한국어는 그 사용 인구 수를 7천 만 정도로 볼 때, 세계에서 16위 정도의 사용자를 가지고 있는 비교적 큰 언어라고 할 수 있겠습니다. 앞으로 우리의 국력이 더 커지고, 우리의 문화가 더 널리 전파된다면 우리 한국어의 사용자 수도 늘어나리라 믿습니다.[4)]

우리가 쓰고 있는 우리말에 대한 사랑 이야기는 이 자리에서 더 말씀드리지 않겠습니다. 보다 정확한 우리말을 올바르게 사용해야 할 의무가 우리 한국인들에게 있음은 더 말할 나위가 없을 것입니다. 오늘 모임의 성격상 현재 우리가 잘못 쓰고 있는 우리말에 관한 이야기를 좀 해야 하겠습니다만, 제한된 시간에 긴 이야기를 할 수는 없겠고, 우리말의 표준 발음에 관해 한두 마디 말씀드리기로 하겠습니다.

잘 아시는 대로 1988년 교육부에서 제정·공포한 규정에 의하면 우리말의 "표준 발음법은 표준어의 실제 발음을 따르되, 국어의 전통성과 합리성을 고려하여 정함을 원칙으로 한다."고 되어 있습니다. 여기서 말하는 '전통성'이란 '낮이, 꽃을'

---

4) 『세계 주요 언어 상용 인구』(영국 언어 관측 연구소, 1997. 7)
① 중국어(11.2억) ② 영어(4.7억) ③ 힌디어(4.2억) ④ 스페인어(3.7억) ⑤ 러시아어(2.9억) ⑥ 벵갈어(2.4억) ⑦ 아랍어(2.4억) ⑧ 포르투갈어(1.8억) ⑨ 일본어(1.3억) ⑩ 프랑스어(1.2억) ⑪ 독일어(1.2억) ⑫ 판잡어(Panjabi)(1억) ⑬ 자바어(7천만) ⑭ 비하리어(Bihari)(7천만) ⑮ 이탈리아어(7천만) ⑯ 한국어(7천만) ⑰ 텔루구어(Telugu)(6.5천만) ⑱ 타밀어(6.5천만) ⑲ 마라티어(Marathi)(5.5천만) ⑳ 월남어(Vietnamese)(5.5천만)

이란 말을 '나시, 꼬슬'로 발음하지 않는 것을 말하며, '합리성'이란 '되어, 피어'를 '되여, 피여'로 발음하지 않는 것을 말합니다. 다시 말하면 우리 조상들은 전통적으로 '낮이, 꽃이'를 '나지, 꼬치'로 발음했지, '나시, 꼬시'로 발음해 오지 않았다는 것입니다. 그러나 '되어, 피어'의 경우에 우리 조상들은 '되여, 피여'로 발음했었는데, 그것은 앞에서 말한 중세 한국어 시대에는 그렇게 발음할 이유가 있었기 때문이었고 그 이유가 지금은 사라졌기 때문에 '되어, 피어'로 발음하는 것이 합리적이라는 이야기입니다.

현재 우리 표준말의 모음은 모두 21개로 규정되어 있는데, 이들은 다시 10개의 단모음과 11개의 이중 모음으로 나뉩니다. 이 중 'ㅏ ㅐ ㅓ ㅔ ㅗ ㅚ ㅜ ㅟ ㅡ ㅣ'는 단모음으로 발음하기로 되어 있습니다만, 'ㅚ, ㅟ'는 이중 모음으로 발음할 수 있도록 허용하고 있습니다. 그러나 현실적으로는 거의 모든 국민이 'ㅐ'[ɛ]와 'ㅔ'[e]를 혼동하고 있고, 'ㅚ'[ø]와 'ㅙ'[wɛ]와 'ㅞ'[we]를 혼동하고 있습니다. 그러나 현행의 표준 발음법은 이 다섯 개의 모음을 구별해서 발음할 것을 요구하고 있습니다. 또 'ㅟ'의 현실 발음은 '[y], [yj], [uj],

[wi], [ɰi]'의 다섯 가지로 소리내고 있는 실정입니다. 앞으로 국어 연구원에서 교양 있는 서울 지방의 발음을 정밀히 조사해서 이 모음들의 표준 발음을 다시 규정할 필요가 있을 듯합니다.

'ㅑ ㅒ ㅕ ㅖ ㅘ ㅙ ㅛ ㅝ ㅞ ㅠ ㅢ'는 이중 모음으로 발음한다고 규정되어 있는데, 이 중 'ㅒ'[jɛ]와 'ㅖ'[je]는 역시 전국민이 혼동하고 있는 현실입니다. 그러나 표준 발음법의 단서但書 규정에는 "다만 1. '져, 쪄, 쳐'는 [저, 쩌, 처]로 발음한다. 다만 2. '예, 례' 이외의 'ㅖ'는 [ㅔ]로도 발음한다."는 것이 있어 '계시다[계:시다/게:시다], 시계[시계/시게], 메별袂別[몌별/메별], 개폐[개폐/개페], 혜택[혜:택/헤:택]'와 같은 복수 표준음을 인정하고 있습니다.

또 "다만 3. 자음을 첫소리로 가지고 있는 음절의 'ㅢ'는 [ㅣ]로 발음한다. 늴리리, 닁큼, 무늬, 띄어쓰기, 씌어, 틔어, 희어, 희망, 유희.

다만 4. 단어의 첫음절 이외의 '의'는 [ㅣ]로, 조사 '의'는 [에]로 발음함도 허용한다. 주의[주의/주이], 협의[혀븨/혀비], 우리의[우리의/우리에], 의의의[의의의/의이에]" 같은 예외 규정도 만들어 두고 있습니다. 결국 'ㅢ'의 현실 발음은 [ɨj], [ɨ],

[i], [e]의 네 가지가 되는 셈입니다.

이 밖에도 모음의 장단 문제나 받침의 발음 문제에서 잘못 소리 내고 있는 점들도 말씀 드려야 하겠습니다만, 시간 관계상 모두 줄이도록 하겠습니다.

3) 우리말의 미래

이제 우리는 우리 조상이 물려준 오랜 전통의 우리말을 앞으로도 계속 잘 보존·발전시켜 가야 할 시점에 놓여 있습니다. 과연 우리에게 그렇게 할 마음의 준비가 되어 있으며, 이 시대 우리의 상황은 그렇게 잘 할 수 있도록 되어 있는 것인지 한번 살펴봐야 하겠습니다. 참으로 염려되는 일은, 어떤 국어학자의 말처럼, 자칫 잘못했다가는 21세기가 끝나기 전에 우리 한국어가 지구상에서 사라져 버리게 될 정책을 이 시대가 만들고 있다는 점입니다.

우리 정부는 많은 뜻있는 국어학자들의 반대를 무시하고 1997년 3월부터 초등학교 3학년 때부터 영어를 필수적으로 가르치게 하였습니다. 이 결정은 이제 우리나라의 전국민들에게 영어를 의무적으로 배울 것을 강요하는 것이고, 이런 강요는 좀 더 극단화한다면 영어를 우리나라의 공용어로 삼겠다는 의지의 표현이며, 1,500년 이상 지속된 우리말 전통을 단절해 버리겠다는 결심의 표출이 됩니다. 이 영어 교육의 의무화 정책이 앞으로도 계속된다면, 초등학교에서 영어를 배운 이들 최초의 영어 세대가 대학을 졸업하는 2010년대, 그리고 영어 필수의 제2 세대가 대학을 나오는 2040년대에는 영어가 우리 일상 생활어가 되어버릴 수도 있는 것입니다. 이것은 참으로 끔찍한 일이 아닐 수 없습니다.

얼마 전 우리나라 굴지의 어떤 일간 신문사에서 나라 사랑 운동의 표어와 그 선전 상징물로 'I ♥ KOREA'라고 씌어진 딱지를 온 나라에 배부한 일이 있었는데, 신문사의 대대적인 홍보로 공공 기관의 안팎은 말할 것도 없고 유치원의 어린이가 들고 다니는 가방에까지 이 딱지가 붙었더랬습니다. 다른 일도 아니고 우리나라 사랑 운동의 홍보물인데도 이렇게 그 딱지를 영어로 만들어 놓았고, 또 대부분의 사람들은 이런 '영어 사랑' 딱지에 대해 아무런 의식을 갖고 있지 않았습니다. 오히려 이 영어 딱지를 자기 소지품이나 건물에 붙이는 일이 우리나라를 사랑하는 일인 양 착각하기까지 하였습니다. 더군다나 이 일을 주관한 신문사는 창간 당초부터 우리나라의 대표적 민족 신문을 발간하겠노라고 선언했고, 강력한 민족주의를 지금껏 표방하고 있는 언론 기관입니다. 이 얼마나 역설逆說스럽고 자기 모순스러운 행위입니까? 이런 해괴한 운동은 다행히도 얼마 안 가서 중단되기는 했지만, 아직도 그 때 붙인 이 딱지가 자동차 뒤 창문이나 건물 게시판에 남아 있음을 볼 수 있습니다. 또 이런 운동을 전개하려면 이 딱지는 '내 사랑, 우리 대한' 정도로 고쳐져서 보급되어야 하겠습니다.

아직 영어 필수 세대가 제대로 나오기도 전에 이런 일이 나타났던 것으로 보아, 위에서 말한 대로 우리 한국어의 운명은 그 앞날을 예측하기 힘들다고 할 만합니다. 실리적인 이유로, 좀 더 천박하게 말하면 외국 돈 몇 푼 더 벌기 위해, 미국 사람들과 좀더 잘 말하기 위해, 영어를 우리의 공용어로 삼고 오랜 역사를 가진 우리 한국어를 없애버리는 정책을 따라야 할 것이겠습니까? 우리말은 우리나라의 경제 부강을 위해서는 거추장스러운 존재이며, 우리 후손의 복리에 거치적거리기만 하는 애물단지라는 생각을 가져야 하겠습니까?

당장 우리의 의식 전환이 필요하겠습니다. 우리 조상들은 과거 중국의 막강한 정치적·문화적 영향력 밑에서도 꿋꿋이 우리말·우리 문화를 보존해 왔습니다. 비록 옛날부터 한자·한문을 사용하기는 했지만 중국어를 우리의 공용어로 쓰겠다는 정책을 정부가 세운 일은 없었습니다. 이제 와서 이런 우리 조상들의 현명했던 전통을 무시해서는 안 되겠습니다. 저절로 그리 되는 것이 아니라 정책적으로 제 언어를 버리고, 일시적일 수도 있는 한 시대의 유행적인 언어[=영어]를 취하는 일이 경우에 따라 어떤 결과를 불러 올 것인지 생각해야 할 것입니다. 지금부터 7백 년 전에는 몽고어가 온 세계에서 가장 인기 있는 언어였고, 그 무렵 영어는 유럽의 한 모퉁이에서만 통용되는 촌뜨기 말이었음을, 그리고 불과 10년 전만 해도 러시아어가 '세계화'를 위해 필수적인 언어라고 생각하던 사람들이 이제 러시아어는 먹고 살기 위해서나 돈벌이하는 데에 전혀 필요 없는 언어라고 생각하는 사람들이 이 지구 위에 수억 명이나 있음을 잊어서는 안 되겠습니다. 앞으로 중국이 세계의 경제를 뒤흔드는 시대가 혹시 온다면, 러시아가 세계의 기계 문명을 지배하는 시대가 혹시 온다면, 그때 우리 정부는 영어 공용어 정책에서 중국어 공용어 정책으로, 러시아어 공용어 정책으로 또 옮겨 갈 것입니까? 먹고 사는 데 필요하니까 우리 것을 내버리고 끊임없이 돈벌이에 적당한 언어를 계속 우리말로 삼으려 해야 할 것입니까? 단순히 '세계화'를 위해 영어를 필수화하고 영어 일변도의 분위기를 만들어서, 끝내는 '차라리 한국어를 없애 버리고 영어를 우리 국가 공용어로 만드는 것이 실리적이다.'라는 생각에 젖게 되면, 우리 민족에게 어떤 재앙이 일어날 것인지 깊이 깊이 되새겨 보지 않으면 안 될 것입니다.

(『강연 원고』, KBS 강연, 1999. 12. 4.)

화장실과 '마렵다'

'눈물이 나면 기차를 타고 선암사로 가라.
선암사 해우소로 가서 실컷 울어라.
해우소에 쭈그리고 앉아 울고 있으면,
죽은 소나무 뿌리가 기어 다니고
목어가 푸른 하늘을 날아다닌다.

풀잎들이 손수건을 꺼내 눈물을 닦아 주고,
새들이 가슴 속으로 날아와 종소리를 울린다.

눈물이 나면 걸어서라도 선암사로 가라.
선암사 해우소 앞
등 굽은 소나무에 기대어 통곡하라.

—정호승 '선암사'

화장실을 시의 소재로 쓰는 일이 그리 흔하지는 않겠는데, 위의 시인은 해우소解憂所가 이름 그대로 모든 근심[憂]을 해소시켜 주는 곳으로 생각했나 봅니다. 사실 화장실이 본래의 목적 말고도, 이 장소에서 많은 고민과 상념을 처리해 주고 있다는 점은 누구나 동의하지 않을 수 없을 것입니다.

위의 시에 나오는 전라남도 순천 선암사仙巖寺의 화장실 입구에는 사실은 '해우소'가 아니라 '뒤싼'(뒷간)으로 표기되어 있습니다. 이 화장실은, 화장실로는 전국 유일하게 문화재(제214호)로 지정되어 있다고 합니다.

화장실을 일컫는 다른 이름으로 위의 '해우소'와 '뒷간' 말고도 전통적으로는 '측간廁間, 측실廁室, 측청廁圊, 廁廳, 측혼廁溷, 정랑淨廊, 정방淨房'이란 말들이 있었고, 궁중에서는 '매화간梅花間'이란 말도 썼습니다. '변소'란 말은 일본에서 만들어진 말로서, 일본 강점기에 우리나라에 들어와 널리 사용되어 온 것입니다.

화장실을 일컫는 말을 전국적으로 조사해 보면 참으로 다양합니다. 위에 나오는 표준적인 이름과 그 변형된 것은 빼고 들어 보면, 경남 지방의 '구세, 구시', 평안도의 '꼉낭', 제주도의 '돗통', 충남과 전라도의 '동수깐, 동시깐', 함경남도의 '드나기깐, 드내실', 경남 사천 지방의 '들통시, 디통시', 전북 부안의 '또망', 경남의 '똥구세, 똥구시', 충북 청주의 '똥깐', 전북과 충남의 '똥독간, 똥뒷간, 똥수깐', 충북의 '똥시깐', 전북 정읍의 '북간', 황해도의 '서각', 충남의 '소막간', 전남 화순의 '자근집', 충북 제천과 강원도 홍천의 '잿간', 경북 등 남도 여러 지역의 '통세, 통시', 전북 구례와 경남 거창의 '헛간, 호간' 등등 참으로 그 이름이 풍부합니다. 1980년대부터 사용되기 시작한 '화장실'은 명칭 자체가 나쁜 냄새와는 거리가 멀기 때문에, 그리고 아파트 주민들은 실제로 이곳에서 화장도 하기 때문에, 앞으로 퍽 오래 동안 사용되리라 믿어집니다.

오줌이 마렵거나 똥이 마려울 때, 우리는 이 화

장실을 이용합니다만, 오늘은 여기 나오는 '마렵다'라는 말이 원래 무슨 뜻인지 좀 살펴보겠습니다.

조선 왕조 시대 이전에는 자료가 없어서 순 우리말로 대소변을 뭐라고 했는지 자세히 알 수 없습니다만, 세종 29년(1447년)과 세조 5년(1459년)에 훈민정음으로 기록해서 간행된 『석보상절』과 『월인석보』라는 책을 보면 이미 'ᄯᅩᆼ, 오좀'이라는 말이 나오는 것을 알 수 있습니다. 그런데 『월인석보』라는 책 제1권에 이상적인 여인을 뜻하는 '옥녀보玉女寶'라는 말을 설명하는 대목이 있는데, 이 여인은 "옥 같은 여자로서, 몸이 겨울에는 따뜻하고 여름에는 차며, 입에서 청련화青蓮花 향내가 나고 몸에서 전단향栴檀香 냄새가 나며, 음식을 먹어도 자연히 스러져 **ᄆᆞᆯ보기**를 아니 하고, 여자에게 있는 '더러운 이슬(월경)'이 없으며, 머리털 길이가 제 키와 같으며, 키가 작지도 크지도 아니하고, 살이 찌지도 여위지도 아니한" 여인으로 묘사되어 있습니다. 이 문장 속에 나오는 'ᄆᆞᆯ보기'라는 말은 '대소변 보기'라는 뜻입니다. 고려 시대부터 'ᄯᅩᆼ, 오좀'이란 말 대신에 '큰ᄆᆞᆯ, 져근ᄆᆞᆯ'이란 말을 써 왔고, 여기서 'ᄆᆞᆯ보기'란 말이 생겨난 것 같습니다.

그런데 이 'ᄆᆞᆯ보기'와 '큰ᄆᆞᆯ, 져근ᄆᆞᆯ'의 'ᄆᆞᆯ'이란 말은 무슨 뜻일까요? 결론부터 이야기하면 이 '몰'이란 낱말은 가축으로 쓰는 '말馬'에서 온 말입니다.

몽고 사람들은 13세기 이전부터 오늘날까지 '화장실 간다, 대소변 보러 간다'라는 뜻의 말을 우회적迂廻的으로 표현하여 '말 묶으러 간다(mori uyamui), 말 살펴보러 간다(mori üǰehö)'라고 말하고 있습니다. 여럿이 모여 함께 식사를 하거나 이야기를 나누다가, 한 사람이 화장실을 갈 때 "내 말 좀 묶어 놓고 오겠소." 또는 "내 말 좀 살펴보고 오겠네."하며 자리를 뜨는 것입니다. 이런 몽고어식 표현법이 고려 시대에 우리나라 왕실에 들어왔고, 이 말이 우리나라 일반 대중에게까지 널리 퍼지게 된 것입니다.

이런 방법으로 외국어식 표현법이 들어오는 일을 학자들은 번역 차용(loan translation)이라고 부릅니다. 영어의 sky-scraper, white paper와 같은 말을 '마천루摩天樓, 백서白書'라고 번역해 쓰는 것도 번역 차용에 해당합니다. 즉, 외국어를 차용해 쓰되 '라디오, 텔레비전'처럼 그 소리를 그대로 빌려 쓰는 것이 아니라, 번역해서 빌려 쓴다는 말입니다. 사실 '마천루'니 '백서'니 하는 말은 원래 동양에는 없던 말인 것입니다.

이렇게 원래는 가축 이름 '말'이 뜻이 바뀌어 '변便'이란 뜻이 되어 버렸고, 여기서 '큰말(대변), 작은말(소변), 묽은 말(묽은 변), 붉은 말(피똥)'이란 말들이 만들어지게 되었습니다. 그러다가 중세 한국어 시대(14세기초부터 17세기말까지의 한국어를 중세 한국어라고 부릅니다)가 지나고 근대 한국어(18세기부터의 한국어를 말합니다) 시대가 되면서 이런 말은 차차 안 쓰이게 되고, 새롭게 '소마(변), 자근소마(소변)' 같은 말이 한 때 만들어져 쓰이기도 했습니다. 다시 19세기가 되면 이런 말은 전부 사라지고 이 '말'에서 파생된 '마렵다'란 말이 새로 나타나 현재까지 사용되고 있는 것입니다. 결국 어원적으로 '마렵다'는 가축 이름인 '말'에서 나왔다는 이야기가 되는 셈입니다. 그리고 지금도 널리 쓰이는 '소변 보다, 대변 보다, 뒤보다, 일 보다' 등의 '보다'도 몽고어의 üĵehö(돌보다, 살펴보다)를 번역한 말임을 알 수 있을 것입니다.

(한국 화장실 협회, 『美小空』 43호, 2007. 8. 30.)

3. 신비한 문자 이야기

문자文字의 종류와 계통

지금까지 우리에게 알려진 문자의 수는 모두 4백여 개쯤. 이 숫자는 언어의 수 3천여 개에 비하면 아주 적은 편인데 역시 언어의 창조자인 하느님의 지능보다 인간의 두뇌가 덜 발달되어 있나보다. 지금까지 알려진 어떠한 문자 체계도 그 언어를 완벽하게 표기하지 못한다. 언어는 하느님의 창조물이고(즉, 자연 발생적인 것이고) 문자는 인간의 발명품이기 때문이랄까……. 그리고 언어의 수를 정확히 세는 것이 불가능하듯이 문자의 수도 정확히 몇 개라고 말할 수 없다. 사용 민족과 시대에 따라 연속적으로 변형되기 때문이다.

문자를 그 표기 대상에 따라 표문表文 문자 · 표어表語 문자 · 표음表音 문자로 크게 나누고, 표음 문자는 다시 표음절表音節 문자 · 표단음表單音

문자로 나누는 것은 이미 보편화된 상식이다. 이중 표문 문자는 남아메리카의 잉카족들이 쓰던 결승結繩법 같은 것이나 뉴멕시코 인디언들의 그림 문자 같은 것을 말하는데, 이런 것들은 실은 문자 이전의 단계의 것들이다.

진정한 의미의 문자란 고대 이집트의 상형 문자·중국의 한자 같은 표어(또는 표의) 문자 이후의 것을 의미한다. 문자의 수가 4백여 개라 함은 표어·표음 문자의 수를 말하는 것으로 이들을 다시, (1) 현재 사용 중인 문자, (2) 현재 사용하지 않으나 해독된 문자, (3) 미해독 문자로 가를 수 있는데 앞으로 대개 이런 순서로 문자에 관한 이야기를 엮어 가기로 한다.

현재 한 국가 또는 민족의 공식적인 문자로 사용되는 것은 50여 종에 불과한데, 이들 문자는 모두 그 기원은 기원전 3천 년경의 수메르 상형 문자와, 기원전 2천 년경의 중국 갑골 문자로 거슬러 갈 수 있다. 그러나 우리 한글만은 이 두 기원과 관계 없이 계통이 밝혀져 있지 않은 독창적 문자로 자랑되고 있다. 지금 사용되는 문자 중 대표적인 것(1억 이상의 사람들이 상용하는 문자)을 들어 보면 먼저 수메르 문자 계통인 것으로 라틴 문자

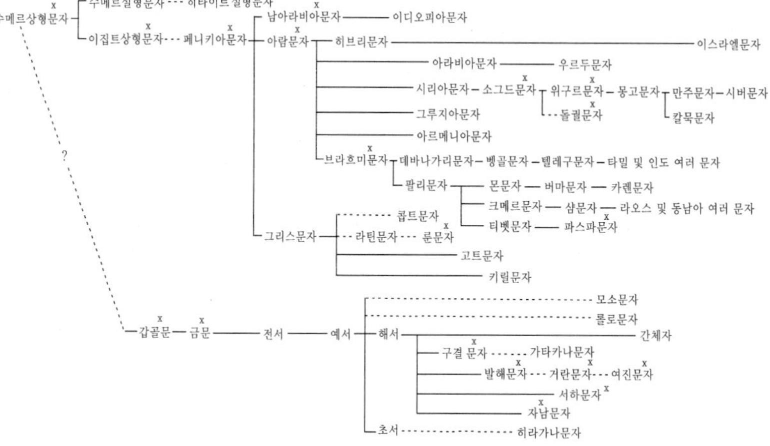

세계 현용 주요 문자 계통표

(① ×표는 현재 사용하지 않는 문자
② 중국의 갑골문이 수메르각형角形문자에서 유래됐다는 설이 있음)

(유럽 · 아메리카 · 오세아니아 · 아프리카의 거의 전 지역) · 키릴 문자(소련 · 몽골 · 불가리아 · 유고슬라비아에서 사용) · 아라비아 문자(아프리카 북부와 중동 여러 나라에서 사용) · 데바나가리 문자(인도) · 벵골 문자(방글라데시에서 사용) · 티베트 문자(중국 서쪽) · 몽고 문자(중국 북쪽) 등을 들 수 있고, 갑골 문자의 후손으로는 한자와 일본의 가나[假名]를 들 수 있다.

현재 사용 중인 세계 주요 문자를 중심으로 문자의 계통도를 그려 보면 위의 표와 같이 된다(작년 5월 본교 국어 국문학과에서 세계의 문자 250여 종을 대구 시민 회관에서 전시하여 많은 시민의 관심을 끈 바 있다).

(『효대학보』 596호, 1983. 5. 13.)

가로 쓰기 문자 · 세로 쓰기 문자

지난번 이야기에서 세계의 현용 주요 문자의 수는 50여 종이라는 말과, 문자의 수를 센다는 것이 굉장히 어렵다는 말을 했다. 이 문제에 관한 이야기를 좀 더 해보기로 한다. 지금까지 모은 가장 많은 수의 문자 견본집은 1935년 영국 성서 공회 聖書公會에서 펴낸 『많은 언어의 복음』(The Gospel in Many Tongues)이라는 책으로 필자는 믿고 있다. 이 책에는 그때까지 나온 세계 각 민족의 언어와 방언으로 된 성경을 모두 모아 그 중 요한 복음 3장 16절('하느님은 이 세상을 극진히 사랑하셔서 외아들을 보내 주시어 그를 믿는 사람은 누구든지 멸망하지 않고 영원한 생명을 얻게 하여 주셨다.')의 구절을 뽑아 두고 있다. 여기 등장하는 언어 및 방언의 수는 692개, 그리고 문자수는 89개로 집계되어 있다. 그러나 필자가 이들 89개로 계산된 문자를 서로 비교해 본 결과, 실제로는 같은 문자를 서로 다른 이름으로 부른 것들이 상당히 있어서 여기 나온 문자의 수는 50개를 넘지 않는 것이 확실했다. 그리고 이 50개의 문자 중에도 현재 이미 사용하지 않는 것들도 상당히 있었다.

이 중 가장 많은 수의 언어와 방언을 표기하는 문자는 역시 라틴 문자였고 다음으로 키릴, 아라비아, 데바나가리, 고트, 이디오피아, 벵골, 히브리, 페르시아 문자들이었다.

현재 가장 많은 수의 문자가 사용되고 있는 지역은 인도 · 동남아 · 중국 · 카프카스 지역이다. 이 밖에 중동 · 아프리카에서도 비교적 많은 수의 문자들이 소수 민족에 의해 사용되고 있다.

문자를, 그 쓰는 방향에 따라 가로 쓰기 문자와 세로 쓰기 문자로 크게 나눌 수도 있다. 가로 쓰기 문자는 다시 왼쪽에서 오른쪽으로 가로 쓰는 문자(라틴 문자 · 키릴 문자)와 오른쪽에서 왼쪽으로 가로 쓰는 문자(히브리 문자 · 아라비아 문자)로 나눌 수 있고, 세로 쓰기 문자는 오른쪽 행에서 왼쪽 행으로 나가는 문자(한글 · 한자 · 가나 문자)와 왼쪽 행에서 오른쪽 행으로 나가는 문자(몽고 문자 · 만주 문자)로 나눌 수 있다. 이 중 한글 · 한자 · 가나 문자는 근래에 와서 가로쓰기를 더 많이 하고 있고, 특히 한자는 오른쪽에서 왼쪽으로 가로 쓰기도

ENGLISH.

For God so loved the world, that he gave his only begotten Son, that whosoever believeth in him should not perish, but have everlasting life.

RUSSIAN.

Ибо такъ возлюбилъ Богъ міръ, что отдалъ Сына Своего единороднаго, дабы всякій, вѣрующій въ Него, не погибъ, но имѣлъ жизнь вѣчную.
1918

HEBREW.

כִּי־אַהֲבָה רַבָּה אָהַב הָאֱלֹהִים אֶת־הָעוֹלָם עַד
אֲשֶׁר נָתַן אֶת־בְּנוֹ אֶת־יְחִידוֹ לְמַעַן אֲשֶׁר לֹא־יֹאבַד
כָּל־הַמַּאֲמִין בּוֹ כִּי אִם־יִחְיֶה חַיֵּי עוֹלָם׃
1920

JAVANESE: Pegon.
Arabic char.

[illegible]
1909

CHINESE: Union Mandarin.
Chinese char.

上帝愛世人。甚至将他的獨生子賜給他們,叫一切信他的,不至滅亡,反得永生。

MONGOLIAN: Kalmuk.

[illegible]
1887

MANCHU.

[illegible]
1911

JAPANESE.
Kana-majiri char.

それ神はその獨子を賜ふほどに世を愛し給へり、すべて彼を信ずる者の亡びずして永遠の生命を得んためなり。
1929

한다.

이들 문자의 견본을 보이면 위의 사진과 같은데 왼쪽 위로부터 라틴 문자(영어) · 키릴 문자(러시아어) · 히브리 문자(이스라엘어) · 아라비아 문자(자바의 '페곤' 방언) · 한자(북경 표준어) · 몽고 문자(몽고어의 칼묵 방언) · 만주 문자(만주 문어) · 가나 문자(일본어)를 각각 보인 것이다. 내용은 모두 요한 복음 3장 16절의 구절이고, 끝에 붙어 있는 연대는 이 성경이 출판되어 있는 연대이다.

(『효대학보』 597호, 1983. 5. 20.)

가장 아름다운 문자－라틴 문자

인류가 만들어 낸 4백여 종의 문자 중 가장 아름다운 문자는 무엇일까?

아름답다는 느낌은 다분히 주관적인 것이므로, 사실 가장 아름다운 문자란 무엇이냐를 확정하기 어렵다. 러시아인들은 자기들이 쓰는 키릴 문자가 가장 아름답다고 하고, 중국인들은 다양한 서예법書藝法을 발전시킨 한자가 세계에서 가장 아름다운 문자로 보며, 아라비아인은 전능하신 알라 신의 숨결이 깃든 아라비아 문자를, 그리스인은 그리스 문자를 각각 가장 거룩하고 완전한 문자라고 자랑한다. 일본인들은 가나 문자가 가장 합리적이라 하고 우리들은 세계에 둘도 없는 독창적 문자 한글을 자랑한다. 그러면 전 인류를 상대로 인기 투표를 해서 가장 아름답다고 생각되는 문자를 고른다 할 때 단연 1위를 차지할 문자는 무엇일까? 그것은 말할 것도 없이 라틴 문자다. 라틴 문자는 전 세계 인구 40억 중 20억 이상이 자기 국가의 공용 문자로 쓰고 있고, 전 세계의 비문맹인非文盲人들이 1백% 이해하는 가위可謂 세계적 문자이다. 라틴 문자를 국가 공용 문자로 쓰지 않는 나라는 먼저 유럽에서는 소련·유고슬라비아·불가리아·그리스뿐이며, 그 밖 아시아와 북아프리카의 몇 나라 이외에는 모두 이 문자를 공용 문자로 삼고 있다.

아시아의 나라 중에서도 터키·베트남·말레이시아·인도네시아·필리핀 등은 라틴 문자가 공용 문자이며, 아프리카에서 라틴 문자를 쓰지 않는 나라는 그 북부의 이집트·리비아·모로코·알제리·튀니지·모리타니·수단·소말리아 등 회교 국가(모두 아라비아 문자를 사용)와 이디오피아

(이디오피아 문자를 사용)뿐이다.

라틴 문자가 이렇게 널리 쓰이는 이유는 이 문자가 지닌 실용성 · 합리성 때문이다. 문자의 아름다움은 사실 실용적인 면을 생각지 않을 수 없는데, 이 점에서 라틴 문자만큼 합리적이고 실용적인 문자를 인류는 더 생각해 내지 못했다.

라틴 문자는 로마 문자라고도 불리는데 그 이름이 말하듯이 이탈리아에서 만들어졌다. 기원전 15세기경부터 사용되던 페니키아 문자가 그리스 문자로 발전되고, 이것이 다시 이탈리아의 여러 민족에 의해 변형 · 수용되었는데 그 중 이탈리아 북부의 에트루리아(Etrurie)인들의 문자를 고친 것이 라틴인들의 문자가 되었다. 현존 최고의 라틴 문자는 'PRAENESTE FIBULA'로 불리는 황금 브로치에 새겨진 1행의 금명金銘으로서 BC 6세기의 것이다.

이 무렵의 라틴 문자는 'A B C D E F Z H I K L M N O P Q R S T V X'의 21자모字母였는데 현재는 체코슬로바키아의 라틴 문자처럼 여러 부호를 덧붙여 41개의 자모로 늘어난 것도 있다.

세계에서 가장 다양한 자체字體를 갖고 있는 문자도 이 라틴 문자로서 1942년 베를린에서 나온 『인쇄인印刷人의 책』(DAS BUCH DES SETZERS)에 나타나 있는 라틴 문자 활자체活字體는 무려 552종의 견본을 담고 있다(사진 참조). 가장 아름다운 문자는 가장 실용적이고 합리적이면서 가장 잘 '디자인'된 문자를 말한다. 그런 점에서 라틴 문자가 가장 아름다운 문자가 되지 않을 수 없다.

Das Buch des Setzers biet
Das Buch des Setzers bi
Das Buch des Setzers biete
Das Buch des Setzers bietet
Das Buch des Setzers bietet
Das Buch des Setzers bietet ein
Das Buch des Setzers bietet ei
Das Buch des Setzers bi
Das Buch des Setzers
Das Buch des Setzers
Das Buch des Setzers bi
Das Buch des Setzers
Das Buch des Setzers
Das Buch des Setzers biet
Das Buch des Setzers bi
Das Buch des Setzers b

Das Buch des Setzers bi
Das Buch des Setzers bi
Das Buch des Setze
Das Buch des Setzers bie
Das Buch des Setze
Das Buch des Setzers bietet ei
Das Buch des Setzers bietet ein
Das Buch des Setzers bietet ei
Das Buch des Setzers bietet e
Das Buch des Setzers bie
Das Buch des Setzers bie
Das Buch des Setzers bietet n
Das Buch des Setzers biete
Das Buch des Setzers bie
Das Buch des Setzers bietet
Das Buch des Setzers biet

Das Buch des Setzers bietet eine F
Das Buch des Setzers bietet eine
Das Buch des Setzers bietet eine
Das Buch des Setzers bietet ein
Das Buch des Setzers bie
Das Buch des Setzers biet
Das Buch des Setzers bi
Das Buch des Setzers bietet ein
Das Buch des Setzers bietet e
Das Buch des Setzers bie
Das Buch des Setzers biete
Das Buch des Setzers bietet ein
Das Buch des Setzers bietet eine
Das Buch des Setzers bietet ei
Das Buch des Setzers bietet ein
Das Buch des Setzers bietet ein

Das Buch des Setzers bietet eine
Das Buch des Setzers bietet eine
Das Buch des Setzers bi
Das Buch des Setzers bietet eine
Das Buch des Setzers bietet eine F
Das Buch des Setzer
Das Buch des Setzer
Das Buch des Setzers bietet
Das Buch des Setzers bietet ei
Das Buch des Setzers bi
DAS BUCH DES
Das Buch des Setzers bietet ein
DAS BUCH DES SE
Das Buch des Setzers bi
DAS BUCH DES SETZE
Das Buch des Setzers b

라틴 문자의 활자체

(『효대학보』 598호, 1983. 5. 27.)

저쪽 세계의 문자－키릴 문자

현재 라틴 문자 다음으로 강력한 세력을 가지고 널리 쓰이는 문자는 소련과 몇몇 동유럽 공산국가에서 쓰이고 있는 키릴 문자라고 할 수 있다. 정확히 말해서 키릴 문자로 표기하고 있는 언어는 소련 영토 내의 러시아어·우크라이나어·백白러시아어를 비롯해 야쿠트어·퉁구스어·터키어·고려어·고古시베리아어·에스키모어 등 소수 민족의 언어와(이 중 소련 영토 내에 거주하는 고려인은 한글과 키릴 문자를 함께 쓰고 있다.) 동유럽의 불가리아어·유고슬라비아의 여러 언어, 그리고 몽고 인민 공화국의 '할하'어 등이다. 이들 언어를 쓰는 사람의 수는 3억을 넘고 있다. 그리고 학술적인 이유로 키릴 문자는 그 이해 인구가 점점 늘어나고 있는 것도 사실이다.

키릴 문자의 기원은 전설에 의하면 키릴로스(QYRILLOS)라는 수사修士 신부에 의해 9세기경 그리스 문자로부터 만들어졌다고 한다. 이 문자의 수는 시대에 따라 달랐지만 최대의 경우 48개에 달했고, 소수 민족의 언어를 표기하는 키릴 문자의

абвгдежзийклмнопр
стуфхцчшщъыьэюлё

АБВГДЕЖЗИЙКЛМНОПР
СТУФХЦЧШЩЪЫЬЭЮЯЁ

äáăæѓғғґҕһћђӗҗӂҙӟӥ
йӣіїјқҝќҟҡљңҥњӧөҫç
уӱӯўӳүҳҳҵҷӵчӹєәѣѫl

ӒÁĂÆЃҒҒҐҔҺЋЂӖҖӁҘӞӤ
ЙӢІЇЈҚҜЌҞҠЉҢҤЊӦӨҪ
ÇӰӮЎӲҮҲҲҴҶӴЧӸЄӘѢѪ

변형된 것을 모두 모으면 현재 55개에 이른다.

세계적인 학술 논문집에서 사용되는 언어는 영·독·불·러시아어이므로, 키릴 문자는 현용 러시아어와 함께 학자들이 이해하지 않으면 안 되는 문자 중의 하나다.

러시아어도 포함되는 슬라브 계통의 언어는 그리스 문자만으로는 표기하기 어려운 음音을 갖고 있으므로 9세기 이전까지 지중해 연안과 중동에서 가장 널리 쓰였던 그리스 문자는 슬라브 계통의 언어를 표기하기 위해서는 어차피 변형되지 않을 수 없었다. 이렇게 해서 탄생된 키릴 문자는 러시아어·세르비아어(유고슬라비아의 제일 큰 방언)·불가리아어를 표기하게 된 것이다. 그런데 이 3언어의 사용자들은 모두 그리스 정교, 또는 러시아 정교를 신봉하였다.

같은 슬라브 계통의 언어를 사용하면서도 로마 가톨릭교를 믿는 체코인·슬로베니아인·폴란드인과 헝가리어를 쓰는 헝가리인들은 라틴 문자를 쓰고 있다는 사실은 종교의 다름이 문자에까지 영향을 끼치는 좋은 예로 들 수 있다. 이 점은 아라비아어와는 전혀 계통이 다른 언어를 쓰는 터키인들이 20세기 초까지 아라비아 문자를 썼다는 사실과 같은 궤에 속하는 이야기다(터키인들의 대부분은 회교를 믿는다. 그러나 20세기 초에 이들은 아라비아 문자를 버리고 라틴 문자를 채택했다).

소련 영토 내의 무문자無文字 소수 민족들은 1930년대 한 때 라틴 문자를 사용했으나 소련 연방 정부의 소위 대大슬라브 주의 정책으로 인해 모두 키릴 문자로 바꾸어 버렸다. 이 문자를 쓰는 언어 및 방언의 수는 80개에 이르고 있고, 그 중 국가 공용어를 표기하는 경우는 6개이고 자치주의 공용어를 표기하는 경우는 20개에 이른다.

(『효대학보』 599호, 1983. 6. 3.)

학자들의 공용자–그리스 문자

'에고 토 알파 카이 토 오메가, 호 프로토스 카이 호 에스하토스, 헤 아르헤 카이 토 텔로스'(나는 '알파'와 '오

메가', 곧 처음과 마지막이며 시작과 끝이다.—요한 묵시록 22장 13절)

이 유명한 성경 구절로 인해 그리스 문자의 첫째와 마지막 문자를 우리는 알게 됐다. 인류가 지금껏 만들어 낸 문자 중 그 상용 인구에 비해 이해 인구가 가장 많은 문자가 바로 이 그리스 문자다. 그리스 문자는 그리스 공화국민 960만 명과 키프로스 공화국민 60여만 명, 합계 1천만 명 남짓의 사람들만이 현재 상용하고 있을 뿐이다. 그러나 전 세계의 수많은 학자—언어학자·음성학자·수학자·천문학자·물리학자·철학자·신학자 등등은 이 문자와 아주 친숙해 있다.

이러한 약소 국민의 문자가 이렇게 널리 펴져 있는 이유는 무엇일까? 또 학자가 아니라도 중등 교육 정도의 수준에 이른 사람들은 양洋의 동서를 막론하고 이 문자를 이해하는 이유가 무엇일까?

그 이유는 첫째로 이 그리스 문자가 현용 세계의 여러 문자 중 발명된 지 가장 오래됐다는 사실(현존 최고의 그리스 문자 자형은 BC 840년경의 'MESA의 비문碑文'임. 이것은 중국의 예서隷書보다 6백년이나 앞선다). 둘째로 서력 기원 전후 그리스 문자가 지중해 일대의 유일한 공용 문자였다는 점, 그리고 특히 셋째 이유인 신약 성서가 이 문자로 씌어졌고, 구약 성서도 이미 BC 3세기경에 그리스어로 번역되어 이 문자로 보급되었다는 사실 때문에 전 유럽 세계에 널리 알려졌기 때문이다.

예수 그리스도는 물론 아람어와 아람 문자를 사용했지만 그분의 지식 수준으로 보아 틀림없이 그리스 문자를 이해했던 것으로 믿어지고, 당시의 로마 총독인 본티오 빌라도와 대화할 때는 그리스어(특히 KOINE 방언)로 했을 것이라 추측된다.

사실 그리스어와 그리스 문자는 BC 3세기부터 3백여 년간 유럽의 공용어요 공용 문자였던 것이다. 그리스인들은 페니키아 문자를 개혁하여 획기적인 알파벳을 만들었다. BC 10세기경 그들은 페니키아 문자에 없던 모음母音 기호를 창안했으며 새로운 기호를 추가하여 22개의 자모를 사용했다.

그 후 시대와 지역에 따라 조금씩 달리 쓰이다가 BC 5세기경 H자(e의 장음長音)와 Ω자(o의 장음)가 덧붙여져 현재의 24자모가 완성됐던 것이다. 모든 학문의 원천인 그리스의 많은 저술과 신구약 성서가 이 문자로 기록되어 있느니만큼 학자들과 이 문자와의 관계는 밀접해졌다. 그리스 문자의 세

'페니키아' 문자에서 '라틴' 문자로

계 공용 문자로서의 영광은, BC 1세기부터 세력을 키워 온 라틴 문자에 밀려 동로마 제국의 판도 속으로 축소되었다가, 마침내 이 왕국의 멸망(1453년)과 함께 출생지인 반도 안으로 되돌아가 버린 것이다.

그러나 그리스인들은 인류 제1의 석학碩學 민족이란 관록을 문자에도 유감 없이 발휘하여 로마인들과 슬라브인들에게 라틴 문자와 키릴 문자를 만들게 해준 것이다. 인류의 문자 발명 사상 가장 위대한 업적은 역시 그리스 문자와 한자의 발명자에 의해 이뤄졌음을 누구도 부인할 수 없다.

그림의 처음 두 줄은 '페니키아' 문자, 다음 넉 줄은 '그리스' 문자, 다음 두 줄은 '에트루리아' 문자, 마지막 두 줄이 '라틴' 문자이다.

(『효대학보』 600호, 1983. 6. 17.)

알라 신의 숨결－아라비아 문자

불교의 경전을 기록했던 티베트 문자나 데바나가리 문자, 유교 경전의 한자, 유대교 경전의 히브리 문자 같은 글자는 종교적 이유에서 문자 자체를 신성시하는 경향이 그 신자들 사이에 널리 퍼져 있었다. 사실 고대 이집트의 상형 문자나 남미의 마야 문자들도 사제나 무사巫師의 전유물이었음을 우리는 잊지 말아야 한다. 이 점에서 몇몇 예외는 있지만 문자의 발생은 신앙과 깊은 관련이 있는 것이다. 여기서 말하려는 아라비아 문자도 이슬람교의 창시자 마호메트가 아라비아어를 썼고 그 가르침인 코란이 아라비아 문자로 기록되었으므로, 아라비아말과 글자는 알라 신의 숨결이 깃든 신성한 말과 글자요, 따라서 코란을 다른 언어로 번역하는 일은 그 신성을 모독하는 행위로까지 인정되던 시절도 있었다.

현재 아라비아 문자는 라틴 · 키릴 · 한자 다음으로 상용 인구와 이해 인구가 많은 문자로 되어 있다. 그림처럼 연속되는 곡선으로 이루어진 이 문자는 전부 28개의 표음 문자로 이뤄져 있고, 오른쪽에서 왼쪽으로 연속하여 기록하는 아름다운 문자이다. 이 문자를 공용자로 상용하는 나라는 아라비아어를 국어로 쓰고 있는 중동과 북아프리카의 여러 회교국(시리아와 터키는 제외됨) 및 이란·아프가니스탄(이 두 언어는 인도 유럽 제어에 속함), 그리고 중국의 신장 위구르 자치구와 파키스탄 등의 지역에서도 쓰이고 있다. 파키스탄의 공용 문자는 실은 우르두 문자라고 하는데 이것은 아라비아 문자의 변형체이다. 이 인구수는 근 3억에 이르고, 이밖에 상용은 아니지만 회교가 널리 행해지는 인도·동남아, 심지어는 우리나라에서도 종교 의식에서 이 문자가 사용된다. 아라비아 문자의 현존 최고형은 AD 328년의 각문刻文이지만, 이 문자가 널리 전파된 것은 역시 코란이 보급된 7세기 이후이다.

이 문자는 대부분의 셈 계통의 문자들처럼 모음을 기록하지 않고 자음자만 쓰며, 자우향좌식自右向左式이다. 그러나 근래에 와서 혼동될 경우를 피하기 위해 'a, i, u'의 3모음을 점으로 기록하는 방법을 고안해 내었다. 이런 점에서 모음을 8개나 갖고 있는 터키가, 같은 회교국이면서도 아라비아 문자를 버리고 라틴 문자를 채택한 것은 아주 당연한 일이 아닐 수 없다.

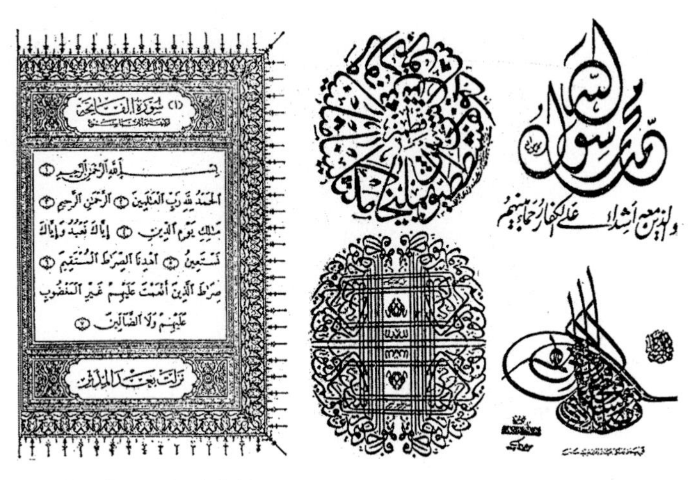

'코란' 원문의 첫머리　　　　아름답게 장식된 '아리비아' 문자 견본

어쨌든 이 문자는 아라비아어를 기록하는 데는 아주 적합하며 또 곡선으로 이뤄져 있으므로 '디자인' 문자로서는 그저 그만일 정도로 편리하고 아름답다고 할 수 있다. 아래 사진의 왼쪽 것은 코란 맨 첫머리의 아름다운 장식 문자이고 오른쪽 것은 "마호메트는 알라 신의 사도使徒이다"라는 문장을 장식된 아라비아 문자로 꾸민 것이다. 이런 디자인은 아라비아 문자만이 할 수 있는 장점이라 할 만하다.

(『효대학보』 601호, 1983. 6. 24.)

'야훼'와 '여호와' – 이스라엘 문자

가톨릭 신자들은 전지전능의 유일신 하느님을 '야훼'라 부르고 프로테스탄트(개신교) 신자들은 '여호와'라 부른다. 왜 같은 하느님의 이름이 이렇게 달라져 버렸는가? 그 이전의 유대교 신자들은 그럼 무엇이라 불렀던가? 이 의문의 답을 구하기 위해 구약 성서의 출애굽기 3장 14절을 펼쳐보자. "당신의 이름이 무엇입니까?"하고 묻는 모세에게 하느님은 "나는 나다(I am that I am)"라는 엉뚱한(?) 대답을 하신 것으로 기록되어 있다. 여기서 영어의 I AM에 해당되는 히브리 문자를 '라틴'문자로 옮기면 YHW가 되는데 이 YHW에 모음母音을 어떻게 적어 넣느냐에 따라 '야훼'(YAHWE)가 되었다가 '여호와'(YEHOWA)가 되었다가 하는 것이다.

이 이야기에서 알 수 있듯이 히브리인들은 페니키아 문자나 다른 셈 계통의 문자 – 예컨대 아라비아 · 시리아 · 이디오피아 문자들처럼 모음을 표기하는 문자를 가지지 못했다. 그리고 이 문자도 오른쪽에서 왼쪽으로 가로 쓰는 전통을 지키고 있다. 여기서 말하는 히브리인이란 현재 이스라엘 공

שמות

כי אנכי שלחתיך בהוציאך את־העם
people the out bringing thy in ;thee sent have I that

ממצרים תעבדון את־האלהים על ההר הזה:
,this mountain upon God serve shall you Egypt from

13 ויאמר משה אל־האלהים הנה אנכי בא אל־
unto come [shall] I ,Behold :God unto Moses said And

בני ישראל ואמרתי להם אלהי אבותיכם
fathers your of God The :them to say and ,Israel of children the

שלחני אליכם ואמרו־לי מה־שמו
?name his [is] What ;me to say will they and ;you unto me sent has

14 מה אמר אלהם: ויאמר אלהים אל־משה
:Moses unto God said And ?them unto say I shall what

אהיה אשר אהיה ויאמר כה תאמר
say shalt thou Thus :said he and ;am I which that am I

15 לבני ישראל אהיה שלחני אליכם: ויאמר
said And ,you unto me sent has Am I ,Israel of children the to

עוד אלהים אל־משה כה תאמר אל־
unto say shalt thou Thus :Moses unto God again

בני ישראל יהוה אלהי אבתיכם
,fathers your of God the Jehovah :Israel of children the

אלהי אברהם אלהי יצחק ואלהי יעקב
Jacob of God the and ,Isaac of God the ,Abraham of God the

שלחני אליכם זה־שמי לעלם וזה
[is] this and ,ever for name my [is] this ;you unto me sent has

출애굽기 3장 12절~15절

א ב ג ד ה ו ז ח ט י כ ך ל מ ם

נ ן ס ע פ ף צ ץ ק ר ש ש ת

현대 '이스라엘' 문자

화국민의 조상, 즉 아브라함의 후손이요 야곱(이 사람의 별명이 '이스라엘'이다. 창세기 32장 29절 참조)의 후손인 유대인들을 말한다. 이들은 BC 6세기경 페르시아 제국의 지배를 받으면서 그들이 공용자로 사용하던 아람 문자를 모방하여 히브리 문자를 만들어 낸 것이다. 현존 최고最古의 히브리 문자는 BC 4세기에서 BC 2세기 사이의 것으로 추정되는 『사해 성서 사본死海聖書寫本』이다.

이 히브리 문자는 여러 번 개신改新되어 1948년 이스라엘의 독립과 함께 이스라엘 문자라는 이름으로 그 나라의 공용 문자가 되었는데, 따라서 상용 인구는 이스라엘 국민의 수인 3백70만밖에 안 되지만 2천 년 이상 국가 없는 민족으로 온 세계에 흩어진 소위 유대인들이 이 문자를 고수할 뿐만 아니라 유대교의 '랍비'와 예언자들의 저술인 '탈무드', 그리고 그리스도교의 모태인 구약 성서가 이 문자로 기록되어 있기 때문에 그 이해 인구는 만만치 않다.

몇 년 전 우리나라에서도 상영된 바 있는 찰튼 헤스튼 주연의 『십계』라는 영화를 보면 '시나이' 산에서 하느님의 불꽃이 내려와 석판石板에 십계명을 새기는 장면이 나오는데 이때 새겨진 문자를 히브리 옛 문자로 생각하기 쉬운데, 이 옛 문자는 히브리 문자가 아니라 히브리 문자의 조상이라고 할 수 있는 페니키아 문자이다. 모세가 하느님으로부터 십계명을 받은 일은—혹은 모세가 십계명을 선포한 것은 BC 13세기에 있었던 EXODUS(이집트 탈출) 때의 일이므로 이때의 문자라면 이 지방에는 페니키아 문자밖에 없었던 것이다. 현재 이스라엘에서는 28개의 자음자와 14개의 모음 표기 기호를 쓰고 있다.

(『효대학보』 602호, 1983. 8. 26.)

'브라만'의 세계—인도 문자

민족·언어·종교가 복잡해서 늘 이 문제로 골치를 썩이고 있는 나라 중에 가장 유명한 것이 인도(=인디아)이다. 면적 320여만 평방킬로미터에 인구는 6억6천만으로 세계 제2위(1982년 통계). 인도의 주요한 언어는 힌디어(사용 인구 1억8천만 명)·벵골어(4천5백만 명)·텔레구어(4천5백만 명)·마라티어(4천2백만 명)·비하리어(4천만 명) 등 1천만 명 이상이 사용하는 언어 수만 해도 14개나 되고, 다시 50만 명 이상이 상용하는 언어 수는 15개, 전부 312개의 언어가 이 나라에서 말해지고 있는 것으로 알려져 있으니 얼마나 언어가 복잡한 나라인지 알 만하다. 이렇게 언어가 복잡함에 따라 이 민족들이 사용하는 문자도 아주 다양하다. 아래에 이 복잡한 문자들의 계통 그림이 나오지만, 현재 인도에서 사용되고 있는 문자가 무려 30개가 넘는다는 것은 과연 우주의 정령精靈인 '브라만'(BRAHMAN)을 발견해 낸 인도인다운 사색의 소산이라 할 만하다. 페니키아 문자에서 발달한 아람 문자의 계통을 밟는다고 믿어지는 브라흐미 문자가 인도에 나타난 것은 이미 기원전 8세기경이었다. 그러나 자존심 강한 철학자 인도인은 이미 기원전 20세기 이전에 자기들의 고유한 문자가 있었고 이 문자는 세계 최초의 문자라고 주장한다.

이들의 주장은 전혀 근거 없는 게 아님이, 고대 인더스 문명의 유적지에서 많은 문자가 발견된다는 점에서 그러하다. 그러나 이 인도 고대 문자의 해독은 전혀 불가능하고, 또 이 고대 인더스 문명 건립자의 민족 계통과 언어를 전혀 모르는 현재로서는 이들의 문자 계통을 말할 수 없다. 브라흐미 문자는 기원후 5세기경 나가리 문자로 바뀌어져 인도의 공용 문자의 지위를 계속하게 되고 현용 인도 문자의 선조 노릇을 담당하게 된다. 나가리 문자는 주로 14세기까지 인도의 여러 민족과 사회적 신분 · 종교 · 지방에 따라 여러 모양으로 변형되는데 이중 가장 전통적인 자형을 데바나가리 문

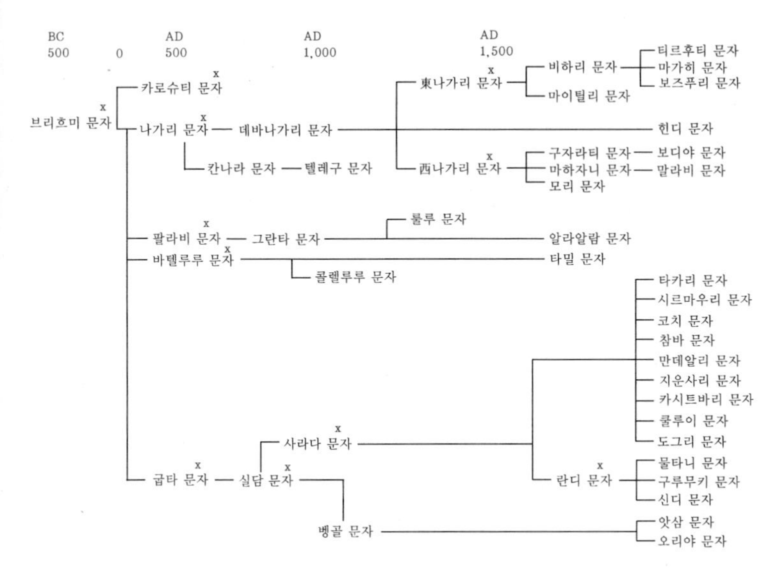

현용 인도 문자 계통표
(×표는 현재 사용하지 않는 문자)

हे स्वर्गमं रमाहालो म्हाको बाप थारो नांव पवित्र होव। थार राज आव। थारो मर्जमाफक स्वर्गमं जस्या तस्या जगतकमाहि कर्यौ जाव। *Mt. VI.* 9 pt., 10. 1815

1815년 힌디 문자로 쓴 '주의 기도' 전반부

자('데바'라는 말은 '신神'이란 뜻임)라고 부르며 신성시해 왔다. 이 '데바나가리' 문자의 정통 후손이 현재 힌두족들이 사용하고 있는 힌디 문자이다.

이 브라흐미 문자 이외에도 인도에서는 지역과

종교에 따라 라틴 문자·아라비아 문자·페르시아 문자·티베트 문자들이 사용되고 있어서 이 나라의 문자 사정을 더욱 복잡하게 한다. 그러면서도 인도에서는 아직껏 언어나 문자 통일에 관한 이야기가 없었는데, 아마도 이것은 영어가 이 나라의 공용어 역할을 담당하고 있기 때문인 것으로 생각된다.

(『효대학보』 603호, 1983. 9. 2.)

아시아의 영웅—몽고족의 문자

오늘날 세계에서 가장 많은 사람들이 이해하는 언어와 문자는 물론 영어와 라틴 문자이다. 이들은 가위可謂 세계 공용어·공용 문자라고 해도 좋을 만큼 많은 사람들이 알고 있고 또 알려고 한다. 그러나 지금부터 4백 년 전만 해도 영어는 브리튼 섬 밖에서는 한 마디도 통하지 않는 말이었고 아무도 배우려고 하지 않는 비문화인의 세련되지 못한 언어였다. 라틴 문자도 예수 그리스도 시대에는 이탈리아 반도의 한 쪽 모퉁이에서만 사용되는 촌

스러운 문자에 지나지 않았다.

그런데 지금부터 6백여 년 전쯤 세계에서 가장 많은 인구가 이해하고 또 이해하려고 노력했던 언어와 문자가 무엇이었을까? 그것은 지금 우리로서는 좀 납득하기 어렵겠지만, 몽고어와 몽고 문자였음에 틀림없다.

13세기 초에 중국 북쪽에서 일어난 몽고족의 칭기즈칸[成吉思汗]은 불과 10여년 만에 몽고 부족과 북중국을 통일하고 그 후손들은 13세기가 끝나가기 전에 만주·중국·고려·서역·중동·러시아·독일·폴란드·헝가리를 짓밟아 인류 역사상 미증유의 대제국을 건립하였다. 이때 유럽인들은 몽고족을 일컬어 '하늘이 내려 보낸 악마'라고 했다 하니 이 몽고족의 위력을 짐작할 만하겠다.

이렇게 대제국을 건설한 몽고족은 이미 13세기 말에 튀르크족에 속하는 위구르인의 문자를 모방해서 훌륭한 표음 문자인 몽고 문자를 제정·사용하게 되었다. 최초의 몽고 문자는 위구르 문자와 모양이 꼭 같고 자모는 14개(모음자 2개, 자음자 12개)였으며, 세로 쓰기에 행은 자좌향우自左向右식이었다. 그 뒤 여러 차례 개정되어 현재 정통 몽고 문자는 모음 5, 자음자 23으로 되어 있다. 몽고 문자의 모태인 위구르 문자는 시리아 계통의 소그드 문자에서 파생된 것이고, 이 소그드 문자는 다시 아람 문자에서 기원된 것이다.

몽고 문자는 원나라의 공용 문자로 중국은 물론 그 넓은 유라시아 대륙의 판도 속에서 널리 쓰이다가 1368년 원나라의 멸망과 함께 다시 북중국의 옛 몽고족 고향으로 축소되었다.

그러나 명·청대를 거치는 수백 년 동안 몽고족은 이 문자를 계속 사용해 왔고 특히 청나라를 세운 만주족은 이 문자를 개량하여 만주 문자를 만듦으로써 많은 문헌을 남기게 되었다.

현재 몽고 문자와 그 아류는 대개 4가지로 나눌 수 있다. 첫째는 중국 북부 내몽고 자치구에 주로 거주하는 2백만여 명의 몽고인들이 쓰는 정통 몽고 문자, 다음은 중국 서북부 신장[新疆] 지방에 거주하는 50여만 명의 오이라트 몽고족들이 사용하는 칼묵 문자(중국에서는 도도[托特] 몽고문이라 함. 17세기 중엽, 몽고 문자를 다소 고쳐서 만듦), 셋째는 16세기 말 청 태조 누르하치의 명으로 만들어 청나라의 국자國字로 쓰다가 현재는 중국 내의 다구르족, 만주족 등의 일부가 쓰고 있는 만주 문자, 최후로 신장 지방의 시버[錫伯]족(현재 인구

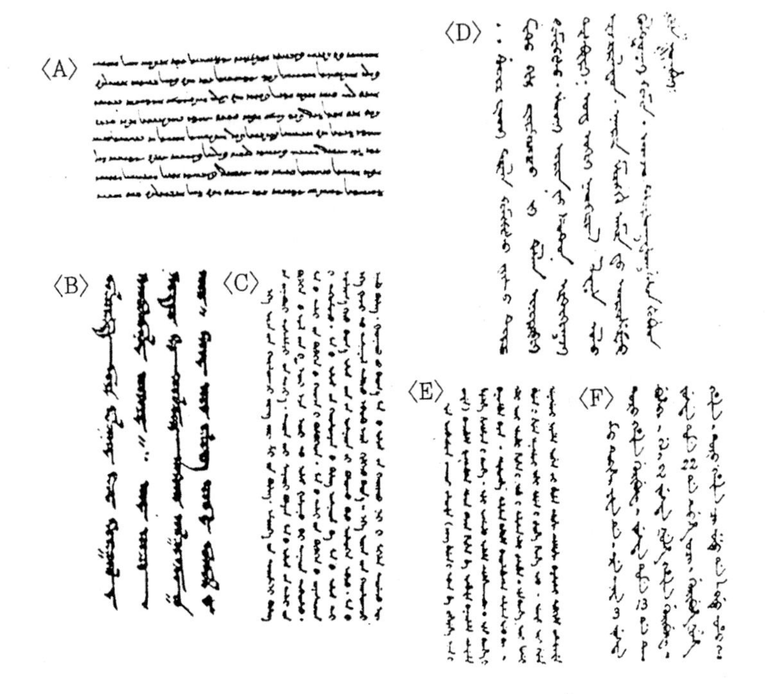

〈A〉 소그드 문자, 〈B〉 위구르 문자, 〈C〉 몽고 문자,
〈D〉 칼묵 문자, 〈E〉 만주 문자, 〈F〉 시버 문자

* 오른쪽에서 왼쪽으로 쓰던 소그드 문자를 일으켜 세우면 그대로 위구르 문자나 몽고 문자처럼 된다.

4만4천)들이 1947년 만주 문자를 개량해 만든 시버 문자 등이 그것이다. 몽고족의 고장인 외몽고(현재 몽고 인민 공화국)에서는 1937년 몽고 문자를 버리고 키릴 문자를 사용하게 되었다. 몽고족·만주족·오이라트족·시버족들은 자기네의 문자로 많은 문헌을 남겼고 또 현재도 이 문자로 왕성한 저술과 출판 활동을 계속하고 있다.

몽고족은 또 13세기말 쿠빌라이(원 세조)시절에 파스파[八思巴]문자를 만든 적이 있었으나 얼마 사용되지 못하고 사라져 버렸다.

(『효대학보』 604호, 1983. 9. 9.)

아프리카의 이적異蹟—이디오피아 문자

기원전 2천 년경에 이미 등장한 페니키아 문자는 당시 오리엔트 지역에 나타났던 여러 문자 중에서 가장 진보적인 표음 문자였으므로 거의 1천 년 가까운 세월 동안 이 지역의 문명文明 문자로 사랑 받아 통용되었다. 그러다가 기원전 10세기 전후해서 이 페니키아 문자의 개량체改良體들이 곳곳에 나타났으니, 첫째는 서쪽으로 건너간 그리스 문자, 다음은 동쪽과 북쪽에 퍼진 아람 문자, 그리고 다른 하나는 여기서 이야기하려는 이디오피아 문자의 조상인 남南아라비아 문자이다. 이디오피아 문자는 확실히 아프리카 대륙의 문자사에서 이적異蹟을 만든 문자라고 할 만하다. 현재 아프리카 대륙에는 60개가 넘는 독립 국가가 있고 1600여개의 언어가 있는 것으로 알려져 있지만, 이 대륙에서 현재 쓰이고 있는 문자는 아라비아 문자와 라틴 문자가 거의 전 지역에 보급되어 있고, 일부 지역에서 소말리 문자(소말리아 민주 공화국의 소수 민족이 사용)·바이 문자('기니'에서 사용)·바뭄 문자(카메룬에서 사용)와 이디오피아 문자가 사용될 뿐이다. 이중 소말리·바이·바뭄 문자는 모두 상형 문자로서 종교적 행사 등에서만 사용되고 이들 나라의 공용자는 역시 라틴 문자이다.

그러나 이디오피아의 경우는 사정이 아주 다르다. 하미토·세미트 계통에 속하는 '암하라'족들이 주로 살고 있는 이 나라의 인구는 3천2백만에 달하고 있는데 이들은 이미 8세기경에 남아라비아 문자를 개조하여 훌륭한 음절 문자 체계를 완성하였다. 남아라비아 문자는 앞서 말한 대로 페니키아 문자가 남쪽으로 건너가서 발달된 것인데, 같은 세미트 문자 계통과는 달리 왼쪽에서 오른쪽으로 가로 쓰는 전통을 갖고 있다.

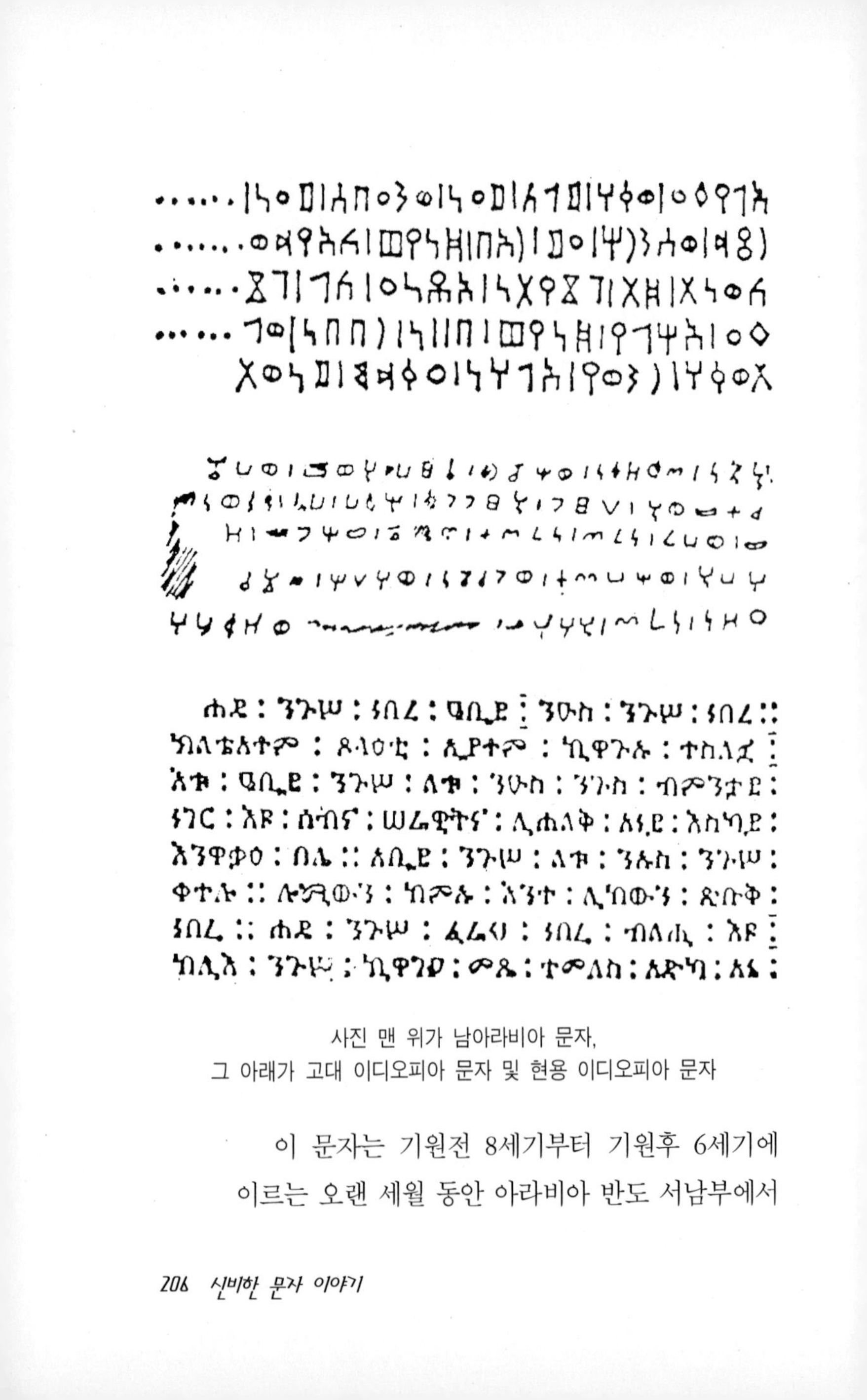

사진 맨 위가 남아라비아 문자,
그 아래가 고대 이디오피아 문자 및 현용 이디오피아 문자

이 문자는 기원전 8세기부터 기원후 6세기에 이르는 오랜 세월 동안 아라비아 반도 서남부에서

많은 도시 국가의 언어들을 표기하는 유일한 문자로 군림했는데, 현존 자료는 모두 비문에 남아 있는 것들이다. 이 남아라비아 문자가 홍해를 건너 이디오피아에 상륙한 정확한 연대는 알 수 없으나 4세기에서 8세기에 이르는 사이에 이디오피아인들은 29자모의 남아라비아 문자를 고쳐 현재와 같은 음절 문자를 만들어 냈던 것이다. 이디오피아의 공용자인 이 문자는 기본 문자 182개, 외래어 표기 문자 85개, 전부 267개의 자모로 이루어진다. 문자의 수가 이렇게 많은 것은 물론 이 문자가 음절 문자인 탓이지만, 어두음이 같은 문자는 모양도 비슷하므로 퍽 합리적으로 되어 있다. 단어와 단어 사이에는 2개의 점을 찍고, 문장의 끝에는 4개의 점을 찍는 전통(사진 참조)이 있다.

구약 성경에 나오는 시바의 여왕과 솔로몬 사이에 태어난 영웅 '메네리크' 1세가 기원전 1000년경에 세웠다는 이 나라의 주민의 대부분이 가톨릭교와 이슬람교를 신봉해 왔지만 라틴 문자와 아라비아 문자가 아닌 독특한 문자를 고수해 온 주체성은 높이 평가 받지 않을 수 없겠다.

(『효대학보』 605호, 1983. 9. 16.)

신비 속의 주술呪術 문자—티베트 문자

티베트 문자가 탄생한 것은 7세기 초, 현 티베트의 남부 야룽[雅隆] 부락의 수장首長이었던 송첸간포[松贊干布](Srong-btsan sgan-po)가 여러 부족을 통일하고 현재의 라사[拉薩]시를 수도로 토번국吐蕃國을 건설한 즉시, 대학자 '톤미 삼브호타(Thonmi Sambhota)'를 인도에 파견하여 인도 문자를 참고하여 티베트 문자를 만들게 한 데서 비롯된다. 이때 톤미 삼브호타가 참고했던 인도 문자는, 인도의 브라흐미 문자에서 파생된 굽타 문자였으리라 추정되는데, 이 새로 제정된 문자로 톤미는 『삼십 송론 급 상전론三十頌論及相轉論』 등 티베트어 관계 저술과 많은 불경의 티베트어로의 번역을 남겼다.

이 티베트 문자는 중국에서 '장문藏文, 서장 문자西藏文字' 등으로 불리며 현재까지 중국의 서장 자치구西藏自治區(통칭 '티베트')의 공용 문자로 사용되고 있다. 서장 자치구는 지난 50년대 초 중국이 티베트를 정복한 후 중공의 마지막 자치구로 설치된 지역이다(성립 시기 1965년 9월). 이 지역민의 90% 이상이 소위 티베트족으로 이뤄져 있는데 1978년 통계에 의하면 이 지역과 중국 내 기타 지역의 티베트족(장족藏族)인구는 모두 345만으로 되어 있다.

티베트 문자는 앞서 말한 대로 7세기 초에 완성되어 역사·문학 등 많은 티베트어 문헌을 남겼을 뿐만 아니라 무진장이라고 해도 좋을 만한 많은 양의 불경을 번역하여 남기고 있으므로 특히 불교학상 이 문자의 중요성은 대단히 크다.

당나라를 거쳐 신라에 들어온 대승 불교나 동남아 지역에 퍼져 있는 소승 불교도 인도로부터 직접 수입된 것보다 티베트어 불경을 번역한 것이 더 많다. 또 티베트에서 독자적으로 발전한 라마교와 밀교密敎 등의 신비, 그리고 '서장西藏'의 '藏'자가 갖는 신비, '대장경大藏經'이라는 말, 사람들이 쉽게 들어갈 수 없는 대고원大高原지대의 이색적 관습 등등이 묘하게 결합되어 이 문자는 '신비의 문자'로 동서양에 전해지고, 우리나라·일본 등지에서는 주술력呪術力을 지닌 문자로까지 발전되었다.

아직까지 우리나라의 점술사들이 만드는 부적符籍에 사용되는 문자가 바로 이 티베트 문자의 변체變體인 것만 보아도 이 문자에 대한 경외심을 알 수 있다.

모음 자모 4, 자음 자모 30으로 이뤄져 있는 이 티베트 문자는 13세기에 파스파 문자라는 파생 문자派生文字를, 18세기에 렙차(또는 '롱') 문자라는 파생 문자를 각각 만들어냈다.

파스파[八思巴] 문자는 중국 원나라 세조(쿠빌라이칸) 때 국사國師가 되었던 라마교 고승 파스파가 몽고어의 표기에 적합하도록 고쳐서 만든 것이다. 티베트 문자보다 모[角]가 져 있으므로 사각四角 문자라고도 하는 이 파스파 문자는 원 왕조의 공용자로 채택되어 많은 공문서와 비문·화폐·도장·통행증 및 중국 고전의 번역서 등을 남기고 있지만 서사書寫에 불편이 많아 백 년 정도밖에 사용되지 못하고 위구르 문자 계통의 몽고 문자에 밀려 버리고 말았다. 얼른 보아 우리 한글과 비슷한 모양의 글자이기 때문에 훈민정음을 제정할 때 이 문자의 모양을 크게 참고했을 가능성이 많고, 또 한글이 이 문자의 후손이라고 주장하는 학자도 있다.

렙차 문자는 '롱' 문자라고도 하는데 18세기 초 시킴 왕국의 '퍄그 도르 남 갸스' 왕이 티베트 문자를 개조해 만든 것으로 현재까지 시킴의 국자國字로 사용되고 있다. 티베트 문자는 장족 자치구

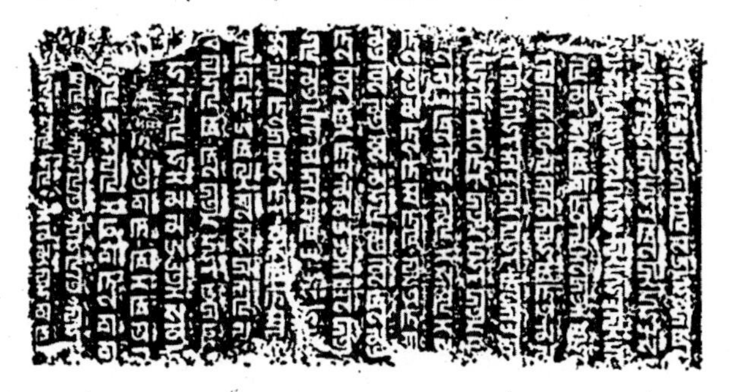

위로부터 티베트 문자 · 파스파 문자 · 렙차 문자

* 티베트 문자 · 렙차 문자는 왼쪽에서 오른쪽으로, 파스파 문자는 위에서 아래로(行은 왼쪽에서 오른쪽으로) 썼다.

이외에도 네팔 왕국(인구 1380만)과 부탄 왕국(인구 127만)의 공용 문자로 사용되고 있다.

(『효대학보』 606호, 1983. 9. 23.)

문자의 대향연—동남아의 문자들

베트남 전쟁과 해외 여행 붐으로 우리에게 잘 알려진 소위 동남아 지역—중국 남쪽에 해당되는 북위 30도에서 남위 10도, 동경 90도에서 130도 사이의 지역에는 현재 버마, 타이, 라오스, 필리핀, 베트남, 캄보디아, 말레이시아, 싱가포르, 인도네시아 등 9개의 독립 국가와 몇 개의 식민지들이 크고 작은 섬과 반도 위에서 3억6천만 이상의 인구를 안고 있다. 이 지역에서 통용되는 언어는 대충 잡아 50여 개, 문자 수는 20여 개로 집계된다. 그러나 방언의 수와 파생 문자의 수를 말한다면 물론 이보다 훨씬 많아지는데, 유감스럽게도 이 지역의 방언과 문자에 관해서 아직 깊은 연구가 되어 있지 않다. 또 강력한 표준어와 국자國字, 그리고 영어·불어·스페인어의 보급으로 방언과 재래 문자는 완전한 기술記述도 없이 급속도로 사라져 가고 있는 실정이다. 이런 점이 인도의 실상과 다른 점인데, 인도의 경우는 뚜렷한 종교와 신분의 차이, 인도인 특유의 전통 유지력, 옛 문화에 대한 강렬한 자존심 등으로 인해 방언과 문자가 고수되는 편이지만, 이 동남아 지역은 강력한 중앙 정부의 행정력과 옛 문화의 단절 등으로 인해 전통이 몰각되고 있는 것이다.

이 지역 문자의 시원始源은 남인도 문자 계통의 팔라바 문자에서 파생된 팔리 문자일 것으로 추정된다. 그러나 현존 동남아 문자가 모조리 팔리 문자로 소급될 수 있는지에 대해 의문을 표하는 학자도 많다. 이곳의 문자는 크게 보아 '몬' 계통과 '크메르' 계통으로 나누는 것이 관례다. 몬 계통의 문자로는 버마 공화국의 국자 버마 문자를 비롯하여 타이 왕국 서쪽에서 쓰이는 카렌 문자, 중국 남쪽 윈난성에서 소수 민족들이 쓰고 있는 '타이・나', '타이・로'문자들이 포함된다. '크메르' 계통에는 캄보디아의 국자인 크메르(일명 캄보디아) 문자와, 타이 왕국의 국자인 '샴' 문자, 라오스 공화국의 '라오' 문자, 명나라 시대의 『화이 역어華夷譯語』 중 '팔백관 역어八百館譯語'에 나오는

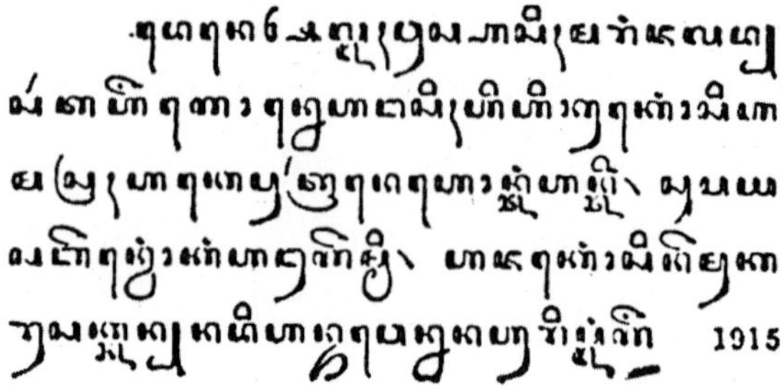

자바 문자

팔백八百 문자 등이 속한다.

자바 계통에는 ‘카위’ 문자로 불리던 고대 자바 문자와 그 후손인 현용 자바 문자, 자바 섬 동쪽 ‘발리’ 섬의 ‘발리’ 문자, 수마트라 섬에서 쓰이는 ‘바탁’ 문자 · ‘레장’ 문자 · ‘람퐁’ 문자 및 ‘셀레베스’ 섬의 ‘부기스’ 문자, ‘마카사르’ 문자 등이 소속된다. 그러나 현재 이 인도네시아 공화국의 공용자는 물론 라틴 문자이다. 필리핀에서 쓰이는 타갈로그 문자, 비시야 문자, 술루 문자들도 아직 많이 쓰이고 있는데 이 문자들의 계통은 확실하지 않다. 막연히 팔리 문자에서 나왔다고 이야기할 뿐이다. 베트남은 고대로부터 중국의 영향을 강하게 받았기 때문에 한자를 변형시킨 자남字喃이라는 파생 한자를 발명하였지만 19세기 프랑스의 속령

이 되면서 라틴 문자를 받아들여 현재까지 이 문자로 베트남어를 표기하고 있다.

결국 현재 이 동남아 지역의 공용 문자는 버마가 버마 문자, 타이가 샴 문자, 라오스가 라오 문자, 캄보디아가 크메르 문자, 그리고 베트남, 말레이시아, 인도네시아가 라틴 문자, 싱가포르가 한자 및 라틴 문자로 되어 있지만, 고대로부터 써오던 각종

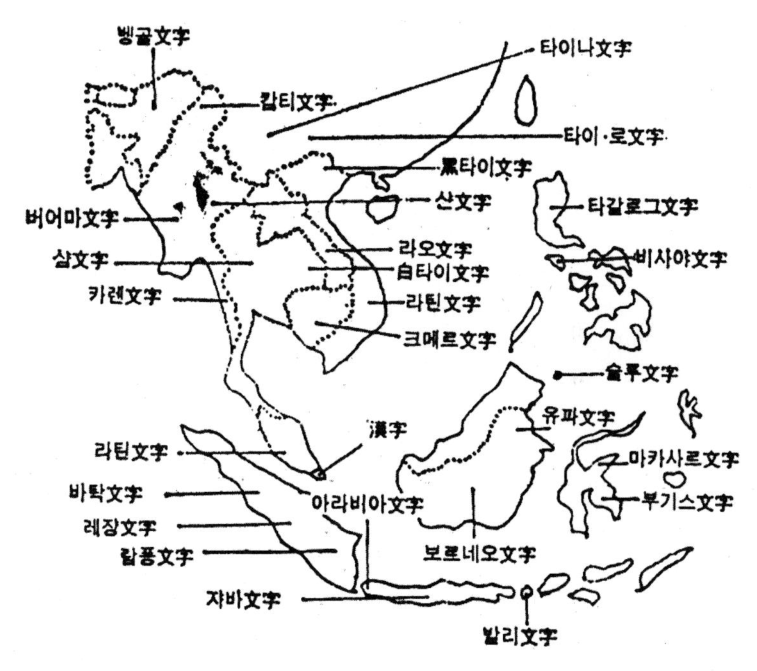

동남아 문자 분포도

팔리 계 문자 및 회교와 함께 들어온 아라비아 문자 등도 함께 사용되고 있어 문자의 대향연이 벌어지고 있는 지역이 바로 이 동남아 지역이라 하겠다.

(『효대학보』 607호, 1983. 9. 30.)

동아시아의 공용자—한자

중국의 전설에 의하면 중국인들은 이미 기원전 2천5백 년 무렵에 한자漢字를 만들었다고 한다. 그러나 현재 중국과 동아시아 일대에서 널리 통용되고 있는 한자의 조상이라 할 만한 갑골문 중 최고最古의 것은 기원전 14세기의 것으로 알려져 있다. 이 중국 최고의 문자인 갑골문이 세상에 알려지게 된 것은 지금부터 겨우 1백 년 전인 1899년 어느 말라리아 환자에 의해서라 한다. 고대 금석학에 관심이 있던 왕의영王懿榮이라는 학자가 말라리아에 걸려, 그 특효약이라고 하는 용골龍骨(공룡의 뼈)을 구해다가 끓여 마시려 했다. 이때 골편骨片에 무슨 문자 같은 것이 새겨져 있는 것을 보고 거금을 들여 약방에 있는 용골이란 용골은 모조리 사 모으고는 이 수수께끼의 고대 문자를 연구하기 시작했다는 것이다. 이 용골에 새겨진 갑골문은 현재 3천 5백 자 정도 발견되었고 또 거의 해독되었는데, 주로 중국의 은殷 왕조(기원전 1027년 멸망) 때 복술사卜術師들이 쓰던 문자였다. 이 시대에는 또 금문金文이라 불리는 동기銅器의 명문銘文이 있었는데 이 금문은 비교적 넓은 지역에서 오래도록(BC 3세기 무렵까지) 사용된 듯하다.

중국을 통일한 진시황 때에 전서篆書라고 하는 통일 문자가 등장했고 다시 이 전서를 더욱 실용적으로 고친 문자인 예서隸書가 한나라 초기(BC 2세기)부터 널리 쓰였으며 후한 말(AD 3세기 초)에는 초서草書라는 자체字體가 나타났다. 다시 위진魏晋 시대(AD 3세기)에 행서行書와 해서체楷書體가 나타나 오늘날 동아시아의 공용자로 불리는 한자는 완성되는 것이다.

현재 중공과 대만의 인구는 10억3천만 명, 한족을 제외한 소수 민족과 언어는 50여 개를 넘지만 한자는 이들 10억 이상의 인구를 연결시켜 주는 공용자이다. 뿐만 아니라 한국·일본·베트남·싱가포르·타이 지역—소위 한자 문화권의 공용 문자로서 한자는 대단한 위력을 갖고 있으며,

또 2천 년 이상의 역사로 인해 무한하다고 할 만한 문헌을 남긴 문자이기도 하다.

과거 중국 주위의 민족들은 이 중국의 문자를 모방하여 제 나라말을 기록하려고 노력했었는데 그 대표적인 것이 신라 시대의 입겿[口訣] 문자, 향찰鄕札 문자, 일본의 가타카나[片假名] 문자와 히라가나[平假名] 문자 및 만뇨가나[萬葉假名] 문자, 8·9세기의 발해 문자, 10세기의 거란 문자, 11세기의 서하西夏 문자, 12세기의 여진 문자, 14세기 베트남의 자남字喃 문자, 현재 중국 남부의 소수 민족이 쓰는 수水 문자, 롤로 문자, 모소 문자 등이 그것이다.

그러나 한자의 2천 년에 걸친 영광도 20세기에 들어와 그 빛을 잃기 시작했는데, 먼저 베트남이 라틴 문자를 국자로 채택했고, 북한이 한자를 버렸으며, 우리나라도 한글 전용 시대로 접어들어 가고 있다. 뿐만 아니라 한자의 고향인 중국에서도 전통적인 해서楷書를 간략하게 약자화略字化하여 간체자簡體字를 새로 만들어 쓸 뿐 아니라, 궁극적으로는 라틴 문자로 바꾸려는 대용단(?)을 내려 현재 추진 중이다.

이런 추세로 나간다면 앞으로—그것이 백년 뒤가 될지 5백 년 뒤가 될지 알 수 없으나—일본 이외의 나라에서는 한자를 접해 볼 수 없는 동아시아가

오게 될는지 모르며, 한자는 고대 이집트의 상형 문자처럼 고고학 박물관 속에 모셔질지도 모르겠다.

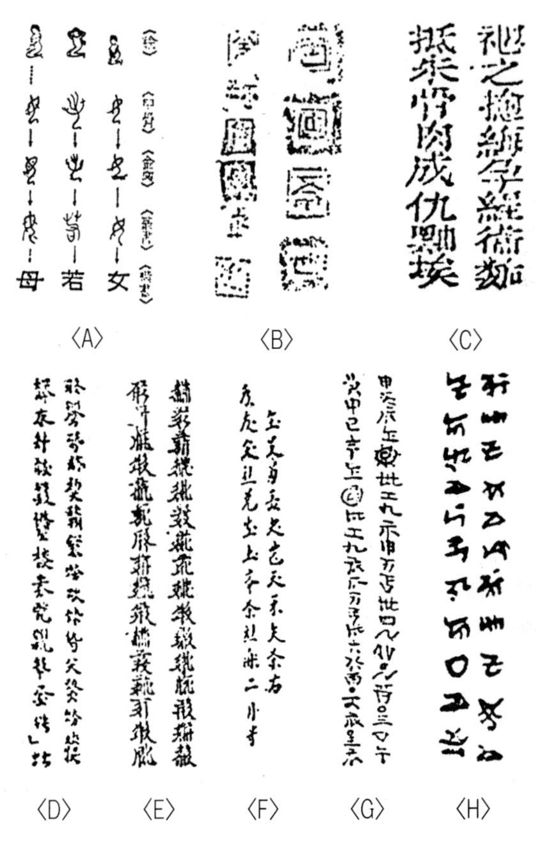

<A> 한자의 변천, <B> 발해 문자, <C> 자남(베트남 옛 문자), <D> 거란 문자, <E> 서하 문자 <F> 여진 문자, <G> 수 문자, <H> 롤로 문자

岂能久乎?" 当下王允不听马日磾之言，一时士大夫闻者，尽为流涕。后人论蔡允之杀之，亦为已甚。有诗叹曰：

〈I〉 〈J〉

<I> 모소 문자, <J> 간체자(현재 중국에서 사용)
(『효대학보』 608호, 1983. 10. 21.)

여체미의 표상—일본 문자

일본 열도의 모양이 걸상 끝에 앉아 있는 여인의 옆모양과 비슷하다고 말한 문인이 있었다. 그래서 그런지 일본 문화는 직관적으로 여성다운 데가 많다.

섬세하고, '축소 지향적'이고, 담백하다는 것이 일본인들과 일본 문화의 특징이라고들 이야기한다. 이런 특성들이 일본 문자에도 나타나 있으니, 일본 문자의 2가지 자체字體 중 히라가나의 모양이 여체미를 상징하듯 곡선적이고 우아하다는 이야기가 바로 그것이다. 사실 히라가나는 '온나가나[女假名]라고도 하는데 여자들이 사용한 여체 모양의 문자란 뜻이다.

일본인이 최초로 접한 문자는 물론 한자이다. 일본의 고대 역사책인 『일본서기』와 『고사기』에 의하면 백제의 학자 아직기阿直岐와 왕인王仁 박사가 『논어』, 『천자문』 등을 가지고 일본에 건너간 것이 3세기 말로 되어 있다. 『천자문』과 같은 초보적인 한자 학습서가 이 때에 비로소 건너간 것으로 보아 일본인의 한자 접촉은 이 무렵으로 보아 틀림없다.

이렇게 수입한 한자를 가지고 일본인들이 그네들의 고유 명사(인명 · 지명 등)를 표기하려고 노력했는데 현재 남아 있는 것으로 4세기경의 금석문이 가장 오래된 것이다. 그러다가 우리나라 삼국시대에 이뤄진 이두吏讀 · 향찰鄕札 문자의 방법을 본 따 한자의 음과 뜻을 이용해서 일본어를 기록하려는 노력이 쌓여 갔으며 마침내 이런 방법으로 그네들의 고대의 노래를 모은 『만엽집萬葉集』을 편찬하기에 이르렀다.

이 책에는 4천5백여 수의 일본 노래가 한자로 적혀 있는데, 이 한자라는 것이 모양은 한자이지만 신라 시대의 향가를 표기한 향찰 문자처럼 한자의 음과 훈을 이용한 것으로, 이런 문자를 일본에서는 '만뇨가나[萬葉假名]'라 부른다. 그러다가 대개 10

세기경부터 한자의 초서체를 간략하게 적는 방법이 나타나 이것을 '히라가나[平假名]'라 불렀고, 이보다 전인 8세기경부터 '만뇨가나' 문자의 일부분을 생략하여 간단한 글자체를 가진 '가타카나[片假名]'를 사용하게 되었다. 그런데 이 '가타카나'의 모양은 역시 한자의 한 부분을 떼 내어 만든 신라시대의 입겾[口訣] 문자와 너무나 흡사하므로, 신라로부터 이런 방법을 배워 갔을 가능성이 크다고 본다. '히라가나'와 '가타카나'는 여러 가지 변형된 자체를 낳아 함께 사용되어 오다가 메이지[明治] 시대(19세기 후반)에 들어와 기본 자체 47개를 고정했고 공식적인 기록에는 가타카나만을 쓰도록 했는데 얼마 안 가 히라가나로 바뀜으로써 현재 우리가 접할 수 있는 일본 문자 체계가 완성된 것이다. 현대 일본어는 14개의 자음과 5모음으로 구성된 단순한 음운 구조를 가진 언어이므로 47개의 기본 음절 문자와 약간의 기호로 그들의 모든 소리를 다 적을 수 있다.

그러나 일본 문자가 음절 문자이기 때문에 문자에 표의성表意性을 전혀 덧붙일 수가 없어서 한자를 곁들여 사용하지 않으면 의미 파악과 독서 능률에 큰 불편을 주는 결함을 안고 있다. 이 점이 바

〈A〉 만뇨가나

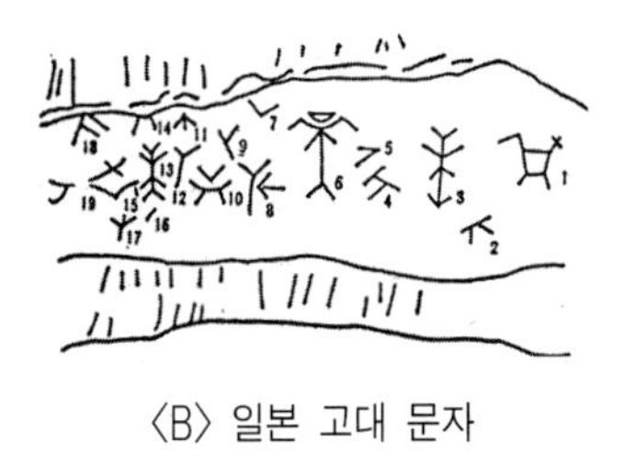

〈B〉 일본 고대 문자

ニ攻メラレタルガ當時箕子四十代ノ孫箕否卒シテ其子準立
ナキヲ以テ浿水以北ノ地ヲ割テ燕ニ與ヘ自ラ其以南ノ地ニ
後ニ至テ大同江ヲ指シタルヿアレモ當時浿水ト云ヘルハ今

は、この戸籍帳でしか用いられていない用字法もあるが、多くは一般的なものを使用している。
この戸籍帳の記載は、おそらく地方官吏の手になったものであろうし、また、前述のような
『万葉集』における防人歌の表記の方法と比較してみるのも、面白いかもしれない。いずれに

〈C〉 가타카나 〈D〉 히라가나

로 일본이 한자를 버리지 못하는 가장 큰 이유다.

앞에서 일본인이 최초로 접한 문자가 한자라는 말을 했는데 한자가 들어오기 전에 일본 고대인들

(아이누인?)이 사용했다고 하는 문자들이 약간 발견되어 있다. 위의 그림 중 왼쪽 아래의 것이 홋카이도[北海道]의 오타루[小樽]시 근교의 동굴 벽에 새겨진 일본 고대 문자인데 그 뜻을, "적을 치라. 동굴에 들어옴은 근거지로 하기 위함이다. 무력을 쌓으라. 우리의 신神은 반드시 적을 쳐 죽이시리라."라고 해석한 학자가 있다.

(『효대학보』 609호, 1983. 10. 28.)

세계 유일의 독창적인 문자-한글

문자 이야기만 나오면 우리 민족은 신명이 난다. 세계에서 가장 독창적이고 실용적인 민족 문자인 한글을 갖고 있기 때문이다. 그리고 이것은 객관적으로도 엄연한 사실이다. 너무 자주 이야기되어 왔기 때문에 이제는 식상食傷한 느낌마저 들지만, 우리가 500년 전부터 사용해 온 우리 문자 한글은 참으로 독창적이고 과학적인 문자임에 틀림없는 것이다.

인류가 글자를 만들기 시작한 이래 지금까지

우리에게 알려진 모든 글자의 수는 대략 4백여 개이고, 그중 현재 사용되고 있는 글자의 수는 50여 개쯤이다. 과거 사용되던 4백여 개의 글자는 모두 기원 전 3천 년 경부터 쓰인 중동 지역(수메르와 이집트 일대)의 상형 문자 및 기원전 천 몇 백여 년 전에 만들어진 중국의 갑골甲骨 문자로부터 변형·발전된 글자들이다. 학자들은 4백여 개의 글자를 모두 모아 어느 글자가 어느 글자에서 파생되었거나 발달된 것인지를 밝히는 계보 그림을 만들어 내었다. 그러나 우리 한글은 세계 글자 발전의 역사에서 보아 아주 늦은 시기(15세기 중반)에 만들어졌음에도 불구하고 아직 그 계보가 밝혀져 있지 않다. 한글이 다른 글자의 모방이거나 변형이 아니라 독창적인 글자이기 때문이다.

우리 문자 한글을 창제한 이들은 잘 알려져 있는 대로 세종대왕과 집현전集賢殿의 학자들이다. 세종대왕 자신은 말과 글에 깊은 관심을 갖고 있던 분이었고, 문자 제정에 참여했던 집현전 학자들도 그 시대 굴지의 진보적인 학자들이었다. 특히 한글(당시 이름으로는 훈민정음)을 만드는 데 가장 중심적인 이들은 세종대왕 자신과 그분의 아드님인 수양 대군首陽大君, 안평 대군安平大君, 그리고 당시 집현전의 일부 학자였을 것으로 추정된다. 그들은 새 글자 창제의 방침이 결정되자 주위의 많은 외국 글자들을 모아 그 운용법을 검토하고 장단점을 비교하여 여러 글자들 중에서 우수하고 합리적이며 실용적인 면만을 찾아내려고 노력하였다. 그들이 당시에 수집해서 검토할 수 있었던 외국의 글자는 중국의 한자를 비롯하여, 범자梵字(Brāhmī 글자)·티베트 글자西蕃字·일본 글자仮名·거란 글자契丹字·서하 글자西夏字·여진 글자女眞字·위구르 몽고 글자回鶻蒙古字·파스파 글자八思巴字(Phags-pa) 등이었을 것으로 믿어진다.

그런데 이들 글자 중에서 우선 외형적으로 한글과 가장 비슷한 모양을 하고 있는 글자가 바로 파스파 글자이다. 많은 학자들은 파스파 글자 중에서 한글과 그 음가도 같고 자형이 아주 비슷한 글자를 찾아 낼 수 있었다. 한글 자음 글자 중 'ㄱ·ㄷ·ㄹ·ㅂ·ㅅ·ㅌ' 글자들은 파스파 글자와 우연이라고 할 수 없을 만큼 그 모양이 닮아 있고, 그 음가도 거의 같다. 그러나 그것 외에도, 위에서 든 외국 글자들 중 일본·거란·서하·여진 글자들은 한자에서 파생한 것으로 한자와 비슷한 글자 모양을 하고 있거나 한자의 한 부분으로 이루어진 것들이고, 범자 · 티베트 글자 · 위구르 몽고 글자는 거의 곡선으로 되어 있음에 반해, 파스파 글자는 완전히 사각형 모양을 하고 있어 한글-특히 초기 훈민정음의 자형과 아주 비슷한 모양을 하고 있는 것이다. 그래서 파스파 글자로 인쇄된 판본을 얼핏 보면 마치 옛 훈민정음 문헌인 듯한 착각도 불러일으키게 된다. 또한 파스파 글자는 1음소 1글자 주의를 지키고 있어 훈민정음의 제자 원리와 동일하며, 파스파 글자도 한글처럼 한 개 이상의 음소를 모아 한 음절 단위로 글자를 적게 하고 있다.

그렇다면 한글은 파스파 글자의 변형 글자라고 할 수 있는 것일까? 그리고 파스파 글자는 '페니키아 글자→아람 글자→범자→팔리 글자→티베트 글자→파스파 글자'의 계통을 갖고 있는데, 다시 이 파스파 글자 아래에 화살표를 긋고 한글을 집어넣을 수 있을 것인가? 그것은 결코 그렇지 않다. 한글과 가장 비슷하고 한글 제정에 가장 많은 영향을 준 글자가 무엇인지 찾다가 보니 파스파 글자가 드러난 것이지, 파스파 글자가 티베트 글자의 변형이듯이 파스파 글자의 변형이 한글이 될 수는 절대로 없는 것이다. 그 이유는 파스파 글자와 한글의 아주 다른 점도 여러 가지가 있기 때문이다.

먼저 파스파 글자는 자음 글자와 모음 글자를 수직으로 이어 쓰기만 하는 데 반해, 한글은 '군' 자처럼 'ㄱ ㅜ ㄴ'식으로 밑에 붙여 쓰는 방법 이외에 '가・괘・ㅴ・ㄲ'와 같이 'ㄱ' 오른쪽에 'ㅏ', '고' 오른쪽에 'ㅐ'를 쓰거나 자음 글자들을 옆으로 나란히 쓰는 방법(이를 병서법竝書法이라고 부른다)을 갖고 있다. 이런 방법은 한자 및 서하・거란・여진 글자에서 찾아볼 수 있다. 다음으로 한글에는 파스파 글자나 동 아시아의 여러 글자에서는 찾아보기 힘든, 소릿값 없는 'ㅇ'글자가 있다. 'ㅇ'글자는 어떤 음절이 모음으로 시작함을 알려주는 기호로서, 이런 예는 아라비아 글자나 히브리 글자 같은 서 아시아 지역의 글자에서나 볼 수 있는데, 훈민정음 학자들이 이런 기호를 만들어 냈다는 점은 참으로 놀라운 일이 아닐 수 없는 것이다. 또 한글은 위에서 든 어느 글자들보다 글자의 획이 간단하다. 특히 파스파 글자는 글자의 권위를 살리기 위하여 낱말 첫 글자에 화려한 꾸밈을 덧붙이고 있지만 한글은 실용성을 고려하여 간결한 직선과 곡선만을 쓰고 있다.

한글은 'ㅇ'과 아울러 'ㆆ・ㅎ・ㆁ'같이 둥근

글자들을 섞어 씀으로써 직선 글자만의 연속에서 오는 단조로움과 눈의 피로감을 벗어나게 하는 일까지 고려하였다. 세종대왕은 새 글자 제정에 실용성과 아울러 미적인 면까지도 고려할 줄 알았다는 것이다. 결국 한글은 파스파 글자를 비롯한 많은 외국 글자의 장점과, 세종대왕 및 훈민정음 학자들의 탁월한 두뇌에서 나온 것이다. 당시 집현전의 대표였던 정인지鄭麟趾가 중심이 되어 쓴 『훈민정음(해례)』라는 책에 적혀 있는 대로, "그 지극한 이치가 들어 있지 아니한 데가 없으니 사람이 만든 사사로움이 아니라以其至理之無所不在 而非人爲之私也"고 할 만한 것이다.

15세기 중엽 훈민정음의 모습(月印千江之曲에서)

세종대왕 이하 당시 학자들은 바로 이러한 자신감 속에서 이 글자를 제정했고, 이로써 제정 이래 지금까지 우리 민족은 우리 글자에 대한 자부심을 지니며 그 실용성을 마음껏 누리고 있는 것

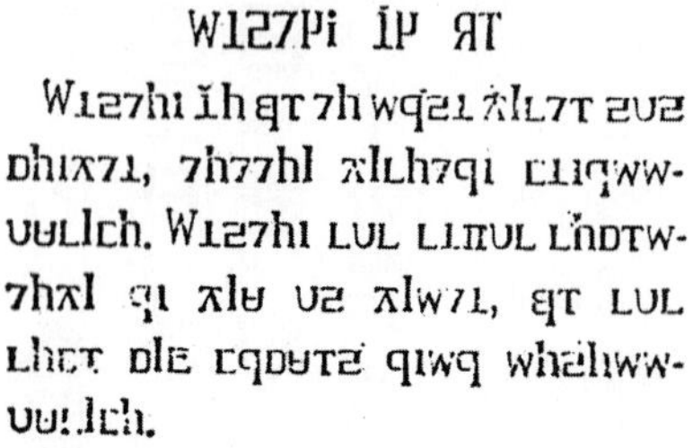

최현배 교수가 고안한 한글 가로글씨체

이다.

근래에 와서 한글이 인도의 구자라티(Gujarati) 글자나 일본의 신대 문자神代文字를 모방한 것이라거나, 단군 시대의 가림토加臨吐 글자에서 왔다고 말하는 사람들이 있다. 그러나 이것은 전혀 근거 없는 이야기로서, 학계에서는 모두 정리된 사항이므로 귀 기울일 것이 못 된다. 인도의 구자라티 글자는 얼핏 보아 한글과 비슷한 자형을 하고 있긴 하지만 전혀 다른 계통의 문자이고, 일본의 신대 문자와 가림토 글자라는 것은 모두 후대에 한글을 모방해서 조작한 것임에 불과하다.

(『BESETO』 79호, 2000. 6. 30.)

빛 따라 걸어온 길

일본 트라피스트 수도원 일박기一泊記

이국땅에서 한해가 저물었다.

일본인들은 선달 그믐날이면 모두 신사神社엘 간다고 한다. 특별한 종교의 신자가 아니면 누구나 저녁에 집을 나와 가까운 신사나 고향의 신사를 찾아 밤을 새우며 한 해를 반성하고 새해의 축복을 기원한다는 것이다. 그래서 평소에는 자정 전에 운행이 끝나는 지하철도 섣달 그믐날 밤에는 철야 운행을 한다고 한다.

나는 어디서 어떻게 새해를 맞이할까를 생각하다가 머리에 떠오른 것이 '하코다테'[函館] 근처에 있다는 트라피스트 수도원이었다. 출국하기 전, 내가 머물 곳이 일본 홋카이도[北海道]의 삿포로[札幌]라는 이야기에 총장 신부님께서 하코다테의 트라피스트 수도원을 꼭 한번 찾아가 보라는 말씀을 하셨던 것이다. 더 머뭇거릴 필요가 없어 행장을 꾸리고는 하숙을 나섰다. 삿포로에서 하코다테까지는 특급 열차로 4시간 반 정도 걸린다. 이 하코다테 본선本線 철도는 처음에는 동해를 오른 편으로 끼고 달리다가 내륙을 지나고 나면 이번에는 왼쪽으로 태평양과 나란히 달리게 된다.

내륙은 모조리 눈 덮인 산야뿐, 저 눈 덮인 산 속 어디엔가는 옛날 일본 전토를 누비고 다녔을 아이누족들의 유적이 묻혀 있을 것이다. 사실 내가 홋카이도에 오게 된 동기 중의 하나도 이 지역에 남아 있는 아이누족과 퉁구스족을 만나 그들의 생생한 언어 자료를 구하는 일이었다. 그러나 내가 만난 아이누인은 이미 자기의 모국어를 잊어버린 사람들뿐이었고, 20세기 초반까지 홋카이도의 도처에 남아 있었다는 아이누 자연 부락은 이미 완전히 사라져 버렸다. 순수한 혈통을 지닌 퉁구스족도 사할린에서 건너온 할머니 한 분뿐이었다.

일본 정부에서는 아이누족 보호를 위해 무척이나 노력하고 있지만 이미 때가 늦은 것이다. 일본인들은 아이누족을 자기네의 조상처럼 생각하여 그들 문화에 대해 회고조懷古調의 감상感想을 갖고 있는 듯하다. 그래서 아이누어에 기원을 두고 있는 어휘가 상당히 많다.

우리나라에서도 널리 유행되고 있는 패션 이름의 '논노(nonno)'라는 말도 '꽃'을 뜻하는 아이누어라는 데에 생각이 미치자 씁쓸한 웃음을 금할 수 없었다.

종착지인 하고다테 역에 도착한 것은 정확히 말해 1982년 12월 30일 오후 4시 10분, 겨울의 이곳은 오후 4시만 되면 해가 지고 완전히 캄캄한 밤중이 된다. 시내 화식和式 여관에서 쉬고 이튿날 전차가 달리는 서구풍의 시가지를 관광하다가 다시 완행열차로 이번 여행의 목적지인 트라피스트 수도원이 있는 오시마토오베쓰[渡島當別]역에 도착한 것은 오후 2시경, 허리춤까지 쌓인 눈길을 헤치며 순례자의 심정으로 30분 가량 산길을 걸어 올라 마루야마[九山]산 중턱에 있는 붉은 벽돌집 수도원에 도착했을 때에는 굉장한 폭설이 퍼부었다.

수도원 문간방의 노老수사님은 그믐날 이 폭설 속의 불청객을 의아스레 쳐다보다가 여기서 내일 '천주의 모친 미사'(1월 1일 미사)를 참례하고 싶다는 내 말을 듣고 또 내 명함을 보고 나더니 반가워하며 안으로 연락을 취해 주셨다. 잠시 후 미쓰노[萬野] 보나벤뚜라 수도원장 신부님과 다카키[高木] 마우로 부원장 신부님이 나와서 인사를 나누고 성직자용 객실에서 머물라고 친절한 안내를 해 주셨다.

이 곳 객실은 다른 수도원과 마찬가지로 성직

자용과 수도자 가족용으로 나뉘어 있는데, 평소에는 늘 손님이 끊이지 않았으나 오늘은 모두 설을 쇠러 떠났기 때문에 텅 비어 있다고 했다. 객실 담당의 마르티노 수사님은 서른 살 가량의 젊은 분이었는데 목욕·식사 등에서 빈틈없는 친절을 베풀어 주셨다.

이 곳 트라피스트 수도원은 12세기 프랑스의 로베르또 성인을 중심으로 모인 엄률嚴律 '시토'회에서 시작된 수도원이다. 17세기 경 시토 수도회의 개혁 운동이 프랑스의 트라프를 중심으로 일어났는데 이 운동의 결과 시토회로부터 트라피스트 수도회가 분리되었고 19세기 말 교황 레오 13세에 의해 트라피스트 수도회로 정식 인가되었다. 일본에 진출한 것은 1896년의 일로서 프랑스의 수도사들이 이곳에 '등대의 성모 트라피스트 수도원'을 창설하여 오늘에 이른 것이라 한다.

이 수도원의 특징은 엄격한 규율·철저한 봉쇄封鎖와 관상觀想을 들 수 있다. 수도자들은 새벽 3시 반에 일어나 2시간에 걸친 독서와 기도와 묵상을 하고 5시 45분 미사와 공동 기도[三時課]를 바친다. 7시에 아침 식사, 간단한 기도[六時課] 후 8시부터 11시까지 노동을 한다. 트라피스트 수도원의 전통적인 작업은 목축과 농사인데, 이 수도원도 일본 홋카이도 목축업의 개조開祖라 할 만큼 초창기부터 많은 목축 기술을 개발·보급하였고 현재는 트라피스트의 버터·쿠키·치즈라고 하면 일본 내에서 모르는 사람이 없을 정도로 이름나 있다.

11시가 되면 간단한 양심 성찰省察을 하고 11시 30분 점심 식사, 다시 공동 기도[九時果] 후 1시 반부터 4시 반까지 오후 작업을 한다. 주일날이면 3시 15분에 저녁 기도와 성체 강복降福 예절이 있다. 5시 반에 묵상默想 시간을 가지며 5시 45분에 저녁 식사를 하고 7시 15분 저녁 기도와 '살베 레지나(Salve Regina)'를 바친 후 8시에 취침한다.

노동과 기도 외에 이 수도원은 독서를 중요시하고, 항상 절대 침묵을 지키는 전통이 있어 꼭 필요한 경우엔 수화手話로 의사소통을 하기 때문에 수련 기간 중 필수적으로 수화 공부를 한다고 한다.

그믐날 저녁 식사는 일본의 관습대로 우동과 모나카(일본 과자)를 먹고 7시 15분 성당에서 수도자들과 함께 저녁 기도를 올렸다. 이 트라피스트 수도원 성당은 1974년 완성된 아름다운 건물이지만, 성당 내부에는 목각의 성모상 외에는 아무런 성물聖物도 장식도(스테인드글라스까지도) 없는 검소한 점이 특이했다. 기도 후 정해 준 객실로 돌아와 문자 그대로의 완벽한 정적靜寂 속에서 잠을 청하였다.

1983년 새해 아침. 오전 5시 49분 수도원 성당 미사에 참례했다. 미사의 전례는 성 베네딕도 수도원의 그것과 비슷했다. 이 수도원이 자랑하고 있는 룩셈부르크의 수제手製 파이프오르간을 마르티노 수사님이 연주하는 것을 듣고 큰 감명을 받았다. 7시 아침 식사 후 마르티노 수사님이 원장 신부님의 허락을 받아 2시간 가까이 수도원 내부를 보여주었다. 한국인 평신자로서 이곳을 방문하기는 내가 처음이라고 특별 배려를 해 주신다는 것이다. 봉쇄 구역인 작업장과 도서실, 심지어 수도자들의 침실까지 구석구석 친절한 안내를 해 주었다. 특히 이 수도원은 수도자들의 독서를 강조하고 있기 때문에 도서실의 시설과 그 장서의 다양함에 경탄했다. 현대 사회에 적응하는 수도자를 기르기 위한 노력의 일단을 엿보기에 충분했다.

마우로 부원장 신부님이 트라피스틴 수녀원의 한국 진출을 위해 오는 1월 7일 왜관 베네딕도 수도원으로 가신다는 말을 듣고 반가웠다. 효성여대의 방문도 가능하다면 하겠다는 말씀. 보나벤뚜라

원장 신부님은 50세 전후의 학자풍이었는데 30분 정도 이야기를 나누면서 한·일 양 민족 감정에 관해 많은 관심을 나타내셨다.

10시경 원장 신부님의 특별한 강복降福을 받고 수도원을 나섰다. '해와 달, 산과 언덕들'과 함께 하느님을 찬양하는(다니엘서 3장) 이분들을 뒤로하고, 이제 다시 하코다테로 돌아가 트라피스틴 수녀원과 하리스토스 희랍 정교회, 그리고 이시카와 타쿠보쿠[石川啄木] 등의 시비詩碑를 찾아봐야 한다.

(『효대학보』 653호, 1985. 7. 30.)

삿포로에서 듣보고 생각하며 (2)
-일본 성공회 성당-

온 세계 인구의 반 이상이 똑같은 하느님을 믿고 있다. 20억 이상의 그리스도교 신자들과, 12억 이상의 이슬람교 신자들, 그리고 2천만 명 정도의 유대교 신자들. 그들은 각각 부르는 이름은 달라도 -그리스도교와 유대교 신자들은 '야훼' 또는 '여호와', 이슬람교 신자들은 '알라'라고 부른다지-

동일한 유일신을 믿고 있는 것이다. 그리고 그 유일신은 무엇보다도 '서로 사랑할 것'을 가장 큰 계명으로 주신 분이다. 그런데 그 '사랑'을 가장 큰 계명으로 주신 분을 믿는 사람들은 왜 이렇게 서로를 미워하며 싸우는 것일까? 더군다나 그들이 믿는 종교 때문에 서로를 무자비하게 죽이고 하고 있는 것은 왜일까?

세계의 그리스도교 신자들의 절반은 하느님을 주로 '야훼'라고 부르는 로마 가톨릭교(동양식으로는 천주교) 신자들이고, 나머지는 주로 '여호와'로 부르는 프로테스탄트(한국식으로는 개신교) 신자들이다. '야훼(Jahweh)'나 '여호와(Jehowah)'나 똑같은 대상의 명칭이고, 이것은 어떤 이름의 모음母音을 바꿔 넣는 히브리어의 언어적 기교에서 비롯되어 달라진 이름일 뿐인데, 이 이름 때문에 또 얼마나 많은 반목과 미움이 있어 왔던가!

각설하고, 나는 할아버지 때부터 천주교를 믿어 온 집안에서 자랐다. 어른이 될 때까지만 해도 천주교 아니고는 구원도 희망도 없는 것으로 교육받았고, 또 그렇게 믿어 왔다. 천주교 신자 수가 전세계에서 단일 종교 교파로는 가장 많은 것을 알고서 나의 종교에 대한 긍지는 더욱 커졌고, 다른 종교를 믿는 사람들에 대해 연민의 정까지 가졌었다.

그랬는데, 이 곳 삿포로에 와서부터 나는 성공회 성당에 나가 미사(이 곳 말로는 聖餐式)와 기도회(이 곳 말로는 禮拜會)에 참례하고 있다. 한국에 있을 때도 몇 번 성공회 성당을 찾은 적이 있긴 했지만, 여기 와서 이렇게 본격적으로 성공회로 가는 이유는 사실 특별한 것이 아니라, 내가 숙소로 머물고 있는 홋카이도 대학 게스트 하우스인 '포푸라관(Poplar House)' 바로 옆에 성공회 성당이 있기 때문이다. 이 곳 삿포로에 와서 천주교 성당엘 세 군데 가 봤는데, 두 군데는 너무 멀어서 지하철을 타도 시간이 많이 걸리고, 걸어서 20분쯤 걸리는 프란치스코회 성당은 일본에서는 드물게 미사 참례자가 많아 정이 붙지 않았다. 천 명이 넘는 신자들이 몰려 미사를 하는 한국 천주교 성당 같은 분위기보다 좀 소박한 곳을 찾고 있었는데, 이 곳 성공회 성당이 딱 마음에 들었던 것이라 할까…….

이 곳 성공회 성당의 정식 이름은 '삿포로 그리스도 교회札幌キリスト教會'. 주교좌主教座 성당인데도, 주일 미사 참례자는 가장 많았던 지난 부활절 날(4월 11일) 180명, 평소 주일 미사는 30명 정도.

그리고 미사는 평일은 물론 주일날도 한 번(아침 10시 반)밖에 없고, 상주하는 성직자도 주교님 한 분과 곧 사제가 될 성직 후보생 한 사람뿐이다. 기도회가 토요일과 일요일 오후 5시 반에 있는데, 여기 참석자도 늘 서너 명뿐. 이래 가지고 교회가 유지될까 염려스럽기도 했는데, 그래도 지난 부활절날 헌금 들어온 것을 보니까 이것 저것 합해서 210만 엔 정도 되었고, 보통 주일날도 20만 엔 정도가 되어서 좀 놀라웠다. 대구의 내가 나가던 성당은 신자가 8천 명이나 되는데도 주일 헌금과 교무금(개신교의 십일조)을 합해 매주 8백만 원 정도였으니까……. 일본 성공회 신자들이 헌금에 적극적이구나 하는 생각이 들었다.

성공회 성당의 분위기와 예식은 천주교의 그것과 크게 다른 바 없다. 다르다면 우선 성당 안 중앙에 십자가(그것도 예수의 몸이 없는 개신교식 십자가)가 한 개 있는 것 외에는 아무런 성상도 성화도 없다는 점. 천주교 성당이라면 필수적으로 있을 14처(예수의 고난과 죽음 과정의 14개 사건) 그림도, 성모상을 안치해 둔 곳도 없다. 그러나 성체를 모셔 둔 감실龕室과 제단祭壇은 천주교와 같아서 나에게는 친숙했고, 또 한국 성공회 성당과는 달리 제단의 방향이 신자들 쪽으로 향해 있어서 2차 바티칸 공의회(1962~1965) 이후의 방식으로 되어 있는 점이 특이했다. 로마 교회의 바티칸 공의회 결정이 성공회에도 영향을 미쳤다는 말이 된다. 10년 전, 중국의 애국 교회 성당에 갔을 때에도 제단이 신자 쪽으로 돌려져 있음을 보고 감명을 받은 일이 생각났다.

성체聖體 분배 역시 바티칸 공의회 이후 방식으로 사제가 신자들의 손에 얹어 주는데, 전 신자가 성혈聖血과 함께 배령拜領하는 양형 영성체兩形領聖體를 하고 있었다. 나는 성공회 신자도 아니고 해서 영성체는 안 하려고 생각하고 있었는데, 신자 회장 되는 분이 상관없으니까 영성체를 하라고 자꾸만 권하기에 나도 성체와 성혈 모두를 배령했다. 성혈 배령은 사제가 성작聖爵을 신자 입에 대어 주어 마시게도 하고, 신자가 먼저 받은 성체를 자기 손으로 성혈에 찍어 배령하기도 했다. 성공회 교리서에는 로마 교회의 일곱 가지 성사를 모두 지키고 있다고 되어 있는데, 아무리 둘러 봐도 성당 안에는 고해소가 보이지 않고 고해 성사를 보는 사람도 없었다.

성공회라고 하면 고등학교 때 세계사 시간에

배운 대로 영국 헨리 8세(1509~1547)의 이혼 문제로 로마 교황과 결별을 고한 후 만들어진 교회로 모두 기억하고 있다. 그래서 나도 그랬고, 많은 한국인들이 이 성공회에 관해서 다소 부정적인 편견을 가지고 있었던 것은 사실이다. 더군다나 성공회 사제들이 결혼도 하고, 결혼한 사제가 주교도 될 수 있게 된 데다가, 최근에는 동성애자 신부가 주교로 서품되었다는 보도도 있어서, 보수적인 천주교 신자들은 성공회를 마치 타락한 교회처럼 바라보는 면도 없지 않았다. 그랬는데, 얼마 전부터 나는 이 성공회를 다시 생각하게 되었다.

헨리 8세의 이혼 문제로 영국 교회가 로마와 분리된 것은 사실이지만, 영국은 이미 그 전부터 반 로마적인 분위기가 팽배해 있던 나라였다. 14세기에 옥스퍼드 대학의 석학 존 위클리프(John Wycliffe, 1320~1384)는 로마 교회의 명령을 무시한 채, 성서를 영어로 번역하여 유포시켰고, 이로 인해 그는 그 추종자들과 함께 체포 · 처형되었다. 그 후 위클리프의 후계자였던 윌리엄 틴들(William Tyndale, 1492~1536)은 독일에서 성서를 영역하여 영국으로 밀수해 들여왔고, 영어 성서는 로마의 엄명에도 불구하고 널리 읽혀 영국민의 성서에 대한 지식은 상당한 수준에 이르게 되었다. 당시의 국왕 헨리 8세는 틴들을 체포해 처형하고 마르틴 루터를 격렬히 비판했기 때문에 로마로부터 '신앙의 옹호자'라는 칭호를 얻기까지 했으나, 이 시기 영국에 널리 퍼져 있던 로마에 대한 부정적인 시각을 파악하고, 자신의 이혼 문제도 생겼기 때문에, 로마를 등진 후 스스로 영국 교회의 수장이 되었으며 마침내 틴들이 번역한 영어 성서를 공인하게 된다. 그리고 영국민 사이에 퍼진 '성서로 돌아가자.'는 이념과, 이 무렵 등장한 캘비니즘(Calvinism)과 퓨리터니즘(Puritanism)의 도입으로 영국 교회는 소박하고 경건한 생활, 평등주의와 인권의 존중, 신앙의 자유와 노동의 신성함 등을 표방하는 윤리적 종교로 발전하게 되었다.

그 후 많은 우여 곡절이 있었지만 어쨌든 영국 교회는 성공회(Anglican Church)라는 이름으로, 영국의 국내 종교가 아니라 전세계적인 종교로 성장했다. 이 '성공회'라는 이름은 이 종교에서 신앙 신조로 삼고 있는 니케아(Nicaea) 신경信經의 'Credo in unam sanctam catholicam Ecclesiam(하나이요, 거룩하고, 보편적인 교회를 나는 믿습니다)'에서 따온 말이다. 현재 영국민의 60%가 성공회의 세례를 받고 있고, 전세계에 38개의 관구, 1만2천 개의 교구와 1만7천 명의 성직자, 4천5백만 명의 신자를 갖고 있다고 한다. 일본에는 1859년 미국으로부터 선교사가 와서 포교를 시작하였고, 1908년 현 릿쿄[立教] 대학의 전신인 릿쿄 학교를 설립하는 등 교세를 확장해 와서 현재 11개 교구와 5만6천 명의 신자를 갖게 되었는데, 일본의 개신교 신자가 58만 명, 천주교 신자가 42만 명, 그리스 정교가 3만 명인 것과 비교해서 결코 작은 그리스도 교회가 아님을 알 수 있다.

내가 무엇보다도 이 성공회를 마음에 들어하는 이유는 이 교회의 시노드(Synod) 제도 때문이다. 과거에는 영국 교회도 모든 의사 결정을 'Convocation'이라고 부르는 성직자 회의에서 행했지만, 현재는 성직자와 같은 수의 평신자들이 참여하는 시노드에서 모든 의사 결정을 하고 있다. 교구의 모든 일, 교구장(즉, 주교)을 선출하는 일에까지 평신자들이 참여하여 한다는 말이다. 또 여성 성직자를 임명하여 로마 교회의 심기를 건드리기는 했지만, 이런 사고의 전환이 바로 현대 민주주의의 발상지이며, 인간 존중의 온상인 영국다운 발상임을 알게 된 것이다.

얼마 전 부산의 어떤 수녀원을 방문한 적이 있었는데, 그 수녀원의 원장 수녀님이 하신 말씀이 잊혀지지 않는다. "우리 교회는 왜 여성 사제가 나오면 안 되나요? 우리 수녀원에서는 4년에 한 번씩 모든 수녀들이 모여 수녀원장을 선출하고 있습니다. 선거가 끝나면 모든 수녀들이 새 원장 수녀 앞에서 절대 순종을 서약합니다. 우리 교회도 전 신자들이 모여 성직자를 선출하고, 이렇게 하여 여성 사제도 나오게 된다면, 얼마나 역동적인 발전을 이룩할 수 있겠습니까!"

무슨 헛소리를 하고 있느냐 할지 모르나, 성공회가 체질 변환을 하고 난 후 훨씬 많은 신자를 얻게 되었고, 전에 없는 교회 발전을 이룩한 것을 생각한다면 헛소리만도 아닐 것이다. 서울의 성공회 대학이 최근 신학 대학에서 일반 대학으로 전환한 후 급상승하고 있는 것도 우연한 일만은 아니라고 본다.

4월 29일은 일본에서는 '녹색의 날'이라 부르는 공휴일인데, 이 날부터 일본은 한 주일에 걸친 황금 연휴가 시작된다. 이 '녹색의 날'은 지금은 식목일처럼 되어 있으나, 이전의 덴초세쓰[天長節]라는 전 일본 국왕 쇼와[昭和]의 생일을 이름만 바꾼 것이다. 윤봉길 의사가 의거를 행한 것이 바로 이 기념식장에서였다. 그런데 이 날 내가 나가는 성공회 성당에서 두 분의 새 사제 서품식이 있었다. 홋카이도[北海道] 교구의 모든 성공회 사제 19분이 모여 서품식을 공동 집전하는 보기 드문 행사에 참례할 수 있었던 것이다. 사제단 중에는 말로만 듣던 성공회 여사제가 두 분이 있어서 또 한 번 신선한 충격을 받았다. 정식 신자도 아닌 나보고 영성체를 하라고 권하는 것은 신자 회장의 일시적인 과잉 친절에서 나온 것이 절대로 아니었다. 신자든 아니든, 죄인이든 선인이든, 적어도 교회를 찾아온 사람이면 누구나 하느님의 한 백성으로 보는 평등주의의 발로였던 것이다. 아마도 유대교 식의 선민 의식을 철저히 깨뜨리려는 것으로 생각된다. 마찬가지로, 남자든 여자든 모두 하느님의 사랑 받는 피조물이니까 남자가 할 수 있는 일을 여자가 못 한다는 법이 없다는 생각도 그들은 가지고 있는 듯했다.

(『한글 새소식』 382호, 2004. 6. 5.)

중국의 천주교회 (상)
—심양瀋陽 성당—

"중화 인민 공화국의 공민公民은 종교 · 신앙의 자유를 갖는다. / 어떠한 국가 기관이나 사회단체 또는 개인도 공민으로 하여금 어떤 종교를 믿게 하거나 믿지 못하게 강제할 수 없고, 어떤 종교를 믿거나 믿지 않는 공민에 대해 차별을 두지 아니한다. / 국가는 정상적인 종교 활동을 보호한다. 누구도 종교를 이용하여 사회 질서를 파괴하거나, 공민의 신체 건강에 손해를 입히거나, 국가의 교육 제도에 장애를 주는 활동에 참여하지 못한다. / 종교 단체와 종교 업무는 외국 세력의 지배를 받지 아니한다."

이것은 1982년 12월 중국 제5회 전국 인민 대표자 대회에서 통과되어 현재까지 시행되고 있는 중국 신헌법 제36조의 규정 전문이다. 이 헌법 조항의 규정대로 중국은 현재 종교 · 신앙의 자유국가라 해도 틀림없다. 사회주의 국가인 중국에는 놀랍게도 도처에 천주교 성당과 개신교 교회와 불교 사찰과 이슬람교 사원이 있었다…….

필자의 이번 중국 방문 목적은 공적으로는 필자가 봉직하고 있는 효성여대 한국전통문화연구소와 중국 내 몇 연구소(연변대학 조선어문연구소 ·

북경대 조선문화연구소 · 료령성 민족연구소)와의 자매 결연이었지만, 솔직히 말해 필자의 개인적인 목적이 따로 있었다. 그것은 필자가 연구하는 중국 알타이족(주로 만주족 · 시버족 · 몽고족 · 위구르족 · 카자흐족 등)을 만나 그들의 생생한 언어 자료를 수집하는 것과, 중국 조선족들의 조선어가 우리 한국어와 얼마나 달라졌는지를 알아보는 것, 마지막으로 중국 내의 천주교 실황을 조사해 보는 것 등이었다. 그래서 1개월 동안 몇몇 성당을 돌아보고 또 중국 천주교에 관한 자료를 수집할 수 있었다. 청나라를 세운 누르하치가 처음 도읍했던 심양瀋陽(현재 중국에서는 沈阳으로 표기한다. 이하 중국에서 쓰는 간자[簡字]는 전부 전통적인 번자[繁字]로 고쳐 적는다)에서 놀랐던 일은, 이 곳 관광 안내서에 천주교당이 버젓이 들어 있었다는 점이다. 그 안내서의 주소를 보고 성당을 쉽게 찾을 수 있었다(사실 호텔 관광계나 경찰에게 성당 소재지를 물어도 알지 못했던 경험이 이미 대련[大連]에서 있었던 것이다). 정확히 금년 8월 23일 오후 2시, 중국 입경 후 5일 만에 필자는 '遼寧省天主教愛國會', '瀋陽市天主教愛國會', '遼寧省瀋陽市文物保護單位天主教堂'이라는 3개의 간판이 붙어있는 심양 성당에 도착할 수 있었다. 이 성당은 1878년 청나라 광서光緖 4년에 프랑스 외방 선교회 신부님들에 의해 건축되었으나 의화단義和團 사건 때 파괴된 후 1912년 중건된 것으로 3천여 명을 수용할 수 있는 대성당(Cathedral)이었다.

성정부省政府 발행의 허가서 없이는 들어올 수 없다고 완강히 말하는 수위에게 나는 천주교 신자로 신부님을 꼭 만나고 싶다고 간청한 끝에 신부님께 안내되었다. 신부님을 만나기 전에 성체 조배聖體朝拜부터 하려 했으나 신부님 허가를 받아야 성당에 들어갈 수 있다 해서 교회 사무실에서 사회주의 국가의 신부님을 만난다는 흥분을 누르며 신부님을 기다렸다. 10여년의 무시무시한 문화 혁명을 치르며 온갖 간고를 견뎌내신 백발의 노老사제를 상상하며 오늘까지 그 어려움을 용케 견뎌내신 그 미지의 분에게 드리리라 생각하며 준비한 선물을 챙기며 초조와 흥분 속에서 10여 분간 교회 사무실을 둘러보고 있었는데 마침내 내 눈 앞에 나타난 사람은 뜻밖에도 20세 전후의 미청년美青年 두 분이었다. 그 두 분이 라틴어와 영어와 중국어를 섞어가며 들려준 말은 본당 주임 신부님은 외출 중이고 자신들은 지난 6월 25일 서품된 郭令

凱 요셉과 張永鐵 베드로 보좌 신부라는 것이었다. 이 말에 나는 극도의 흥분과 혼란에 빠질 수밖에 없었다. 그렇다면 말로만 듣던 주교님과 신학교가 바로 이 나라에 있단 말인가? 새로운 사제가 이 공산 국가에서 양성되고 있단 말인가? 놀라움에 할 말을 잊고 있는 나에게 두 젊은 신부님들은 중국인답지 않게 친절히 설명을 해주었다.

1982년 종교 자유가 헌법으로 보장된 이후 즉시 趙佑民 주교님과 80세가 넘은 노사제 勝漢章 신부님이 이 심양 성당으로 돌아오셨고(현재 교구장은 金沛獻 주교), 이어 1983년 이 본당 옆에 6년제 신학 대학瀋陽天主教神學院이 설치되어 이미 20명의 신부가 서품되었으며 현재 신학생 수는 29명이라는 것. 지난 6월 25일 사제 서품식 때는 이 두 신부님을 포함 4분이 서품되어 다른 두 분은 현재 대련과 장춘에서 보좌 신부로 일하고 있다는 것……. 이야기 도중에 벌어진 더욱 놀라운 일은 60세가 넘어 보이는 수녀님이 다른 할머니 수녀님과 함께 들어오신 것! 바로 이 성당 구내에 있는 聖母聖心修女會와 照顧修女會의 두 원장 수녀님이었다(李사베리오 · 張프란치스코 수녀). 이 두 수녀회는 금년 6월부터 수련생을 받아 현재 21명의 예비 수녀가 있다고 한다. 각종 사전의 '종교' 항목에 '一切宗教是科學的敵人', '宗教是阿片'이라는 예문을 버젓이 실어 두는 이 공산주의 국가에 신학교와 수녀원이 있고 그 운영도 거의 정부의 경제적 지원으로 이루어진다는 것은 아무리 개방 정책의 덕이라 해도 이해가 되지 않았다. 어쨌든 사진은 안 찍기로 하고 성당과 신학교·수녀원 내부(물론 봉쇄 구역은 제외하고)를 돌아볼 수 있었다. 성당은 내가 어렸을 적, 40여년 전의 한국 성당과 같아(예컨대 제대가 벽 쪽으로 향하고 있는 점) 묘한 추억을 불러일으켰고 신학교와 수녀원은 큰 이질감을 주지 않았다. 본당 신자 수는 1천 8백여 명이나 되지만 주일 미사 참례자 수는 2백여 명에 불과하고 주일 미사는 4회, 평일미사는 매일 2회 있다고.

중국은 종교 자유를 선언하고 천주교회를 인정하며 성직자·수도자에게 월급까지 주고 있으면서도(이 심양 성당 보좌 신부 월급이 한국 돈 8천원 정도) 중국 천주교가 '로마 가톨릭'과 관계를 맺는 것은 금하고 있다. 또 중국 천주교 신자가 얼마나 되는지, 주교·신부가 몇 명이나 있는지 공식 통계는 나온 것이 없다(필자가 입수한 비공식 통계는 다음 회에서 밝힘).

중국 천주교회는 사실상 공개公開 교회 · 지하地下 교회 · 애국회愛國會로 나눌 수 있는데 내가 본 교회는 물론 공개 교회일 뿐이다. 지하 교회는 지역에 따라 유형적일 수도 있고, 성직자 · 수도자 · 평신자들의 마음속에 들어 있는 수도 있다. 1957년 성립된 애국회의 성격이 어떤 것인지는 중국 천주교 애국회 장정章程을 보면 잘 알 수 있다. '우리 애국회의 목적은 전국 천주교 신자들이 단결하여 중국 공산당과 인민 정부의 영도 아래 애국주의 정신을 발양하고, 국가 정책과 법률을 준수하며 조국의 사회주의 현대화 건설에 적극 참여하고…….'

그러나 이 중국의 천주교회는 바티칸의 도움 없이 성경과 교리서 · 기도서 · 성가집 등을 번역 · 출판하였고(1981년 중국 천주교 교무위원회에서 발행한『新經全集』등 많은 교회 서적을 외국인, 더구나 한국인에게는 처음이라고 하면서 내게 판매해 주었다. 이 책들은 전부 내부 자료로서 최근까지 국외 반출이 엄금되었던 것들이다.) 나름대로 바티칸 공의회 이전의 교리를 보존하고 있었다. 그 혹독했던 홍위병 사건을 넘기고 이제 다시 중국 천주교회를 회생케 하신 섭리攝理를 마음에 새기며, 장차 바티칸과의 교섭이 재개될 때 중국 교회는 어떻게 변모될 것인가 생각하며 복잡한 머리를 한 채 심양 성당을 떠났다.

(『영남일보』 11664호, 1989. 10. 31.)

중국의 천주교회 (하)
-연길延吉 성당-

심양에서 17시간 걸리는 도심圖瀋 열차를 타고 연길역에 도착한 것은 8월 25일 아침 6시였다. 이곳은 이미 잘 알려진 대로 4만2천7백㎢의 넓이에 1백87만 여명의 인구를 가진 연변 조선족 자치주의 수도며 또한 이곳은 1928년 원산 교구로부터 분리·설립된 조선 천주교 연길 교구의 중심지였던 곳. 연길 도착 사흘째인 8월 27일 일요일, 한글과 한자로 '연변 조선족 자치주 천주교 애국회', '연길시 천주교 애국회'라는 두 개의 간판이 붙어 있는 연길 성당을 찾았다(중국 내의 모든 소수 민족 자치구·자치주·자치현·자치향에서는 모든 거리 간판을 중국어와 함께 소수 민족어 문자로 표시하고 있다). 미사는 9시에 시작되어 이미 끝날 무렵이었는데, 라틴어로 미사를 집전하는 사제는 놀랍게도 서양 신부님들이었다. 며칠 전 이곳에 온 독일 관광단 중의 독일 '베네딕토'회 수사 신부들이었음은 나중에 알게 되었다.

그런데 이상한 것은 미사 중에 신자들이 영성체를 하지 않고, 미사가 끝나자 중국인 본당 주임 신부(劉裕庭 베드로 신부)가 신자들에게 따로 성체를 분배해 주는 것이었다(아직도 혀로 성체를 받고 있었다). 이것도 나중에야 안 일이지만 중국 천주교 애국회에서는 로마 가톨릭 신부가 집전하는 미사의 유효성을 인정하지 않으므로 중국 천주교인들에게 로마 가톨릭 신부로부터 영성체하지 말라고 가르치고 있다는 것이다. 결국 중국 천주교는 외국의 천주교와 동일한 종교가 아님을 선언하고 있는 셈이다. 이 점은 로마 가톨릭이 영국 성공회를 이교시異教視하는 것과 동궤의 태도로 이해될 수 있다.

미사 후에 劉신부와 독일 베네딕토회 신부·수녀들, 그리고 성당 복사服事 朴도밍고 씨 등을 만나 이 곳 형편을 알아보았다. 연길 성당은 원래 연길 교구를 관할하던 독일 베네딕토 수도회에서 1922년 건립하였으나 홍위병 사건 때 몰수 당해 현재는 군에서 쓰고 있고, 지난 86년 신자들의 진정을 받아들여 정부에서 현재의 성당을 지어 줬다 한다. 주일 미사 참례자 수는 1백20명 정도인데 이 중 한족은 20여명뿐이고 나머지는 거의 다 조선족 할머니들이다. 전술한 대로 중국은 종교 통계를 공식적으로 발표하지 않기 때문에 중국 내의 천주교 신자 수를 정확히 알 수가 없다. 더군다나 교적教籍과 영세 대장領洗臺帳을 만들지 않기 때문에 각 성당에서도 정확한 신자 수를 파악하지 못하고 있다(천주교회에서는 아무리 오래도록 주일 미사에 참례하더라도 세례를 받지 않으면 천주교 신자로 보지 않는 전통이 있다). 다만 1986년의 어떤 통계 자료에 의하면 중국 천주교 주교단 소속 주교는 48명(중국 천주교에서는 인정하지 않는다), 신부 수는 적어도 1천명 이상(신학교에서 계속 신부들을 배출하고 있으므로 현재는 이보다 훨씬 많을 것이다), 1천9백 개의 성당, 8개의 신학교, 5백 명의 신학생이 있는 것으로 되어 있다(1989년의 서방측 통계에 의하면 천주교 신도 수는 4백만 명, 교회 수는 3천 개, 신학교 12개, 수도원 20개, 신학생 수 7백 명이라 한다). 연변 조선족 자치주에는 신학교가 없지만 길림시에 신학 대학(그들 말로는 천주교 신학원)이 있다(이 길림 신학교에서 중국 최초로 조선족 신부가 금년 10월 15일에 탄생했다. 金아브라함 신부). 신학교 교육 연한은 6년-예과 2년(중국 문학 · 라틴어 · 철학 · 신학 입문 등 수학), 신학 3년, 그리고 사목 신학 및 실습이다. 신학교 입학 조건은 (1) 중학(초등 · 고중 도합 6년)을 졸업한 신자로서, (2) 지역 주교와 애국회의 추천을 받고, (3) 부모의 허락을 얻고, (4) 독신 생활의 의지가 있어야 하는 것이다. 신학교의 규율은 바티칸 공의회 이전-즉 트렌트 공의회 정신으로 일과가 짜여 있어 우리나라 50년대 이전 신학교의 그것과 흡사하다. 다만 강의는 라틴어가 아닌 중국어로 행해지고 있다.

중국 천주교회가 안고 있는 가장 큰 문제는 바티칸과의 관계에 있다. 중국 헌법 36조에 명시된 바와 같이 종교 단체와 종교 업무는 외국 세력의 지배를 받지 아니해야 하므로, 중국 주교의 선임은 중국 천주교 주교단에서 맡아 하고 있고, 로마 교황의 승인과는 상관없이 성성成聖한다. 그러나 바티칸에서는 이를 불법으로 보아 그 주교를 인정하지 아니한다. 실제로 1980년 중국에서 광주 교구 주교로 추대되었던 鄭以明 주교는 로마 방문 때 교황 요한 바오로 2세로부터 광주의 대주교로 임명되었는데, 이 일이 바티칸 교회의 중국 교회에 대한 내정 간섭이라 하여 중국 천주교회는 鄭 주교를 주교직에서 해임해 버린 일이 있었다. 이 사건은 중국 천주교회가 얼마나 철저히 종교적 외세를 배제하려 하는가를 말해 주는 좋은 예라 할 수 있다. 중국과 바티칸의 외교 관계가 정상화된다면, 아마 틀림없이 중국 천주교회가 독자적으로 선임한 주교들(1980년 이래 22명 이상의 주교가 로마 교회와 상관없이 주교로 선임되었다.)을 바티칸도 추인하리라 믿는다. 그러나 중국 헌법이 바뀌지 않는 한, 중국의 주교를 바티칸에서 임명할 수 없을 것이고, 따라서 바티칸은 중국 천주교회의 독자성을 인정하지 않을 수 없을 것이며, 이런 상황은 현재 바티칸이 동방 교회(중동 일부 지역의 천주교회에서는 주교를 독자적으로 선임한다. 그 밖의 다른 나라의 천주교회 주교는 지난 2백 년 이래 교황청에서 임명해 왔다.)를 인정하는 것과 비슷해지는 셈이다.

사실 중국 천주교회는 교리상 바티칸 공의회

(1962~1965) 이전의 로마 가톨릭과 크게 다른 바가 없다. 그들은 한국의 천주교 신자와 마찬가지로 미사 중에 사도 베드로의 후계자인 로마 교황을 위해 기도하고 있다. 그러면서도 천주교회 구성의 기본적 권한이라 할 만한 주교 임명권은 바티칸에 주려 하지 아니하는 것이다. 바티칸은 사실상은 이 권한 문제 때문이 아니라 타이완과의 관계 때문에 쉽사리 중국 천주교회와 통합하지 못하고 있는 것이다.

연길 성당 마당으로 나오니 많은 신자(대부분 할머니들)들이 남조선 신자가 왔다고 나를 에워쌌다. 공산당원인 연변 대학 김모 교수의 어머니(尹亡今 요안나, 81세), 문익환文益煥 목사님의 조카따님, 김남수金南洙 주교님이 안도安圖 성당 사제였을 때의 신자들……. 한결같이 남한에 있는 친척·친지들의 소식을 듣고 싶어 했고, 소식 모르는 그들을 찾아 달라 했다. 서울에서 직선 거리가 6백㎞밖에 안 되는 이 곳, 비행기로 바로 가면 2시간 만에 오갈 수 있는 이 곳인데도 이데올로기 때문에 사랑하는 이들의 소식조차 모르고 수십 년을 지내온 이런 비극이 이 곳 말고 지구상에 또 있을 수 있을까? 그러면서도 같은 하느님을 믿고, 같은 미사를 올리는 현실은 아무리 이해하려 해도 이해할 수 없는 미스터리라 아니할 수 없었다.

(『영남일보』 11667호, 1989. 11. 3.)

사랑과 고통의 철학녀 시몬 베이이

오는 2월 3일은 짧은 생애를 사랑과 고통 속에서 살다간 젊은 여성 시몬 베이이(Simone Weil)가 난 지 64년째가 되는 날이다. 지난 50년대부터 조용한 파문을 일으키며 온 세계 사상가 작가들의 관심을 끌어왔고 많은 독자들의 마음에 호소력 있게 접근하는 그녀의 일생은 어떻게 보면 신비롭기까지 한 것이다.

그녀가 프랑스 파리 '스트라스부르'에서 부유한 유대인 의사의 딸로 태어났을 때는 유럽에 전운戰雲이 짙어오던 1909년이었다. 현재 프린스턴 대학의 교수로 이름이 높은 오빠 앙드레 베이이의 뛰어난 두뇌로 인해 무리한 지적 성장知的成長을 강요당하며 그녀는 파리에서 자랐다. 학교 시절에 우수한 성적을 내고 엉뚱한 이야기와 좀 야릇한

몸매로 인하여 주위의 시선을 모으기는 했지만 22세로 고등 사범 학교를 졸업할 때까지는 좀 별나면서도 평범한 여학생이었고, 그리고는 107명의 지원자 중 11명만이 합격한 아그레제(교수 자격) 시험에 통과되어 르퓌 시市의 여학교 교사로 부임할 때까지는 검소하고 지성적인 처녀였을 뿐이다. 그러나 그녀가 죽은 후 많은 철학자들과 평론가들—예컨대 키에르케고르는 그녀를 '진리의 증인'이라 했고 가브리엘 마르셀은 '절대絶對의 증인證人'이라 불렀으며 그 밖에도 마르틴 부버, 알베르 카뮈, T. S. 엘리엇, 마리 마들렌 다비, 샤를 무왈레 등이 그녀의 생애와 사망을 비판하고 연구하게 된 근거는 그녀의 외적 경력이라기보다 여성의 미와 덕마저 팽개치고 스스로 불행 속에 뛰어들어 운명애와 인인애隣人愛를 실천하려 했던 그녀의 사랑과 고통의 철학에 있다고 보겠다.

그녀의 외적 생애를 요약하면 몇 년간의 교사 생활, 몇 달간의 여공 생활, 한 달 남짓의 스페인의 용병 경험, 역시 비슷한 기간 동안의 포도원 농부 생활, 몇 달간의 프랑스 임시 정부 직원 생활이 그 모두였다. 결국 그녀는 학교를 나와 여교사로 처음 부임한 1931년부터 그녀가 폐결핵과 심장 마비라는 진단으로 런던 요양원에서 쓸쓸히 죽은 43년 8월까지의 10여년 중 그녀의 생활의 대부분은 두통으로 인한 찢어질 듯한 고통과, 어쩌면 그보다 더 괴로웠을지도 모르는 세계의 온갖 부조리가 안겨 주는 고통과의 투쟁 및 그것의 기록(그러나 그 기록은 그녀가 죽은 후에야 출판되었다.)으로 보냈던 것이다. 그녀의 가족 이외에 그녀에게 깊은 영향을 주었다고 생각되는 사람은 로맹 롤랑, 사르트르, 베르그송 등을 배출한 명문 '앙리 4세 고등 사범 학교' 재학 시절 그녀에게 플라톤을 강의한 알랭 교수(본명 에밀 샤르티에)와 1941년 6월 마르세유에서 만난 도미니코회 수도원장 장 마리 페랭 신부, 같은 해 여름 동안 그녀가 가서 일한 포도원의 주인 귀스타브 티봉의 셋이다. 알랭 교수는 그녀에게 지성知性과 고전적 지혜를 주었고, 페랭 신부는 그에게 깊은 영적 체험과 절대에의 끝없는 갈망의 계기를 주었으며, 티봉은 그녀의 둘도 없는 친구로서 그녀에게 위안과 그리스도적 신앙을 주었을 뿐 아니라 그녀가 죽은 후 그녀의 원고를 발행하여 시몬 베이이를 세상에 알린 최초의 인물이었다(1947년 『중력重力과 은총』).

시몬 베이이는 누구나 한번씩 그녀에 관해 말

하고 싶은 충동을 주는 좀 야릇한 인생을 살았다. 어떤 사람은 그녀의 정열적인 행동의 생애에 관하여 말하고 또 어떤 사람은 날카로운 통찰력에 넘치는 그녀의 사회 사상에 대해 이야기한다. 다른 사람들은 또 절대絶對로 향해 있는 그녀의 열렬한 자세에 관해서 이야기한다. 그러나 지금껏 어느 누구도 짧은 생애를 가진 이 여성을 남김없이 말할 수 있었던 사람은 없었다. 이런 생애를 산 베이이는 그녀의 독자 한 사람 한 사람에게 본티오 빌라도의 질문을 되묻는다. '띠 에스띤 알레테이아(진리가 무엇이오?)'라고.

그녀는 스스로 그 답을 얻기 위해 일생을 바친 셈이다. 군인들이 설탕이 없어 고통을 받는다는 말을 듣고 다섯 살 때부터 이미 설탕을 입에 대지 않았고, 중국 어린이의 비참상을 읽고는 웃음을 잃어버렸으며, 자신과 모든 인간의 절망을 극복하는 수단으로 몸치장과 장식품을 포기했다. 노동자들에게도 플라톤과 데카르트를 이해시키고자 노동 운동에 뛰어드는가 하면, 억압 위에 이루어져 있는 사회 질서를 바꾸기에 앞서 먼저 그것을 알고자 이 연약한 만성 두통 환자는 형편 없는 조건 속의 공장에 들어가 중노동을 하기도 했고, 남에게 멸시

받는 계층을 해방시키기 위해 스페인 반파시즘 의용군에 참전하기까지 한다. 그러면서도 그녀는, 진리를 소유하지 못하고 사느니보다는 죽는 것이 낫다고 절규했으니 그녀가 이야기하는 진리란 도대체 무엇을 두고 하는 말일까? 한마디로 그녀는 진리(=절대)를 향하여 그것을 획득하기 위해 스스로 고통 속으로 몸을 내던졌으며(또한 신도 그것을 원하셨던가? 1930년부터 평생 그녀를 떠나지 않은 간헐적 두통은 그녀에게 무엇을 주려했는지…….) 그러면서도 가장 가난한 이에게까지 자기가 지닌 모든 것을 주는 사랑을 실천하려 했던 것이다.

그녀의 생애는 마르셀에 의해 가장 훌륭한 베이이 연구자로 지목된 다비 여사가 언급했듯이 베이이 자신이 이미 한마디로 설명해 버렸다. '사랑의 광기狂氣가 인간을 휘잡을 때 그 사람의 행동과 사고 방식은 완전히 바뀌어져 버린다. 그것은 신의 광기와 흡사한 것이다. …… 어떤 사상事象이 신으로부터 나왔다는 증거는 진리를 선언하고 정의를 사랑하는 능력을 상실하지 않은 채 광기의 성격을 완전히 드러내는 것이다.' 과연 그녀의 그토록 짧은 생애와 그다지 넓지 못한 체험, 크지 못한 활동으로 신의 광기가 송두리째 드러났다고 할 수 있을까? 그녀는 과연 그토록 문제시될 수 있는 인생을 영위했던가? 많은 사상가들은 이런 의아심을 가지고 그녀의 생애와 저작을 살피다가 마침내는 파스칼과 소화 데레사의 영적 체험을 상기하면서 붓을 놓아 버리는 것이다.

[부기附記] Weil는 '베에유, 베이유' 등으로 표기하나 모두 프랑스어 습음濕音 'l'의 일본식 관용적 표기일 뿐이고 정확한 발음은 [vej] 또는 [veij]인만큼 국어 음운의 특질을 가장 잘 살려 표기한다면 '베에이, 베이, 베이이'라야 할 것이다(마르세이유·바스티유도 마찬가지다). 시몬 베이이의 연구서로는 그녀의 고국 프랑스에서 70년 현재 30여 종이 나와 있고 일본에서만도 28종의 연구서·번역서가 있으며 우리나라 것으로는 『창조創造』 71년 10월호의 백민관白敏寬 신부 필筆 "그 고통의 철학"과 민희식 역 『운명의 시련 속에서』가 있다.

(『가톨릭시보』 894호, 1973. 2. 10.)

아우슈비츠 수용소의 성자

지난 8월 14일은 20세기의 성인인 막시밀리안 콜베 신부의 귀천歸天 41주년이 되는 셈이다. 평생을 성모 마리아에 대한 절대적인 신뢰와 사랑, 그리고 쉼을 모르는 적극적인 활동으로 살다가 누군지조차 몰랐던 사람을 위해 하나뿐인 자기의 생명을 아사餓死의 감옥에서 버린 이 막시밀리안 콜베 신부는 오는 10월 로마의 바티칸 대성당에서 교황 요한 바오로 2세에 의해 시성諡聖(성인의 지위에 오름)의 영광을 누리게 된다. 콜베 신부의 시성을 앞두고 그 기일忌日을 보내면서 신부의 장엄한 삶과 죽음을 간단히 살펴보기로 한다.

폴란드 출신의 저술가요, 콜베 신부의 친구였던 마리아 비노프스카 여사가 저 가공할 아우슈비츠의 옥고獄苦를 치르고 나온 감방 친구 피에르를 만난 것은 2차 대전의 여진餘塵이 채 가시지 않은 어느 날 봄비 내리는 파리의 가로수 아래에서였다. 피에르는 4년간의 저주스러운 강제 수용소 생활에 치를 떨 뿐만 아니라 그 잔학 무도한 생활에서 얻은 무시무시한 철학을 비노프스카 여사에게 토로

했다. "지옥이란 바로 우리 이웃이다. (사르트르)……. 신은 존재하기는 하지만 인간이 도달할 수 없는 하늘 저쪽에 있다. 신의 은총이란 게 있긴 있는 모양이지만 그건 인간을 변화시킬 수 없다……. 성인은 온실 같은 은수원隱修院 속에서만 자랄 뿐 비인간적인 토지에서는 돋아나지 않는다……."

불쌍하게도 피에르는 그 이름만 들어도 피가 얼어붙을 것만 같은 저 무서운 강제 수용소의 생활에서 신도, 은총도, 사랑도 다 잊어버리고 만 것이다. 그 곳은 문자 그대로 필설로 이루 다 표현할 수 없는 인간성 매몰지人間性 埋沒地였고 도무지 인간적인 것은 찾아볼 수 없는 생지옥이었던 것이다. 피에르와 같은 사람들을 위해 비노프스카 여사는, 알지도 못하는 감방 동료 대신에 자기 목숨을 기꺼이 버린 막시밀리안 콜베 신부를 세상에 알리고자 했다.

콜베 신부는 먼저 그의 죽음으로써 유명해졌다. 그리고 그의 죽음에 관한 이야기를 들은 사람들은 '어떤 사람이기에 그런 최후를 맞을 수 있었던가?' 하고 신부의 생애를 알아보려 하고, 그리하여 신부의 생애를 알아본 사람들은 '역시 그런 삶의 사람이었으니까 그런 죽음의 사람이 될 수 있었다.'라고 감탄한다.

막시밀리안 콜베(MAXIMILIAN KOLBE) 신부는 1894년 1월 7일 폴란드의 공업 도시 '로지'의 근교인 '즈뒨스카볼라'라는 소읍에서 가난한 직공의 둘째 아들로 태어났으나, 그의 양친은 곧 근처 '파비아니체'읍으로 이사하였으므로 신부는 어린 시절을 이 '파비아니체'에서 보냈다. 어렸을 때 신부에게 성모님의 발현이 있었다고 전해지는데 이 때 성모님은 신부에게 순결과 순교를 상징하는 흰색과 붉은 색의 관冠을 주었고, 이 사건으로 인해 신부는 평생을 성모님께 의탁하게 되었다고 한다.

1907년 9월 프란치스코회 수도원의 도움으로 라부프 신학교에 입학한 후 1910년 이 수도원에 입회하여 '막시밀리안'이라는 수도명修道名을 얻고 다음해 9월 유기 서원有期誓願(일정한 기간 동안 수도원의 모든 규칙을 지키며 살아가겠다는 일종의 첫 단계 서원)을 바쳤다.

한때 세심증細心症(사소한 일로도 양심의 가책을 받는 이상 성격 현상)으로 심한 고통을 받았고 성소聖召(신부나 수도자가 되려는 결심)의 위기까지 있었으나 신부는 철저한 순종으로써 성성 수련聖性修練을 쌓고 학업을 연마하여 로마 그레고리안 대학에서 수학하게 되었다. 여기서 철학과 신학 박사 학위를 얻고 신부로 서품敍品된(1918년) 후 폴란드 남쪽 크라쿠프 수도원에서 교수 생활을 시작했다. 신부는 로마 유학 시절부터 성모님을 위한 행동적 신심信心 단체 조직을 구상하였는데 이런 생각은 뒤에 크라쿠프에 와서 '성모의 기사회騎士會'를 창설케 하였고 이 단체는 마침내 폴란드 최대의 매스컴 센터인 '니에포칼라누프' ('원죄 없으신 성모의 마을'이란 뜻)의 모태가 되었던 것이다.

신부를 믿고 따르고 신부에게 협조한 수사修士(남자 수도자)와 평신자들은 수도원에 많았으나 신부를 격려하고 신부와 함께 일을 계획한 장상長上(수도원의 웃어른, 수도자들은 장상에게 절대적으로 순종해야 한다)들은 한 사람도 없었다. 신부는 혼자서 일을 계획하고 추진했으며 그 후에야 추종자들이 생겼을 뿐이다. 신부의 성모님께 대한 신뢰는 초인간적인 점이 있었다. 그는 수도생활을 시작한 이후 NON SERVIAM(불순종)을 가장 큰 죄악으로 알았고 이 죄악을 이겨 내기 위해서는 성모님께서 가브리엘 천사에게 말했던 절대적이고 무조건적인 FIAT('당신 뜻대로 하소서'의 뜻)이 필요함을 역설했고 또 실행했다. 그런 점에서 신부는 성 프란치스코의 후예였고 소화小化 데레사의 친구였다.

1922년 1월, 신부는 크라쿠프 수도원에서 '성모의 기사회' 이름으로 『성모의 기사』라는 잡지를 손수 발간하여 많은 독자들에게 감화를 주었으나 동료 수사들의 질시에 찬 모함과 장상들의 비협조, 그리고 질병인 두통과 폐결핵으로 인해, 요양하라는 미명美名 아래 폴란드의 동쪽 황무지 '그로드노'로 추방되었다. 이곳에서 잡지 『성모의 기사』는 비약적인 발전을 하여 1924년에 1만2천부, 1926년에 4만5천부의 발행 부수를 가지게 되었는데, 당시 폴란드는 극도의 경제 불황 속에서 대출판사도 파산하던 때였으나, 협력자도 돈도 뛰어난 문학 재능도 없던 신부가 이런 성공을 거둘 수 있었던 것은, 신부에게는 평범하면서도 청순한 문체와 활활 타오르는 내심의 거룩한 불꽃이 있어 독자들을 감동시켰기 때문이다. 그래서 이 잡지 발간에 따라 일어난 감동적인 기적이 한두 가지가 아니었으니, 인쇄비를 못 치러 곤경에 빠졌을 때 꼭 필요한 액수만큼의 돈이 제단 위에 놓여졌다는가, 새로운 인쇄기를 구입할 돈이 없어 괴로워하고 있을 때 여행 중의 미국 신부가 찾아와 희사금을 주었다든가 하는 일이 그것이다. 그 밖에도 독자들의 격려의 기도와 성금이 끊임없이 답지했고 그로드노 수사들의 눈물 어린 희생적 협력이 신부의 사업을 반대하던 이들도 어쩔 수 없게 만들고 말았던 것이다.

27년 신부는 어떤 독지가로부터 수도 바르샤바 근교의 광대한 토지를 기증 받아 여기에 '니에포칼라누프'라는 이름의 공업 도시를 건설했다. 이곳은 폴란드의 출판업뿐만 아니라 매스컴 중심지가 되었는데, 39년에 잡지는 폴란드어 판이 100만부에 달했고, 이밖에 어린이 판, 라틴어 판이 호평 속에 전 유럽에 보급되었으며, 1935년 창간한 가톨릭 일간지 『말리 첸니크』(MALY DZIENNIK, '작은 신문'이란 뜻)는 다른 큰 신문을 쓰러뜨리고야 말았다. 또 이 무렵에 수도원의 입회 지원자가 매년 1800명에 이르렀으며 2차 대전 직전에는 비행장과 방송국, 영화 제작소를 설치했을 정도라 하니 이 사업과 수도원의 규모를 짐작할 수 있다.

이런 성공은 관상가觀想家(관상觀想은 명상冥想보다 더 종교적이고 신비적인 뜻을 가짐)인 동시에 우수한 기술자인 신부와 노동 수사들의 혼연일체된 의기와, 새로운 계획 실행에 앞서 반드시 가졌던 단식 기도, 발송에 앞서 인쇄물을 '기도로 튼튼히 포장해 내는' 뚜렷한 가치관 등이 그 비결이라고 할 수 있다.

1930년에서 36년 사이에 신부는 몇 사람의 수사들(이들 중 한사람은 지금 일본에서 살고 있다)과 함께 몇 차례의 아시아 전도 여행을 가졌다. 이 여행 중에 신부는 인도·소련·베트남·중국 등도 방문했으나, 맨주먹으로 시작한 일본 전도는 뜻밖의 협조자들을 만나 일본 도착 1개월 만에 『성모의 기사』 일본어판 1만부를 발간하고, 몇 년 내에 일본 나가사키에 니에포칼라누프와 신학교를 설립하였다(이 신학교는 기적적으로 원자탄의 피해를 모면해 아직 남아 있다). 30년 8월 신부는 한국을 종단縱斷할 기회가 있었는데 그때 "원죄 없으신 성모님께서는 그 언제나 이렇게 아름다운 나라를 다스리실 것이며 거룩한 당신 아들 나라를 세우실 것인가?"라는 편지를 동생에게 보낸 일도 있다. 신부가 일본에서 뿌린 이 씨는 계속 잎이 자라고 꽃이 피어, 71년 현재 12개 수도원에 103명의 수도자가 있고(수녀원도 생겨서 100여명의 수녀가 있다.) 잡지 『성모의 기사』는 75만부를 찍어 내고 있다.

일본에서 받고자 했던 '두개의 관'의 꿈(수도자로서 순교하는 것)은 신부의 귀국을 명하는 수도원 장상 회의의 결정에 의해 물거품이 되었으나, 신부는 자신의 최상의 무기인 '장상의 뜻은 하느님의 뜻'이라는 거룩한 순종 정신을 따라 폴란드의 니에포칼라누프의 원장에 다시 취임했다.

1939년 신부는 다른 수사들과 함께 나치 헌병들에게 체포되었다가 석달 만에 석방되었고, 41년 2월에 다시 체포되어 폴란드 사람은 그 이름만 들어도 피가 얼어붙는 저 무시무시한 죽음의 아우슈비츠(폴란드말로는 '오센침') 강제 수용소에 수용되었다.

여기서 신부가 얼마나 비인간적이고 모욕적인 대우를 받았던가, 그리고 동료 죄수들에게 얼마나 치천사적熾天使的 사랑을 베풀었던가에 관해서는 많은 목격자들의 증언이 있다. 인간의 따스함이란 찾아볼 수 없는 이 대연옥大煉獄 안에서도 신부는 의연히 '사랑의 사도使徒'로 일했고, 그 결과 흡혈귀吸血鬼 간수들에게까지 경탄을 자아내게 했다고 한다.

1941년 7월말 신부가 수감된 14호 감방에서 죄수 한 명이 탈옥한 사건이 생겼고, 이 수용소의 연대 책임에 관한 규칙대로 14호 감방수 10명이 아사형餓死刑에 처해지게 되었다. 신부는 이 10명의 희생자 속에 포함되지 않았으나, 폴란드 독립군 소속 '가조프니체크' 중사가 운수 나쁘게 지명되자, 처자를 부르며 애절하게 우는 것을 보고 그의 대신에 자신을 아사형에 처해 줄 것을 수용소장에게 청원했다. 신부의 청원은 받아들여지고 신부는 다른 불운의 사형수 9명과 함께 아사 감방餓死監房에 수감되었다.

지금껏 이 감방에 들어간 사람은 누구나 들어가는 날부터 공포와 절망의 비명을 지르며 서서히 죽어간 데 반해, 신부 일행은 조용히 찬신讚神의 노래를 부르고 있어 간수들을 놀라게 했고, 마침내 이 노래는 전 수용소에 메아리치게 되었다.

보름 후인 8월 14일 신부는 10명 중 최후로, 그것도 숨이 남아 있어 독약 주사를 맞고 임종했다. 9명의 벗들에게 성실한 임종 준비를 시켜서 신부로서의 임무를 마친 후 성모 승천 축일(8월 15일) 전날, 47년 생애의 변함 없는 '마음의 친구이며, 여왕이요, 주인'이었던 천상天上 어머님 품에 안겼던 것이다.

신부가 설립한 폴란드의 니에포칼라누프는 2

차 대전 말기 소련기의 폭격을 받았고, 대전 후 폴란드 공산 정부에 의해 시설과 기재機材를 압수 당했지만, 아직도 3백여 명의 수도자들이 수공업 등에 종사하면서(출판 사업은 금지됨) 콜베 신부의 유향遺香을 간직하고 있다.

폴란드 출신의 '비진스키' 추기경은 피정避靜, 순례, 반성회 등의 행사가 계속되는 이 니에포칼라누프를 '폴란드의 나자렛'('나자렛'은 예수 그리스도의 성장지임)이라고 불렀다.

신부 대신 살아남게 된 프란치스코 가조프니체크 중사는 지금 가족과 함께 이탈리아에서 살고 있는데, 신부의 시복諡福 조사 때 중요한 증인이 되었다. 신부는 교황 바오로 6세에 의해 1969년 '성덕聖德을 영웅적으로 실행한 존자尊者'의 칭호를 받았고, 1971년 10월 17일 파격적으로 사후死後 30년 만에 시복諡福(복자福者의 칭호를 주는 일. 가톨릭 교회에서 존경 받는 이에게 존자尊者, 복자福者, 성인의 칭호를 단계적으로 부여한다.)되는 영광을 얻었으며, 오는 10월에는 가톨릭 교회 구성원의 최고의 영예인 성인의 지위에 오르게 되는 것이다.

"절망이 극도에 달하고 이웃을 지옥처럼 경계

하는 시대에 콜베 신부는 즐거운 마음으로 한없는 사랑의 메시지를 가져왔다. 그것도 결코 수도원의 평온 속에서가 아니라 철저하게 증오를 길러 내는 수용소의 비인도적 공포 속에서 했던 것이다."(마리아 비노프스카)

(『효대학보』 576호, 1982. 8. 27.)

메멘또 호모

올해도 지난 3월 4일부터 사순절四旬節이 시작되었다. 이 날부터 부활 주일인 4월 19일까지 모든 가톨릭 신자들은 정해진 날에 소위 '재齋'를 지키게 되는 것이다. 요즈음은 단식재斷食齋니, 금육재禁肉齋니 하고 그 명칭도 제법 현대 감각을 띠고 있지만 필자가 어렸을 때만 해도 대재大齋, 소재小齋에다가 사순절이란 말 대신 봉재封齋란 어려운 말을 썼고 해서 대재大齋를 지키지 않으면 대죄大罪가 된다는 '공갈'에 소위 '대잿날'이면 배고파 못 견뎌 하면서도 과자 한 조각이라도 먹으면 큰 일이나 나는 것처럼 생각했던 추억들이 간직된 계절이 바로 이 무렵인 것이다.

사순절이 시작되기 전 사흘 동안 서양에서는 앞으로 40일 동안 고생할(?) 것에 대비해서 실컷 먹고 마시는 '카니발[謝肉祭]'을 벌인다고 하는데 우리나라에는 불행인지 다행인지 이 풍습만은, 옛날엔 물론이고 요즈음도 도입되지 않은 것 같다. 사순절이 시작되는 '재[灰]의 수요일' 날－이것도 이전엔 '성회례 봉재 수일聖灰禮封齋首日'이라고 불렸지만－비장한 각오와 결심으로 미사에 참례하면 집전執典 신부님은 신자들 하나하나의 머리마다 미리 준비해 둔 재[灰]를 뿌리며 '아담'에게 하신 하느님의 음성으로 준엄하게 선언하신다.

"메멘또 호모 …… (사람아 기억하라, 네가 흙이니 흙으로 돌아갈 것을)"

신부님이 라틴어로 계속 중얼중얼하시며 일렬로 서서 지나가는 신자들의 머리에 재를 뿌리시면 아무리 철없는 어린애라도 이 때만은 뭔가 숙연하고 비감한 느낌을 금하지 못하게 되는 것이다.

이때 신부님이 중얼중얼 외시는 말의 의미가 앞에 적어둔 그런 내용이며 또 그 첫 마디가 '메멘또 호모 (MEMENTO HOMO)'라는 걸 안 것은 아마도 고교생 시절이라고 기억하지만, 이 '메멘또 호모'라는 구절의 의미가 언제부터였는지 왜 그렇게 섬뜩하고도 찐한 느낌을 마음에 주는 것인지……. 단순히 죽음에 대한 공포는 물론 아니고, 그러면서도 오싹하는, 소름 끼치는 감선感腺—이런 게 있긴 있는 건가?—의 활동으로 몸과 마음이 위축되던 그런 시절이 있었다. 확실히 이 '메멘또 호모'의 예식은 사람들로 하여금 원초적인 쪽으로 마음을 향하게 한다.

'아담'이라는 말이 원래 '세미트'어로서 흙과 사람의 두 의미를 모두 갖는다고 하던가? 인간이 어디서 오는지는 모른다 치고 분명 흙으로 돌아가는 건 사실이니만치 그렇다면 역시 인간은 흙에서 나왔다고 보아야 귀소 본능이란 말도 성립되는 게 아닌가 싶어진다.

이 좋은 봄날, 어쩌다가 이런 우중충한 이야기가 나왔는지 자신도 알 수 없다. 그러나 사실인즉 다시 사순절을 맞으며, 한 때는 그 좋아하는 담배마저 끊으면서 봉재封齋의 극기를 행하던 순진의 시절을 이제는 다시 회복할 수 없을 듯해서 또 한 번 다른 의미의 비감悲感을 '메멘또 호모'에서 맛보게 됨이 서글프다는 말을 하고 싶은 것이다.

(『효대학보』 528호, 1981. 3. 20.)

놀리 메 탄제레

내가 이탈리아 르네상스 시대의 거장巨匠이었던 조토(Giotto di Bondone, 1267~1337)의 그림 '놀리 메 탄제레'(Noli me tangere)를 처음 본 것은 대학 2학년 시절 도서관에서였다. 그 때 본 그림은 퍽 퇴색된 프레스코 부분화部分畫였는데, 그 때 이 그림이 왜 그렇게 감명적이었던지 뒤에 생각해도 이상할 지경이었다. 사랑하던 스승의 어처구니없는 처절한 죽음에 정신을 못 차리던 막달라 마리아는 안식일 다음 날, 스승의 시체마저 도둑맞았음을 알고 또 한 번 망연해 하다가 동산지기로 여겼던 그 남자가 다정하게 자기 이름을 부르는 소리에 "라뽀니(선생님!)" 하며 스승에게 달려든다. 그러나 스승은 잠잠하면서도 단호하게 "Noli me tangere(내게 손대지 말아라)"를 선언하신다(요한 20, 11-17). 조토의 명화는 바로 이 장면을 묘사한 것이다. 마리아의 타는 듯한 시선과 반가움, 간절함이 담긴 손짓, 그리고 감히 범접犯接하기 어려운 위엄 속에서도 따스함이 서린 그리스도의 표정과 자세는, 그림 전체가 풍기는 중세적 분위기와 칙칙

한 배경색이 어울려 묘한 감동을 나에게 주었던 것이다. 그 때 나는 언젠가 이탈리아에 가게 되면 피렌체 성당에 있다는 이 그림의 '오리지널'을 꼭 찾아보리라 결심했고, 해마다 부활절만 되면 꼭 이 그림을 떠 올리곤 했었다. 그러나 그 후 30년이 지난 오늘까지 나는 이 그림의 원화는 물론, 이상하게도 화첩에 복사되어 있는 그 축소화조차 다시 볼 기회가 없었고, 이 기구한 운명의 스승과 제자 사이에 서려 있는 사랑과 이해의 감정만 내 머릿속에서 제 멋대로 미화되기도 하고 타락하기도 해 왔던 것이다.

오늘 이 글을 쓰기 위해 도서관에 가서 꼭 30년 만에 조토의 그림을 다시 찾았는데, 놀랍게도 그림의 모습은 내 머릿속의 그것과는 너무나도 다른 것이었다. 그림은 마치 바로 나에게 "놀리 메 탄제레(내게 손대지 말아라)"라고 말하고 있는 듯했다…….

(『주춧돌』 50호, 1992. 5. 12.)

순트네 안젤리

미국의 어떤 교구에서 호화로운 성당을 짓고자 설계도를 작성하고 그 설계도를 검토해 달라고 바티칸 교황청에 보냈다. 부속 건물까지 으리으리하게 짓도록 설계된 이 계획을 꼼꼼히 살펴본 후 교황청은 다음과 같은 2개의 단어로 된 코멘트를 그 미국 교구로 보냈다. —"순트네 안젤리(Suntne angeli? 당신들은 천사요?)." 그 화려한 성당에는 화장실이 없었던 것을 미국 교구 당국자는 몰랐던 것이다.

아무리 거룩한 일을 하는 사람이라도 화장실 출입을 하지 않을 수 없다. 그런데도 사람들은 제가 화장실 출입을 한다는 사실을 가끔 잊어버리는 일이 있다. 이런 건망증은 소위 거룩하다고 하는 일에 종사하는 사람들에게 더 많은 듯하다. 분명히 두 발은 땅에 놓여져 있는데 눈은 하늘 저 높은 곳을 향해 있기만 하는 것이다.

물론, 사람이란 동물적인 면을 지니고 있긴 하지만, 다른 쪽으로 하느님을 닮은 면이 있고, 또 하느님을 닮으려고 하는 노력은 인간을 동물의 차원에 머무르지 않고 높이 올려 주는 원동력이 되는 것은 틀림없다. 따라서 현실이 아무리 추악하고 비참하다 하더라도 인간은 거룩함으로 상승할 수 있는 것이다.

그러나 가끔씩 사람들은 '내 눈이 거룩함으로 향해 있으니까 내 온몸과 온 정신도 거룩하다.'고 착각하기도 하는가 보다. '나는 독실한 신자니까, 나는 근엄한 교수니까, 나는 거룩한 성직자 · 수도자니까, 내가 하는 일은 그릇될 수 없다.'라고 생각할 사람은 아무도 없겠지만, 그러나 얼마나 많은 사람들이 거룩하고 깨끗한 성당 짓기에 열중하여, 그 지저분하고 생각하기 싫은 화장실 짓는 일을 잊어버리고 있는 것일까? 오늘도 우리는 성당 짓는 일에만 매달려 화장실은 생각도 안 하고 있지는 않는가?

스스로 '숨네 안젤루스(Sumne angelus? 나는 천사인가?)'를 되뇌어 봐야겠다.

(『주춧돌』 52호, 1992. 6. 9.)

각국어 성서의 '하느님'이란 말

1) 성서 번역 언어의 문제

인류가 문자 기록으로 번역을 시작한 이래 지금껏 가장 많은 언어로 번역된 책은 그리스도교의 신구약 성서임은 잘 알려진 일이다. 그러나 도대체 이 성서가 현재까지 몇 개 언어로 번역되었나 하는 질문에 정확히 대답하기는 어렵다. 그 이유는 성서의 번역량이 엄청나게 많고 또 끊임없이 번역이 계속되고 있어, 그 통계적 자료를 한눈에 들어올 수 있도록 모으는 일이 쉽지 않은 까닭도 있지만, 그보다 이 질문에 대한 정확한 대답을 내기 어려운 난점이 도사리고 있기 때문이라 할 수 있다. 이해를 돕기 위해 한국어에 국한해서 생각해 보기로 하자. 우리 민족이 사용하고 있는 한국어는 한 종류뿐이라고 흔히 생각하므로, 각 언어로 번역된 성서의 수를 집계할 때 한국어 성서는 1개라고 말할 것이다. 그러나 문제는 그렇게 단순하지 않다. 1906년 서울의 대영 성서 공회에서 발행한 『新約全書 국한문』의 요한 복음 1장 1절은 "太初에道가有하니道가上帝와同在하매道는卽上帝시라"로

되어 있는데, 이 성서의 언어를 “한 처음, 천지가 창조되기 전부터 말씀이 계셨다. 말씀은 하느님과 함께 계셨고 하느님과 똑같은 분이셨다.”라는 『공동 번역 성서』의 언어와 객관적으로 동일한 언어라고 할 수 있겠는가? 1906년판의 국한문 성서의 언어는 중국어도 한문도 아니고, 현재 우리의 시각으로 볼 때 한국어라고도 할 수 없다. 또 애써 배우지 않으면 알 수 없는 언어는 방언이라고는 하지 않기 때문에 이 언어는 한국어 방언도 아니다. 이것은 한국과 중국의 오랜 접촉의 결과로 생겨난 별개의 혼합 언어로 볼 수밖에 없는 것이다. 또 1883년 나온 낱권 성서 『요안ᄂᆡ 복음』의 “처음에 도가이스되도가 하나님과 함긔하니도난곳 하느님이라”(요한 1, 1)와 『제주 방언 성경』의 “제ᄌᆞ들은 막끝댕이어 것ᄇᆞ름을 만난 배를 젓이노랜 몹시 애를 쓰고 이섰쑤다. 이걸 보신 예수께서는 물 우리 걸언 제ᄌᆞ들 쪽으로 오시단 그 사람들 ᄌᆞᆨᄀᆞᇀ을 지나쳐 가시젠 ᄒᆞ셨쑤다. 그것은 새백 ᄂᆡ시쯤이랐쑤다”(마르 6, 48)를 동일한 언어로 볼 것인가, 별개의 언어로 볼 것인가? 이것은 시대적 · 지역적인 위상位相의 다름에서 기인한 것이니까 동일 한국어의 방언일 뿐이라고 주장한다면, 여기서 바로 언어학자들의 고민 중의 하나인 언어와 방언의 구별 문제에 부딪치게 되는 것이다. 위의 성서가 한 언어의 방언일 뿐이라고 한다면, 누구의 눈으로 보더라도 아주 비슷한, 다음의 독일어 · 북부 독일어 · 네덜란드어 · 아프리칸어(남 아프리카 공화국의 공용어)는 어떻게 보아야 할 것인가? (다음은 각각 요한 복음 3장 16절임).

독일어	Also hat Gott die Welt geliebet,
북부 독일어	Denn so leiw hett Gott dei Welt hatt,
네덜란드어	Want alzo lief heeft God de wereld gehad,
아프리칸어	Want so lief het God die wêreld gehad,
독일어	dass er seinen eingebornen Sohn gab,
북부 독일어	dat hei sinen enzigesten Sähn hengewen hett,
네덜란드어	dat Hij zijnen eniggeboren Zoon gegeven heeft,
아프리칸어	dat Hy sy eniggebore Seon gegee het,

독일어	auf dass alle, die an ihn glauben,
북부 독일어	dormit dat kein ein, dei an em glöwen deit,
네덜란드어	opdat een ieder, die in Hem gelooft,
아프리칸어	sodat elkeen wat in Hom glo,

독일어	nicht verloren werden,
북부 독일어	verluren gahn süll,
네덜란드어	niet verloren ga,
아프리칸어	nie verlore gaan nie,

독일어	sondern das ewige Leben haben
북부 독일어	äwerst dat jederein ewigs Lewen hebben süll.
네덜란드어	maar eeuwige leven hebbe
아프리칸어	maar die ewige lewe kan hê.

이들 네 언어는 배우지 않고도 서로 이해될 만큼 가까우므로 한 언어의 방언들로 보아야겠으나, 언어학자들은 북부 독일어 외에는 이들을 별개의 독립된 언어라고 부른다. 그렇다면 국가를 염두에 두어 국가가 다르면 별개의 언어, 동일 국가 내의 비슷한 언어라면 방언이라고 볼 수 있을까? 그러나 미국과 영국의 영어라든가, 150개 이상의 (방언

이 아닌) 언어가 사용되고 있는 인도의 경우를 생각해 보면 꼭 그런 것만도 아님을 알 수 있다.

어쨌든 온 세계에 존재하는 언어와 방언의 수를 헤아리기 어려운 것처럼, 번역된 성서 언어의 수도 세기가 쉽지 않다. 이 점은 성서가 그토록 많은 언어와, 특히 방언으로 번역되었고, 또 지금도 번역되고 있기 때문에 그렇다고 할 수 있다.

2) 각 나라의 '하느님'이라는 말

좀 낡은 자료이긴 하지만 1965년 영국 성서 공회(The British and Foreign Bible Society)에서는 1,202개 언어(또는 방언)로 번역된 성서를 수집하였고, 그 중 972개 언어(또는 방언)의 성서 견본을 모아 *The Gospel in Many Tongues*라는 책자를 발간하였다. 그러나 성서는 이보다 물론 훨씬 더 많은 언어로 번역되었음에 틀림없다. 예를 들면 1986년 인도 성서 공회에서 집계한 자료에 의하면 그 때까지 인도 내에서 발간된 인도어 성서의 수는 신구약 성서 39개어, 신약 성서 31개어, 낱권 성서 86개어, 합계 156개 언어(또는 방언)로 성서가 번역되었다고 하는 것만 보아도 알 수 있다.

필자는 세계 각국의 언어와 문자의 자료로는 번역된 성서가 여러 면에서 편리하다고 생각되어 오래 전부터 개인적으로 각 언어 성서를 수집해 왔었다. 이제 필자가 수집한 각 언어 성서와 영국 성서 공회의 위 책자를 참조하면서, 이들 성서 언어에 기록된 '하느님'(Deus, Θεός)을 나타내는 낱말을 모아 비교해 보려 한다.

'하느님'을 나타내는 말 중에 가장 많은 사람들이 사용하고 가장 많은 언어와 방언에 분포되어 있는 낱말의 기본 어형을 들면 Allah, Bog, Deus, Deva, God, Ishwar, Shăng-di 등을 꼽을 수 있다. 이제 '하느님'을 뜻하는 이 기본 어형들이 각각 어떤 언어(방언)에 분포되어 얼마나 많은 사람들이 쓰고 있으며, 어떤 변이 형태를 취하는가 살펴보기로 한다.

첫째, 마호메트교의 유일신 이름으로 널리 알려져 있는 알라(Allah)는 주로 회교권의 언어권에서 사용된다. 이 어형이 사용되는 대표적 언어를 살펴보면 아라비아어(Arabic), 말레이 제어(Malayo-Indonesian languages), 튀르크 제어(Turkic languages) 및 인도네시아와 북서 아프리카(모로코, 말리, 감비아, 알제리), 파키스탄 일대에 분포되어 있는 언어들이다. 사용 인구는 아라비아어가 1억 5천만,

말레이 제어 1억 6천만, 튀르크 제어가 8천만, 기타 1천만으로 4억에 가까운 사람들이 하느님을 Allah(또는 Ala, Alla, Allahi, Allahu, Yalla)로 부르고 있다.

둘째로 하느님을 Bog(또는 Boh, Božymy)라고 부르는 사람들이 3억 이상 있다. 이들은 모두 슬라브 어파에 속하는 언어를 쓰는 동구권東歐圈의 사람들로서, 그들의 주요 언어는 러시아어(2억), 우크라니아어(4천 5백만), 폴란드어(4천만), 세르보 크로아티아어(2천만), 백러시아어(1천만), 체코어(1천만), 불가리아어(9백만), 슬로바크어(5백만), 슬로베니아어(2백만), 마케도니아어(150만), 소르비아어(12만) 등이다.

셋째로, 하느님을 Deus(및 그 변이형)라고 부르는 사람들이 있다. 이들의 언어는 세계적으로 널리 알려져 있고 또 주요한 언어들이다. 그 주요 변이형과 언어명(및 사용 인구)을 적어 보면 다음과 같다.

Deus	라틴어, 포르투칼어(1억 6천만), 사르다니아어(100만), 로만시어(5만)
Déu	카탈란어(700만)

Doue	브르통어(100만)
Dieu	프랑스어(2억 2천만), 프로방스어 (1천 2백만)
Dio	에스페란토어, 이탈리아어(6천만)
Dios	스페인어(2억 8천만), 타갈로그어 (5천만), 비시야어(1천 2백만), 케추아어(1천만)
Dioz	마야어(50만)
Dievs	라트비아어(200만)
Dievas	리두아니아어(300만)
Theos	그리스어(1천만), 고전 그리이스어

결국 9억에 가까운 사람들이 하느님을 Deus 계통의 낱말로 일컫고 있는 것이다.

넷째, 원래 산스크리트어로 '하늘, 신'을 뜻하던 Deva는 인도 남부의 드라비다 계통의 여러 언어에서 사용된다. 주요한 언어는 Telugu어(5천 5백만), Tamil어(5천 5백만), Marathi어(5천만), Kannada어(2천 5백만), Malayalam어(2천 5백만) 등으로 총 사용 인구는 2억을 넘는다.

다섯째, God는 잘 알려진 대로 영어를 중심으로 한 게르만 어파와 그 영향을 받은 언어에 널리 분포되어 있는 '하느님'이란 말이다. 그 변이형과 주요 언어명을 들어보면 다음과 같다.

God	영어(3억 3천만), 네덜란드어(2천만), 아프리칸어(5백만), 프리지아어(35만)
Gud	스웨덴어(850만), 덴마크어(5백만), 노르웨이어(450만), 아이슬란드어(25만)
Got	Yiddish어(50만)
Gott	독일어(1억)
Gudib	에스키모어(9만)

이밖에 Goda, Gado, Godim, Kot 등의 변이형까지 포함하여 이 계통의 어휘를 쓰는 언어 사용자는 5억이 넘는다.

여섯째, Ishwar도 역시 산스크리트어 iśvara에서 온 말로 브라만교의 우주 창조신 이름이었다. 인도 북부 전역에서 6억 가까운 사람들이 이 낱말로 '하느님'을 나타내고 있는데, 이 어휘를 쓰는 대표적인 언어 중에서 사용 인구가 1천만 명이 넘는 언어만 들어 보면 Hindi어(2억), Bengal어(1억5천만), Punjab어(7천만), Bihar어(6천 5백만), Gujarat어(3천 5백만), Rajasthan어(2천 5백만), Bhojpur어(2천 3백만), Assam어(1천 1백만), Nepal어(1천만) 등이다.

일곱째, 중국에서 쓰고 있는 Shăng-di 또는 Tiān-zhŭ라는 낱말이 있다. 이 낱말은 중국 내 각

지역에 따라 상당히 다른 소리로 바뀌지만 한자로 적으면 모두 '上帝' 또는 '天主'가 된다. 중국 인구는 소수 민족을 포함해 10억이 넘으므로 하느님을 지칭하는 낱말 중에 세계에서 가장 많은 사람들이 쓰거나 이해하는 낱말은 바로 이 '上帝' 또는 '天主'라 할 수 있다. '上帝'는 개신교 성서에서, '天主'는 가톨릭 성서에서 사용된다.

이밖에도 널리 분포되어 있는 '하느님'이란 말에 Arua 계통(남태평양 일대), Jumara 계통(에스토니아어, 핀란드어, 부랴트 몽고어 사용자), Khuda 계통(인도 북부, 파키스탄, 중동 지역의 회교도), Leza 계통(잠비아, 콩고 일대), Mulungu 계통(남동 아프리카), Nzambi 계통(중서 아프리카), Pathian 계통(인도 북동부, 버마 일대) 등이 있다.

3) 동아시아의 '하느님'이라는 말

많은 언어에 분포되어 있거나 반드시 많은 수의 사람들이 쓰는 것은 아니지만, 한국어 주위 동양권 언어의 성서에서 사용되고 있는 '하느님'이란 낱말을 찾아보기로 한다.

우선 일본어에서 쓰이는 Kami라는 말은 그 원

뜻은 알 수 없으나 가톨릭과 개신교의 성서에 공통으로 쓰이는 '하느님'이란 뜻의 낱말이다. 이 낱말과 관련 있다고 믿어지는 것이 아이누인들이 쓰던 Kamui라는 말이다. 이 아이누인은 과거에는 일본 전토에 분포되어 있었으나 20세기 초까지 일본 북쪽 홋카이도에 소수가 거주하면서 아이누어를 사용하고 있었는데, 현재 그 민족은 남아 있지만 아이누어는 완전히 소멸되어 버렸다. 흥미 있는 것은 Kamui가 '곰熊'이란 뜻도 갖고 있다는 것이다. 일본어의 유일한 자매어(Sister langugge)라고 할 수 있는 류쿠어琉球語(오키나와의 일본어) 성서에서는 하느님을 Shōtei(上帝)라 부르고 있다.

역시 지금은 거의 소멸되었지만 과거 청나라의 공용어였던 만주어로는 하느님을 Abkai Ejen이라 불렀다. 그 뜻은 '하늘의 주인天主'이다. 또한 가톨릭 측의 만주어 성서에는 이 낱말과 아울러 가끔 Deus라는 라틴어를 그대로 쓴 일도 있었다.

몽고어는 많은 방언 성서를 갖고 있지만, 하느님을 뜻하는 가장 대표적인 어형은 Burhan이다. 이 말은 원래 '부처'를 뜻하는 말로서 직역하면 '불제佛帝'란 뜻이 된다. 몽고어의 부랴트 방언(중국 깐수성의 몽고어) 성서에서는 '하느님'을 Burhan

이란 말 외에 Yūma라고도 적고 있는데, 이것은 우랄 어족의 언어에서 차용한 것으로 믿어진다.

몽고어파의 Burhan이란 말은 퉁구스 어족의 언어에 흘러 들어가 Burkān, Burkă, Bukkă, Berhe 등으로 사용되었으나, 이 퉁구스족들은 기록된 성서라고는 만주어 성서밖에 가지지를 못하였다. 다만 1880년 러시아 동방교회에서 라무트어(퉁구스 어파의 한 언어)로 마태오 복음서를 번역하여 출판한 일이 있는데, 이 성서에서는 하느님을 Hewki라고 번역해 놓았다. Hewki란 말의 원 뜻은 '사슴鹿'으로서, 아이누인들의 '하느님'이란 말인 Kamui가 '곰熊'의 뜻도 갖고 있는 것과 좋은 비교가 된다.

4) 한국어 성서에서의 '하느님'

마지막으로 한국어 성서에서 사용된 '하느님'이란 용어를 살펴보기로 하자.

우리 민족이 처음으로 접한 'Deus'의 개념은 중국어 '天主'라는 낱말을 통해서였다. 따라서 최초의 우리말 성서라고 할 수 있는 『성경 직히 광익』과 『성경 직히』 등에는 '텬쥬'라는 말이 사용되었다. 이 무렵(18세기 말~19세기 초)에는 이미 서울말에서 'ㄷ' 구개음화口蓋音化 현상이 완성된 뒤이므로 '텬쥬'의 발음은 현재의 '천주'와 가까웠을 것이다. 이 낱말은 '천주'로 고쳐져 한국 천주교 성서에서 1971년까지 계속 사용되어 왔다.

개신교 최초의 한글 성서인 『예수 셩교 누가 복음 젼서』, 『요안닉 복음 젼서』(각각 1882년)에서는 처음으로 '하느님'이라는 말이 등장하고, 곧 이어 나온 『뎨자 힝젹』(1883년)과 『요안닉 복음』(1883년), 『말코 복음』(1883년), 『맛딕 복음』(1884년)에는 '하나님'으로 바뀌어 표기된다. 그러나 이 무렵 나온 이수정李樹廷 번역의 『신약 마가젼 복음서 언히』에는 '신神'과 '텬쥬天主'라는 말이 등장하기도 했다. 그 후 1887년 발간된 최초의 한국 개신교 신약 성서인 『예수 셩교 젼서』(소위 Ross역 성서)에는 '하나님'으로 통일되었으나 1890년 아펜젤러 개역의 『누가 복음젼』에는 '하ᄂᆞ님'으로 표기가 변한 일도 있었다. 또 20세기 초까지 나온 개신교 번역 성서에 '샹뎨님'이란 말이 등장한 적도 있었고 국한문 성서에는 '上帝'란 말도 사용되었다. 개신교 성서에서 특기할 점은 1899년 한국 성공회에서 낸 『舊約撮要』와 1900년에 대영 성서공회에서 간행한 『신약 젼서』, 그리고 1902년 성공회의 『聖經要課』에 '텬쥬'란 말이 사용되었다는 사실이다.

1970년대에 들어와 신구교 공동 번역이 나옴으로써 한국 가톨릭 성서에서 '천주'라는 말이 '하느님'으로 대치되었고, 개신교에서는 1938년 공인 신구약 성서가 나온 이래 현재까지 '하나님'이라는 말을 사용하고 있다. 또 하나, 1981년 나온 우리나라 유일의 방언 성서인 『제주 방언 성경 마가복음』에는 '하늘님'이라는 용어가 사용되고 있어 이채를 띤다.

결국, 이 땅에 복음이 전해져 우리 민족이 성서를 번역하기 시작한 이래 지금까지 성서에서 사용된 Deus(Θεός)라는 뜻의 말은 '天主, 텬쥬, 천주 ; 上帝, 샹뎨님 ; 신神 ; 하느님, 하ᄂᆞ님, 하나님, 하늘님' 등이었으며, 현재에는 '하느님, 하나님'의 두 가지가 쓰이고 있는 셈이다. 그러나 한국어의 역사적인 면이나 의미상으로 보아 이것은 '하느님'으로 표기함이 옳다는 것을 덧붙이고 싶다.

(『성서와 함께』 145, 146호, 1988. 4. 1. 1988. 5. 1.)

성서와 함께

내가 맨 처음 성서라는 책을 접한 것은 한글을 겨우 해독할 무렵인 유치원 시절로 기억한다. 그 무렵 아버님의 서가에 꽂혀 있던 이상한 제본과 장정의 책에 눈이 끌려 뽑아 든 책은 "太初에 하ᄂᆞ님이 天地를 創造하시다"로 시작되는 개신교회의 『新舊約全書』였다. 한자와 한글 옛 글자가 뒤섞인 이 책에 흥미가 생길 리 없었으나 이 책 사이사이에 끼워져 있는 몇 장의 채색된 성서 지도가 나의 관심을 끌었다. 울긋불긋하게 채색된, 그러면서도 보통의 지도책이나 그림책과는 어딘가 다르게 느껴지는 이 책이 '하느님의 말씀'과 '예수님의 생애'가 담긴 '성경책'이라는 것을 아버님이 설명해 주셨고, 이상하게 마음을 끄는 이 책은 그 후 심심할 때면 꺼내 구경하는 나의 '그림책'이 되었다. 그리고 이 책이 영국 선교사 게일 박사가 번역한 한국 최초의 사역私譯 성서였음을 안 것은 훨씬 세월이 흐른 뒤의 일이었다.

내가 이 이상한 책에 관심을 갖는 것을 아신 아버님께서 어느 날 "저 책은 예수교 성경이니까 저것을 보지 말고 이것을 읽도록 해라." 하시며 주신 책이 바로 지금껏 내 생의 반려가 되었던 한국 천주교회 최초의 신약인 『四史聖書』와 『서간·묵시편』의 합본서였던 것이다. 지금 생각해보면 내 아버님은 그 당시로서는 아주 특이한 신자셨던 듯하다. 그때는 천주교 신자에게는 금서禁書에 속했던 개신교 성서를 갖고 계신 것도 그렇고, 내게 묵주 신공(로사리오 기도)을 하라는 말씀은 한 번도 안 하셨으면서 성서는 열심히 읽으라고 하셨던 것이다. 신약을 다 읽은 초등 학교 졸업 무렵 아버님은 『성교 감략』이란 작은 책을 주시며 "이 책은 구약과 교회사를 겸한 책이니 이것도 계속 읽어라."고 하셨는데, 옛 철자법에다 띄어쓰기마저 안 되어 있는 이 책을 읽는 일은 굉장한 고역이었으나 이것이 나와 구약과의 첫 만남이 된 셈이었다. 신약을 몇 번 다 읽고 나니까 구약이 읽고 싶어졌으나 '예수교 성경'을 읽으면 '대죄'가 된다는 신부님의 말씀이 두려워 아버님의 장서인 게일의 성서에는 손을 대지 못한 채 고등학생이 되었는데, 고교 1학년 때 나온 선종완 신부님의 『창세기』는 얼마나 큰 환희였던지!

계속 나온 선 신부님의 구약 성서는 출간되는

족족 사 읽었고, 덕분에 이제는 희귀본이 되어 버린 그 초판들을 간직하고 있는 기쁨도 누리게 되었다.

이승훈의 영세 이후 193년 만에 나온『공동 번역 성서』는 나의 VADE MECUM 중의 하나. 많은 크리스천들이 이러하듯 내가 읽은 책 중에 성서만큼 되풀이해 읽은 책도 없고, 성서만큼 내게 영향을 미친 책도 없으리라.

나는 신자 대학생들에게 꼭 성서를 완독完讀하기를 권하고 싶다. 한번 읽기가 끝나면 성서 입문서나 성서 주해서를 읽고, 다시 성서를 창세기부터 묵시록까지 꾸준히 거듭 읽으라고 권하고 싶다. 성서를 한 번 다 읽고 난 후와 두 번 읽고 난 후, 세 번 읽고 난 후의 느낌이 서로 같지 않음도 체험해 볼 것이다. 대학생 신자라면 성서를 계속해 읽어야 한다. 신입생 신자는 오늘부터라도 성서를 읽기 시작해서 졸업 때까지 적어도 신구약을 두 번은 읽도록 하자. 적어도 성서를 두 번만 정독한다면 여러분의 생애에서 성서는 결코 떠나지 않을 것이고, '성서와 함께'하는 생활이 되리라 단언하고 싶다. 그 안에는 '지혜와 지식의 온갖 보화가 감추어져'(골로사이 2, 3) 있기 때문인 것이다.

(『주춧돌』 45호, 1992. 3. 2.)

부활과 성서

모든 전례력(liturgical calendar)의 축일들 중에서 부활절과 관련된 축일들이 가장 성서적(Biblical)이라는 점은 누구나 수긍할 것이다. 우선 우리 교회의 이른바 4대 축일이라고 하는 예수 성탄, 예수 부활, 성령 강림, 성모 승천의 네 축일만 봐도 그렇다.

이 4대 축일 중, 우리가 잘 아는 예수 성탄에 관한 설화는 루가 복음서에만 언급되어 있고, 성령 강림 사건은 사도 행전 2장에만 짤막하게 나올 뿐이다. 성모 승천 사건은 성서에 나오는 이야기가 아니라 잘 알려져 있는 대로, 교회의 거룩한 전통에 바탕하고 있는 것이다.

그러한데, 예수님의 부활절에 관한 기사는 네 복음서가 한결같이, 그리고 그것도 상당히 자세하게 보고하고 있고, 따라서 부활절을 전후해서 부활과 관계 있는 전례 - 예컨대 예수 수난과 부활과 승천을 기억하는 전례 - 때에는 우리는 아주 감동적이고 상세한 성서 구절에 접할 수 있게 되는 것이다. 나는 예수님의 부활 무렵의 전례(성주간 전례)

중에는 무엇보다 내가 좋아하는 성서에 더 많이 접할 수 있게 되어 나는 이 시기를 정말 좋아한다.

부활절 전례와 관계되는 성서 구절 중에서 내가 특히 좋아하고 나에게 가장 감동적인 부분은, 빈 무덤 안에서 막달라 여자 마리아가 혼자 예수님과 만나는 장면을 묘사한 요한 복음서 20장이다. 존경하고 사랑하던 스승 예수가 어이없이 십자가 위에서 돌아가시자 절망과 비탄에 빠졌고, 다시 안식일 다음날 예수님의 무덤을 찾아와 그 시신에 향료를 바르고자 했던 그녀에게 놀랍게도 시신이 사라져 버린 사건이 알려졌던 것이다.

더 없는 절망과 슬픔에 울고 있는 그녀에게–그녀 혼자만에게–그토록 사랑하던 예수님이 나타나 주신 것이다. “마리아야!”라고 하는, 꿈에도 잊지 못할 다정한 그분의 목소리와 함께……. 바로 그 목소리의 주인공이 스승 예수님이라는 사실을 순간적으로 알아차린 그녀는 히브리말로 “라뽀니(선생님!)” 하고 스승을 붙잡으려 한다. 그러자 스승 예수는 “나를 붙잡지 말고(놀리 메 탄제레!) 어서 내 형제들을 찾아 가거라.”라고 마리아에게 타이르신다. 그리스말로 씌어진 요한 복음서에서 이 대목의 마리아의 말 ‘선생님’만을 히브리말로 적어 둔 것도 인상적이다(사실은 '라뽀니'는 히브리말이 아니라 아람말이다. 그리고 아람말은 예수님께서 사용하시던 말이고, 그 시대 그 지역에서 통용되던 말이므로, 평소 막달라 마리아가 늘 예수님을 부를 때 쓰던 말이 되는 것이다).

이 장면을 이탈리아의 화가 조토(Giotto di Bondone)는 '놀리 메 탄제레(Noli me tangere)'라는 이름의 그림 속에 남겨 두었다. 어쨌든 우리에게 더없는 은총과 감동을 주는 부활 사건은, 가장 성서적이기 때문에 더욱 감동스럽다. 복음서의 기록자도 그런 느낌 속에서 이 대목을 기록했음을 여실히 느끼게 한다.

어느 성서 사건과 어느 성서 구절이 감동적이 아닐 수 있으랴마는, 부활 사건 특히 이 '놀리 메 탄제레' 장면이 나에게는 더 없이 매혹적인 것이다.

"몇 권의 책만 가지고 무인도에 들어가게 된다면 무슨 책을 선택하겠느냐?"는 질문이 나에게 주어진다면 나는 서슴지 않고 『셉투아진타 성서』와 『불가타 성서』와 『UBS의 그리스말 신약 성서』를 택한다고 말하겠다.

(『주춧돌』 133호, 1999. 4. 1.)

성서의 번역과 수집

사람들이 언제부터 문학 작품의 번역을 시작하였는지 알지 못하지만, 이런 작업을 시작하고부터 지금까지 가장 많은 언어로 번역된 문학 작품이 그리스도교의 성서라는 사실은 많은 사람들이 잘 알고 있을 것이다. 최근 세계 성서 공회 연합회(United Bible Society)에서 발표한 바에 따르면 2000년 12월말 현재, 성서의 일부만이라도 번역된 언어의 수는 2,261개에 이른다고 하였다. 그리고 이것은 1999년 말보다 28개 언어가 늘어난 숫자라고 한다. 각국의 기독교 성서 공회에서는 이렇게 성서를 여러 언어로 번역하는 작업을 부지런히 하고 있다. 그것은 물론 그리스도의 가르침을 각자의 모국어로 읽어 쉽게 이해시키고자 하는 선교적 목적 때문이다.

그런데 이 지구상에는 얼마나 많은 언어와 문자가 있는 것일까? 언어학자들은 현재 사용되고 있는 모든 언어의 수를 4,500개에서 6,500개 정도로 잡고 있다. 지금까지 가장 많은 언어의 이름과 그들 언어에 관한 계통 문제를 밝힌 언어학자는 미국 스탠퍼드 대학의 언어학 교수인 룰런(M. Ruhlen)인데, 그는 1987년의 저서 『세계 언어 입문(A Guide to the World's Languages)』에서 모두 4,796개의 언어 이름을 들고 이 언어들을 17개의 그룹으로 분류해 두었다. 이것은 필자가 알기로 지금껏 가장 많은 언어의 이름을 들고 그것들을 분류해 둔 일이라 생각된다.

필자는 대학 시절부터 비교 언어학과 비교 문자학에 관심을 가져 세계의 언어와 문자 자료를 수집해 왔다. 그러다가 언제부터인가 세계의 언어와 문자 자료의 가장 효율적인 수집 방법이 바로 각국어 성어를 모으는 길임을 깨닫고, 세계 여러 언어로 번역된 성서를 모으기 시작했다. 외국을 여행하면 먼저 그 지역에서 그 곳 언어로 출판된 성서를 구입하였고, 또 외국으로 가는 친구에게나 외국에 거주하는 친지들에게 그 지역 언어로 된 성서를 구해 달라고 부탁하기도 하였다. 필자가 여행한 곳 중에서 가장 많은 언어의 성서를 구한 곳은 뉴델리와 홍콩에서였다. 다양한 언어들의 중심 도시인 뉴델리의 인도 성서 공회(Bible Society of India)와 오랜 역사를 지닌 홍콩 성서 공회(Hong Kong Bible Society) 자료실에는 참으로 많은 언어와 방언으로 번역된 성서들이 비치되어 있었고, 이곳에서 쉽게 많은 언어의 성서들을 구할 수 있었던 것이다. 이리하여 이제는 전 세계 주요 언어의 성서는 거의 소장하게 되었고, 소수 민족의 언어나 방언으로 번역된 성서도 상당히 얻을 수 있게 된 것이다.

앞으로 시간과 경제와 건강이 허락한다면 한 1년 정도 기간을 잡아 온 세계를 여행하면서 지금까지 번역·출판된 각국의 성서를 모두 구해 보고 싶다. 필자는 할아버지 때부터 천주교를 믿어 왔기 때문에 천주교 성서를 열심히 수집했었는데, 이제 천주교 성서뿐만 아니라 그리스와 러시아 정교회 등 다른 그리스도 교회의 성서도 함께 구하고 싶은 욕망이 생긴다. 비록 종교적인 이유라 하더라도, 인간의 번역 활동이 얼마나 줄기찬 것인지, 세계 언어와 문자의 모습이 얼마나 다양한 것인지 알고 싶고, 언젠가 이들을 모두 한눈에 볼 수 있도록 정리해 두고 싶기 때문이다.

(『월간 하늘북』 7호, 2001. 6. 1.)

미사 통상문 개정안 의견서 (상)

한국 천주교 주교 회의 전례 위원회에서 이번에 미사 통상문 개정안(공동체 미사 차례)을 많은 작업을 거쳐 공시했다.

제2차 바티칸 공의회 이후 공의회의 현대화 정신에 따라 새 미사 통상문(ORDO MISSAE)이 제정되고, 한국 천주교 주교 회의에서도 현대 한국어에 맞는 미사 통상문을 제정한 이래 20년 이상 써오던 기도문을 세계 성체 대회를 계기로 개정하게 된 것이라 한다.

1968년 현행 미사 통상문을 제정한 이후 부분적인 수정이 없었던 바 아니나, 어법상으로나 어감·문체상으로 불합리하고 어색한 점을 그대로 둔 채, 현행 미사 통상문이 신자들의 입에 익어버려 통용되어 왔었는데, 이번에 과감히 개정하기로 결정한 것을 크게 환영하는 바이다. 기도문은 한번 제정되면 쉽게 신자들에게 관용화하기 때문에 개정이 쉽지 않은 점을 감안하여, 이번 기회에 불합리하고 어색한 점을 철저히 배제하고 아름다운 기도문이 되어 주기를 바라는 마음에서 필자는 나름의 전공 지식을 총동원하여 개정안을 검토하고 여러 차례의 토론과 의견 청취(특히 기도문에 습관화되지 않은 새 영세자들의 의견을 많이 들었음)를 거쳐 다음의 건의안을 제시한다.

이 건의안을 작성하는 기본 태도는 다음과 같았다.

① 현대 한국어법에 맞지 않은 것(특히 경어법·호응)은 과감히 수정한다.
② 공적인 미사 전례에 쓰이는 것이므로 하느님을 최고의 경어체로 표현한다.
③ 천주교회만이 써 오던 관습적인 용어는, 교회 밖에 같은 용어가 있을 때 과감히 교체한다.
④ 새 맞춤법·표준어 규정에 따른다.
⑤ 개정안과 상관없이 라틴어·영어·일본어 기도문(현행)을 번역에 참고한다.

이상의 원칙에 따라 건의안을 요약하면 다음과 같다.

(1) '천주'와 '하느님'의 통일 : 한국 천주 교회에서 전통적으로 써 오던 '천주'란 용어는 제2차 바티칸 공의회 직후 '하느님'으로 바뀌었다. 그런데 지금껏 각종 기도문에는 '천주'란 말이 그대로

쓰였는데 이번 개정안에는 두 가지 용어가 함께 쓰이고 있어 신자들에게 혼란을 일으킬 염려가 있다. 이번 기회에 '하느님' 하나로 완전 통일하는 것이 좋겠다. 라틴어 원문도 DEUS로만 일관되어 있고 영어·일본어 기도문도 마찬가지다.

(2) '주'와 '주님'의 통일 : '주'란 말은 복합어의 경우(예컨대 '주 예수 그리스도')에만 쓰고 홀로 쓰일 때는 '주님'으로 표현해야 한다.

(3) 호격呼格 사용 : 현대 한국어에서는 원칙적으로 손윗사람을 부를 때는 호격 조사를 붙이지 않는다. '-여'라는 호격 조사도 경어법에서 사용되어서는 안 되고, 꼭 쓰려면 '-이시여, -시여'라는 조사를 붙여야 한다. '주여'라는 말은 너무 관용적이어서 우리가 잘 느끼지는 못하고 있지만 사실은 경어법상으로 보아 아주 잘못된 표현이다. '주님'으로 족하고, 꼭 호격 조사를 함께 쓰려면 '주님이시여'가 옳다.

(4) '-나이다'와 '-(으)옵니다' : '-나이다'는 15세기 한국어의 'ᄂᆞ이다'가 변한 말로서, 15세기에는 경어체였으나 현재는 의고적擬古的 문체로만 사용될 뿐 경어의 의미는 상실되었다. 이 역시 기도문에서만 관용적으로 사용되는 표현인데 의고적

인 것을 경어적인 것으로 착각하고 있는 것이다. '-(으)옵니다'로 바꾸어야 한다.

(5) '하소서'와 '하시옵소서', '해 주시옵소서' : '하소서'는 경어체이기는 하나 상대를 크게 높이는 말이 아니기 때문에 하느님께는 '하시옵소서'가 옳다. 하느님께 직접적으로 부탁할 때는 '해 주시옵소서'로 표현해야 한다.

(6) '아버지'와 '아버님' : 하느님이란 어휘에 걸맞은 표현은 '아버님'이다. 경상도에서는 '아버님'을 며느리가 시아버지에게만 쓰는 것으로 알고 있으나 표준적으로는 '아버지'의 경칭이 '아버님'이다. 더군다나 하느님을 부를 때는 '아버님'이라고 하는 것이 전례 정신에도 맞는다. 공적인 전례 행위에서는 하느님께 최대의 공경적 표현을 보여야 한다.

(7) 경어적 조사敬語的 助詞 : 하느님이나 그리스도께 어울리는 경어적 조사는 '-께서, -께서는, -께서도, -이시여' 등이다.

(8) 기타 어휘 : '사흗날'은 조어적造語的이다. '사흘째 날, 3일째 날'도 좋으나 '셋째 날'로 족하다. '공번된'은 폐어적廢語的이다. 한자말이기는 하지만 '보편적'으로 바꿈이 더 현실적이다.

'교황'이란 말이 '법왕法王'을 몰아내고 교회 안팎에서 관용화되었다. 새로 원어의 뜻을 살려 말을 만들려면, 차라리 의미의 혼란이 있더라도 '교부敎父'가 더 좋지 않을까 한다. '없이 하다'보다는 현행 '없애다'가 더 친근감을 주며, '전구자傳救者'는 의미가 정확하지 않더라도 '중재자仲裁者'가 무난할 것 같다.

'당신'이란 말을 3인칭에서 쓸 때 퍽 품위 있게 들리지만 너무 자주 쓰지 말 것이고, 2인칭과 혼동될 염려가 있을 때에는 쓰지 않아야 할 것이다. 예컨대 주례 사제가 향을 올리는 부제를 축복하는 말은 '주님께서 당신의 마음과 입을 깨끗하게 하시어 주님의 복음을 온전히 선포하게 해 주시옵기를 비옵니다.'로 고침이 더 좋겠다(개정안의 '오롯이'란 말은 '호젓하게, 고요하고 쓸쓸하게'라는 뜻이므로 잘못 쓴 것임). 성호경은 영어와 일본어 번역처럼 과감하게 '아버님과 아드님과 성령의 이름으로'라고 고쳐보면 어떨는지? 그렇다면 '성부, 성자'라는 용어도 일제히 고쳐야 한다.

(『가톨릭 신문』 1666호, 1989. 8. 6.)

미사 통상문 개정안 의견서 (하)

이상의 기준에 따라 대영광송 전문을 고쳐 적어 보면 다음과 같다.

"하늘 높은 데서는 하느님께 영광을! 땅에서는 주님께서 사랑하시는 사람들에게 평화를!

주 하느님, 하늘의 임금님이시여, 전능하신 하느님 성부시여(혹은 '하느님 아버님'), 주님을 기리옵니다. 찬미하옵니다. 주님을 흠숭하옵니다. 찬양하옵니다. 주님 영광 크시오니 감사하옵니다. 주님이시여, 외아드님 예수 그리스도시여. 주 하느님, 성부의 (또는 '아버님의') 아드님이시여, 하느님의 어린 양이시여, 세상의 죄를 없애시는 주님, 저희의 축원을 들어 주시옵소서. 성부(또는 '아버님') 오른편에 앉아 계시는 주님, 저희에게 자비를 베푸시옵소서. 예수 그리스도시여, 주님만 거룩하시고, 주님만 임금이시며, 주님만 드높으시니(일본 번역을 따름), 성령과 함께 하느님 성부의 (또는 '아버님의') 영광 안에 계시옵니다. 아멘"

신경信經과 사도 신경使徒信經은 우리의 번역이 신학적으로 잘못된 것이다. 이 기도문은 하느님께 신앙 고백을 하는 것이 아니라 신도들끼리 서로 신앙을 고백하는 것이므로, 기도문 속에 하느님을

2인칭이 아닌 3인칭으로(cujus regni, filium ejus unicum) 표현하고 있는 것이다. 따라서 신경과 사도 신경의 문체는 다른 기도문(하느님께 바치는 기도문)과는 달라야 한다. 사도 신경의 수정안을 다음에 예시한다.

"전능하신 하느님 성부(또는 '아버님'), 천지의 창조주를 나는 믿습니다. 그분의 외아드님 우리 주 예수 그리스도께서는, 성령으로 동정녀 마리아께 잉태되어 나셨고, 본시오 빌라도 때에 고난을 받으셨고, 십자가에 못박혀 죽으시고(또는 '돌아가시고'?) 묻히셨으며, 고성소에 내리셨고, 셋째 날에 죽은 사람들 중에서 부활하셨고, 하늘에 올라가셨으며, 전능하신 하느님 성부(또는 '아버님') 오른편에 앉으셨고, 다시 산 사람과 죽은 사람들을 심판하러 오시리라 나는 믿습니다. 성령을 믿으며 거룩하고 보편된 교회와 모든 성인들의 통공通功을 믿으며, 죄의 사해짐과 육체의 부활을 믿으며, 영원한 삶을 나는 믿습니다. 아멘."

주교 회의 전례 위원회에서는 1년간 검토를 하였고 국문학자들에게 자문하였다 하나 자세히 살펴보면 문제점이 더 있을 수 있으므로 너무 성급히 확정하지 말고 좀 더 많은 의견을 청취하여 결정해 주기를 바라는 바이다. 그리고 최종 확정 단계에서는 반드시 많은 국어학자와 시인·작가를 참여하게 하여 문장을 보다 더 아름답게 다듬어 주었으면 하는 바람이 크다. 또, 한자漢字를 이해하는 세대를 위해 사회에서 통용되지 않는 한자말(예컨대 '통공')은 한자를 병기倂記해 주면 어떨까 하는 생각도 든다.

이 밖에 확신은 서지 않았으나 필자의 의견을 추가로 제시하면 다음과 같다.

(1) 참회 셋째 양식의 '진심으로 뉘우치는 사람을 용서하며 용서하러 오신'에서 '용서하며'는 불필요하다.

(2) '제1 봉독'을 '첫 번째 말씀'으로 고침은 어떨까?

(3) '(　)가 전하는 거룩한 복음의 봉독'에서 '봉독'이란 말은 삭제하자.

(4) 예물 준비 기도 마지막 구절인 '주께서 사제의 손으로 바치는 이 성제를 받아들이시어'는 '사제의 손으로 바치는 이 성제를 주님께서 받아들이시어'로 고치는 것이 자연스럽고 의미도 명확하다.

(5) COLLECT를 '모음 기도'로 옮겼는데 의미 파악이 힘들다. '집회 기도'는 어떨까 한다.

(6) 감사와 축성 제문에서 '빵을 들고 감사를

드리신 다음 나누어, 제자들에게 나누어 주시며……'에서 '나누어'는 불필요한 말이다.

(7) 전구 부분에서 '영원으로부터'는 의미가 불명확하므로 '영원히'로 바꿈이 좋겠다.

(8) 성찬 전 기도에서 '제 영혼이 곧 나으리이다'는 '나을 것입니다'로 바꾸어야 한다.

(9) 성찬 음복에서 꼭 '음복'이란 말이 필요할까?

(10) '영생의 신약'은 '영원한 생명의 양식'으로 고치자.

(『가톨릭신문』 1667호, 1989. 8. 13.)

[덧붙임 : 한국 천주교회의 새 미사 통상문은 1996년 12월 1일부터 시행되었는데, 위의 글에 나오는 필자의 주장이 상당수 반영되었다.]

평신자가 바라는 새로운 성서
-『공동 번역 성서』 개정 소식을 듣고-

1977년 부활절을 기해서 출판된 대한 성서 공회의 『공동 번역 성서』는 한국 가톨릭 교회와 개신교회가 협력하여 공동으로 번역한 최초의 성서라는 획기성 이외에도, 한국 가톨릭 교회 최초의 구약 성서 완역판 출간이라는 점에서 가톨릭 신자들의 커다란 관심과 환영을 받았었다. 사실 우리 가톨릭 신자들에게는, 신구교 합작의 공동 번역 성서가 나왔다는 에큐메니즘적인 의의보다도 한 권의 완전한 신구약 성서를 가질 수 있게 되었다는 데서 더 큰 기쁨과 설렘을 느꼈던 것이다. 이런 상황에서 나타난 『공동 번역 성서』는 출간 즉시 선풍적인 신자들의 관심을 모았고, 특히 가톨릭 신자들은 이 성서를 갖지 않은 가정이 없을 정도로 많이 구입해 온 것으로 알고 있다. 필자가 아는 한, 1977년 4월에 초판이 나오고 18년이 채 안 된 1995년 2월로서 무려 110판을 찍었으니, 이 만한 성서 보급률은 모르긴 몰라도 이 시대의 온 세계에서도 유례를 찾기 힘든 일이 아닌가 싶고, 또 그 구독자의 대부분은 우리 가톨릭 신자라고 믿어지므로 "천주교 신자들은 성서를 안 읽는다."라는 말이 참으로 옛적의 이야기구나 싶어지는 것이다.

그런데 최근 대한 성서 공회 측으로부터, 이 『공동 번역 성서』의 개정 작업이 추진되고 있으며 그것도 우리 가톨릭 교회 쪽의 요청에 의해 이뤄지는 것이라는 이야기를 듣고, 이러한 개정 작업이 너무 늦은 감이 없진 않지만 크게 환영할 일이라 생각되어, 실무를 맡으신 분들께 성서학 전문가가 아닌 평신자의 처지에서 한두 마디 건의 말씀을 드리고자 하는 바이다.

우선 이 개정 작업이 '너무 늦었다'고 말하는 이유부터 간단히 첨언添言하고자 한다. 이 성서가 처음 나오자마자 필자는 문자 그대로 환호작약歡呼雀躍하며 성서를 통독하였고, 다 읽은 후 몇 가지 소감과 건의를 '공동 번역 성서 개편론'이라는 제목으로 『가톨릭 신문』 제1072호(1977년 9월 11일자) 제2면에 게재한 바 있었다. 그때의 개편 건의 내용은 대체로 다음과 같은 3가지였다. 첫째, 제2경전을 따로 분리시키지 말고 구약 성서 안에 포함시키자, 둘째, '출애굽기'는 한국 개신교회에서만 쓰는 국적 불명의 표기이니 '출애급기'로 바꾸자, 셋째, 책 맨 뒤의 성서 지도에 나오는 지명 표기가 『공동 번역 성서』 본문의 지명과 다르게 한국 개신교 성서의 표기로 되어 있어 무용지물이니(예컨대 성서 본문에는 '트라코니티스'로 되어 있는데 지도에는 '드라고닛'으로 되어 있었음) 이런 지명 표기를 성서 본문의 표기와 일치시키자는 것이었다. 그러나 이런 건의를 한 지 18년이나 되었으나 이 중 첫째, 둘째의 것은 받아들여지지 않은 채 이 성서는 110판까지 나왔고(모르긴 몰라도 그 대부분은 가톨릭 신자들이 구입한 것이다), 셋째 주장만은 30판이나 찍은 뒤인 1980년대 중반에 와서야 고쳐져 나왔던 것이다. 그랬는데 1988년 한글 맞춤법이 개정되자 어차피 이 성서도 새 맞춤법에 따라 바꾸어야 했기에 개정 작업을 추진하게 된 듯한데, 개정하는 김에 일부 미흡한 번역을 다시 손질하고 또 제2 경전의 '에스델서', '다니엘서'처럼 장절章節이 혼란스러운 것처럼 되어 있는 부분을 바꾸어 다시 편집하는 것으로 전해지고 있다.

위에서 이 개정 작업이 너무 늦어졌다고 한 이유는 1988년 맞춤법이 바뀐 지 7년이나 되었다는 점 외에도 110판이나 나온 뒤에야 이 일이 이루어진다는 점 때문인 것이다. 그러나 어쨌든 이제라도 개정 작업을 추진하게 된 것은 무척 다행스러운 일이겠기에, 관여하시는 분들의 건투健鬪와 하느님의 강복降福을 빌며, 몇 가지 '성서를 사랑하는 한 평신자'의 의견을 다시 말씀드리고자 하는 것이다.

이 공동 번역 성서의 특점特點은 머리말(이것도 이 성서에는 '머릿말'로 잘못 표기되어 있다. 이번 기회에 고쳐야 한다)에서 밝힌 대로, 번역의 원칙이 "축자적 번역이나 형식적인 일치(formal correspondence)를 피하고 내용의 동등성(dynamic equivalence)을 취한" 점이다. 이렇게 의역意譯했다는 이유 때문에 이 성서를 배척하는 이들이 많다는 말을 듣고 있지만, 이 글의 필자는 몇 가지 종류의 책을 번역하면서 터득한 경험에서도 그렇고, 또 필자가 공부한 바 있는 번역학의 기본 태도도 그렇듯이 '모든 번역은 원칙적으로 의역을 함으로써 독자들이 원문을 읽는 사람과 같은 내용을 파악할 수 있도록' 하여야 한다고 확신하고 있다. 다만 같은 계통의 언어일 경우에는 직역直譯이 더 많은 정보와 미묘한 어감을 전달하기는 하지만, 한국어의 경우에는 한국어의 자매어姉妹語라 할 만한 언어가 존재하지 않으므로 한국어로 번역할 경우에는 항상 의역하지 않으면 안 되는 것이다. 한국어와 구조적으로 유사한 일본어나 몽고어・만주어로부터의 번역도 마찬가지로 의역함이 옳다고 필자는 믿고 있다. 성서와 같은 종교 경전經典인 경우는 절대로 직역해야 한다는 주장이 없는 바 아니나, 이것도 사실은 잘못된 권위주의적 편견에서 나온 것으로 보인다. 하물며 우리와, 언어 구조 및 문화적 배경이 판이判異하고 사고 방식과 생활 모습이 크게 다른 셈 계통(Semitic)의 언어나 인도 유럽 계통

(Indo-European)의 언어로 씌어져 있는 성서의 번역에서 직역을 주장하는 일은 '하느님의 말씀을 독점하여 대중을 무지하게 만드려는' 일부 종교 지식층의 봉건적 사고 방식의 발로發露라는 비난을 면하기 어렵다. 그런 점에서 『공동 번역 성서』의 번역 태도는 높이 평가 받을 만하고, 또 실제로 성서를 더 친근하고 깊이 있게 이해하려는 개신교 신자 중에서 『개역 성서』나 『표준 새 번역 성경전서』(1993년 번역)보다 이 『공동 번역 성서』를 읽고 있는 분들이 많이 있음을 필자는 잘 알고 있는 것이다.

이번 개정 작업에서 다시 한번 더 간절히 바라고 싶은 것은 구약과 신약 사이에 삽입되어 있는 소위 '제2 경전'을 구약 성서 속에 편입시켜 달라는 것이다. 우리 교회의 성서는 '구약'과 '신약'밖에 없다. 일시적으로 그 정전성正典性이 의심되었다 해도 엄연히 '제2 경전'은 우리 교회의 성서이고, 또 구약의 일부이다. 개신교와의 공동 작업이라는 문제 때문에 어쩔 수 없었다고 생각은 되지만, 적어도 가톨릭 신자용 성서에서만은 '제2 경전'에 속한 부분을 구약에 포함시켜 편집해야 하고 '제2 경전' 표시는 각주脚註 처리만으로 충분하리라 믿는다. 아울러 '성서 사본寫本 파편破片들'을 번역한 듯한 '에스델서'의 제2 경전 부분도 이번 기회에 불가타(Vulgata)본을 따라 재정비해 준다면, 다른 구약 성서 완역본을 갖지 못한 한국 가톨릭 평신자들에게는 더 큰 기쁨이 아닐 수 없을 것이다. 필자가 갖고 있는 셉투아진타(Septuaginta)본이나 불가타본은 말할 것도 없고 미국판(New American Bible 1976), 독일판(Die heilige Schrift des alten und des neuen Bundes 1954), 프랑스판(La Bible de Jerusalem 1986), 이탈리아판(La Sacra Bibbia 1986), 스페인판(La Santa Biblia 1988), 포르투갈판(Biblia Sagrada 1985), 폴란드판(Pismo Swiete 1984), 일본판(口語譯聖書 1978), 대만판(聖經 1984), 인도판(The Holy Bible 1980) 외에 심지어 헝가리어판(Biblia 1987), 힌디어판(Kita'b i Muqaddas 1985) 등등이 모두 제2 경전을 별도로 내세우지 않고 구약 성서 안에 넣어 두고 있다. 물론 구약의 텍스트를 마소라판(Masoretic Text in Hebraica)으로 결정한 이상 그 원본의 체재를 따를 수밖에 없었겠으나, '가톨릭 용'이라는 표지가 붙어 있는 이상 우리 교회 신자들에게 의혹(구약 성서와 별도로 제2 경전이라는 것이 있는가 하는 의혹)이 없도록 편집하는 융

통성이 있어야 하지 않을까 하는 바람이다.

주의 기도 끝 부분(마태오 복음 6장 13절)에서 원본에 없는 "나라와 권세와 영광이 영원토록 아버지의 것입니다. 아멘."을 삽입해 둔 것은 분명 개신교도를 위한 배려인데, 이 '가톨릭 용' 성서 전권을 통해 가톨릭 신자를 위한 배려는 아무리 찾아보려 해도 찾을 수가 없음은 무척 섭섭한 일이다. 예컨대, 의미가 다르다 하겠지만 필립비서 1장 1절의 '교회 지도자'(ἐπισκόποις)와 '보조자'(διακόνας)를 차라리 '주교'와 '부제'로 번역한다면 가톨릭 신자들에게는 훨씬 친근감이 들지 않을까? 그런데 I 디모테오 3장 1절에서는 ἐπισκόπῆς를 '감독'이라고 번역하고 있어서 또 혼란이 일어나고 있다(200주년 신약 성서에서는 이들을 모두 '감독', '봉사자'로 일관되게 번역하고 있다).

가톨릭 신자들을 언짢게 하는 또 다른 표현들은 도처에 나오는 '외경'이라는 낱말이다. 예컨대 구약 722, 755, 758, 759, 760, 763-5, 1464, 1482쪽의 각주에서 우리의 제2 경전을 외경外經이라고 부르고 있는데 이런 성서를 가톨릭 신자들이 20년 가까이 읽어 왔다는 것이 큰 문제가 아닐 수 없다. 또 룻기 1장 1절 각주의 '구교 · 신교'라는 표현도 고쳐졌으면 좋겠고, 느헤미야 11장 10절의 각주에 나오는 '대상 9, 10'이라는 표현도 '역대기 상 9, 10'을 나타내는 개신교식 약어이므로 우리에게는 생소할 뿐이다. 어쨌든 새로운 개정판에서는 모두 고려되어야 할 것으로 믿는다.

구약의 모세 5경 중 두번 째 책인 EXODUS (ἜΞΟΔΟΣ)를 개신교에서는 '출애굽기'라고 부르고 있다. 한국 천주교회의 선종완 신부님이 번역하신 구약 성서 제2편(1959년)에는 '출애급기出埃及記'라고 되어 있고 우리 교회에서는 그 이전부터 이렇게 일컬어 왔는데, 이것은 중국식 명칭에서 온 것이다. 일본에서도 '出埃及記'라고 써 오다가 근래에 와서 '出エジプト記'로 고쳐서 적고 있다. 『공동 번역 성서』의 고유 명사 표기법은 "1) 가톨릭·개신교의 용어가 같은 것은 그대로 두었고, 2) 그렇지 않은 것은 사전이나 교과서에서 쓰는 명칭을 따랐고, 3) 이 두 가지가 다 아닌 경우에는 원어의 발음을 따랐다."고 원칙을 세웠으나 '출애굽기'의 경우는 이 세 가지 원칙의 어느 하나에도 맞지 않는다. '애굽'이란 말은 한국 개신교에서만 써 오던 용어이므로 객관성 있는 표기인 '출애급기'로 고치자는 주장을 필자가 18년 전에 한 바 있으나 아

직 받아들여지지 않고 있는 것이다. 그런데 이번 개정의 기회에 차라리 '에집트 탈출기'나 그냥 '탈출기'로 했으면 어떨까 하는 생각도 든다. 생명의 말씀 사에서 1986년 펴낸 『현대인의 성경』에서 '이집트 탈출기'로 이름 붙인 것은 퍽 고무적이라 아니 할 수 없다.

성서 맨 뒤에 나오는 성서 지도의 지명 표기가 본문의 그것과 다르니까 지도의 표기를 고쳐 달라고 1977년 필자의 '공동 번역 성서 개편론'에서 10여 개의 예를 들면서 건의하였더니 거의 고쳐지긴 했으나, 그래도 아직 성서 본문과 다른 개신교 성서의 관습적인 지명(따라서 『공동 번역 성서』의 표기와 다른 지명)들이 눈에 띈다. 몇 개 지적하면 다음과 같다(묶음표 속이 『공동 번역 성서』의 표기임).

> 염해(사해, 짠물 호수), 이두매(에돔), 긴네렛(겐네사렛), 립나(리브나), 아벡(아베카), 숙곡(수꼿), 갓(가드)…….

이 중 '긴네렛'은 구약의 지명이고 신약에서는 '겐네사렛'으로 되어 있어 후자가 훨씬 많이 등장하는데, 신약 시대의 지도에 '긴네렛 호수'만 나오고 가톨릭 신자들 눈에 익은 '겐네사렛 호수'는 보이지 않는다. 지도에 '립나'와 '리브나'의 두 가지 표기가 나오는데, 비록 이 두 지명이 다른 곳이라 하더라도 성서 본문의 표기는 모두 '리브나'로만 되어 있음도 함께 지적해 둔다.

이번에 개정을 하게 되면 위에서 건의한 것 외에도 새로 개정된 맞춤법·띄어쓰기·표준어도 철저히 반영되기를 간절히 소망한다. 하나 덧붙일 것은, 현재의 성서는 다음과 같이 따옴표(" ") 안의 문장에서 마침표를 찍지 않고, 또 '라고, 하고'를 띄어 쓰고 있는데, 이것은 모두 잘못된 것이므로 꼭 다음과 같이 고쳐져야 한다는 점이다.

> 베드로는 "아니오" 하고 부인하였다. (X)
> 베드로는 "아니오."하고 부인하였다. (O)
>
> 이 말은 "소녀야, 어서 일어나거라" 라는 뜻이다. (X)
> 이 말은 "소녀야, 어서 일어나거라."라는 뜻이다. (O)

다시 한 번 이 거룩한 성서 개정 작업에 헌신하실 분들의 노고에 감사드리며, 그분들의 노력이 하느님의 돌보심에 힘입어 아름답고 이해하기 쉬운 우리말 성서를 완성시키시도록 기원하면서 글을 그친다.

(『가톨릭신문』 1979-1982호, 1995. 11. 19.-1995. 12. 10.)

[덧붙임 : 2005년 9월에 간행된 한국 천주교 주교 회의의 새로운 번역 『성경』에는 위에서 주장한 내용이 거의 그대로 반영되어 있다. 특히 '출애굽기'를 '탈출기'로 개명한 것은 획기적인 일이었는데, 위의 필자의 주장을 따른 것이다.]

가톨릭교회의 『제2 경전』

"기독교 성경을 권한다면 우스꽝스럽게 느낄지 모르지만 『제2 경전』이야말로 권장의 기쁨을 누리게 해줄 것 같다."며 『제2 경전』을 추천하는 김동소 교수(계명전문학교, 국어학)는 『제2 경전』을 권하는 이유가 반드시 종교적인데 있는 것은 아니라고 말한다. 굳이 이유를 든다면 개신교에서 금서시禁書視돼 왔고 가톨릭 일반 신자들도 별 관심을 갖지 않은 책이 작년 봄 완역된 게 무척 기쁘기 때문이란다.

"『제2 경전』은 가톨릭에서 구약 성서의 정경正

經으로 인정 받고 있지만 개신교에서는 외경外經이라 해서 구약 성서 목록에서 제외된 경전입니다. 그러나 『제2 경전』은 결코 이단 사설異端邪說을 말하는 책이 아닙니다."

신앙·박애·인내·효성·정절로 일관되는 '토비트'가家에 대한 여호와 하느님의 감격적인 보살핌을 적은 『토비트서』, 역사적인 사실과는 다르다고 하나 '유딧'이라는 여인으로 표상되는 유대인들의 고난과 하느님께 대한 신뢰심의 회복을 강조하는 『유딧서』, 『잠언서』보다 더 종교적이고 『전도서』보다 더 윤리적인 『지혜서』와 『집회서』, 젊은이들에게 교훈과 용기를 주는 『바룩서』 등 『제2 경전』은 고대 오리엔트의 지혜와 신앙의 결정체라 할 만하다고 김 교수는 말한다.

"특히 민족과 신앙을 위해 용감히 싸우는 '유다스·마카베우스' 형제의 영웅담을 실은 『마카베우스서』는 구약과 신약을 연결시켜 주는 신약 입문서"라고 김 교수는 덧붙인다. "학생 시절 영어와 일본어로 된 이들 『제2 경전』이나 또는 부분적으로 번역된 가톨릭 전례 중의 이 경전을 읽으면서 다른 구약 성서보다 더 박진적이고 실천 철학적이라는 느낌을 깊게 받았다."는 김 교수는 그 자신

가톨릭 신자여서가 아니라 성경이 영원한 베스트셀러이듯 『제2 경전』 역시 비신자에게도 좋은 책이 될 것임을 확신한다고 했다.

(『매일신문』 10544호, 1978. 10. 19.)

꼬리말을 대신하여

나의 생애와 학문

-김동소의 고별 강연-

제가 1965년 2월 24일 경북대학교 사범대학 국어과를 졸업한 이후 벌써 43년 몇 개월의 세월이 흘렀습니다. 이 기간 중 한국 예수회 수련원 생활 1년반(1971. 3.~1972. 7.)과 왜관 분도출판사 편집 및 번역원 생활 6개월(1972. 8.~1973. 2.)의 2년 동안을 제외하고 저는 줄곧 가르치는 생활만 해 왔습니다. 1965년 3월부터 모교인 경북대학교 사범대학 부속고등학교 교사 생활을 필두로 7년간의 중고 교사 생활, 대구보건전문대학과 계명문화대학의 전문대 교수 생활 6년, 그리고 1980년 3월 대구가톨릭대학교(당시 이름 : 효성여자대학)에 부임하여 오늘까지 28년 몇 개월 동안 국어국문학과에서 교수 생활을 하고 이제 정년을 맞이하니 참으로 감개가 무량합니다.

1961년 3월, 경북대 사범대 국어과에 입학하자마자 당시 국어과의 가장 젊으신 천시권千時權(얼마 전 85세로 별세, 전 경북대학교 총장) 교수님께서 저를 부르시더니 Jespersen의 *Language*, Whatmough의 *Language*, Ramstedt의 *A Korean Grammar*, 3책 이름을 적어 주시면서 1학기를 마칠 때까지 다 읽으라고 하셨습니다. 이때 읽은 예스페르센과 워트모의 저작은 저에게 더없는 호기심과 기쁨을 주어 평생을 언어학의 길로 걷게 했고, 람스테트는 저로 하여금 알타이 어학에 관심을 갖게 한 원동력이 되게 하였습니다.

1968년 8월, "국어 첩용疊用 및 첩어疊語 연구"라는 논제로 문학 석사 학위를 받았는데, 이 논문에서 저는 현대 국어의 첩어('깡충깡충, 보들보들' 등과 같은 말들)를 연구했지만 일반 언어학적 논저를 많이 참조하여, 국어학보다 언어학, 특히 역사 비교 언어학 분야에 더 많은 흥미를 가지게 되었습니다. 그리고 학부 시절 천시권 교수님의 국어사 강의를 통해 한국어의 역사와 알타이 어학에 관심을 갖게 되고부터, 석사 과정 이후에는 만주어와 여진어, 퉁구스어 연구에 힘을 기울이기 시작함으로써 1981년 2월에 『한국어와 퉁구스어의 음운 비교 연구』라는 논제로 문학 박사 학위를 경북대학교에서 받게 되었습니다.

그러나 제가 국어국문학과에 머물면서 연구와 강의를 해야 했기에, 알타이 어학은 일단 접어두고 국어학 분야, 특히 한국어의 역사 분야의 강의와 연구를 진행해 왔습니다. 제가 역사 언어학 분야에 관심을 갖게 된 것은 무엇보다 먼저 아버님의 영향이었다고 생각됩니다. 아버님은 전문 학자는 아니셨으나, 제 어린 시절부터 저에게 한국 역사와 한문, 일본어 등을 가르치셨고, 한국 역사 인명 대사전을 편찬하시기 위해 많은 역사 문헌을 수집하셔서 저에게 물려주셨습니다. 그리고 아버님의 젊은 시절, 한국 최초의 창작 희곡집인 『황야에서』를 1922년 출판해서 남겨 주심으로써 저에게 언어학과 역사학과 문학의 기초를 갖게 해 주셨습니다.

한국어의 역사를 30년 가까이 강의・연구한 결과 제가 나름대로 이루어 냈다고 믿어지는 일은, 일본 제국주의 식민 사관을 탈피하고 건전하며 과학적인 사관史觀에 바탕한 한국어의 역사를 완성한 일로서, 저의 일생 최대의 보람으로 생각하고 있습니다. 특히 구체적으로 제가 발견해 낸 학문적 이론 중 절대로 양보하고 싶지도 않고 또 자신만만하게 자랑하고 싶은 것은, 한국어가 자료를 남긴 5세기 이래(한국어 최초의 자료를 저는 414년에 만들어진 '광개토왕 비문'이라고 보고 있습니다.) 현재까지 1600여 년 동안, 한국어에는 모음조화라는 음운 현상이 없었고 지금도 없다는 사실, 곧 고대와 현대 한국어는 말할 것도 없고, 중세 한국어에서도 모음조화라는 음운 현상은 존재하지 않았다는 사실입니다. 우리 학계는 이와 같은 저의 주장에 대해 아직 비판적이기는 하지만, 많은 소장학자들이 저의 이 주장에 동조하고 있어서 고무적으로 생각하고 있습니다.

또 한 가지는 중세 한국어에서 흔히 가장 중요한 모음이라고 말하고 있는 '아래아'가 음소가 아니었다는 사실입니다. 세종 임금께서 몽고어의 표기법과 당시 동양의 중심 철학 사상이었던 음양설에 바탕하여 비현실적인 과잉 문자 '아래아'를 제정하셨다는 사실을 제가 알아낸 것입니다.

이 두 가지, 즉 한국어는 역사 이래 한번도 모음조화를 가지지 않았고, 15세기 이래 기록에 사용되어 왔던 '아래아'라는 문자가 비음소적非音素的 문자라는 사실의 발견은 30여년 내 한국어 역사 연구에서 가장 보람 있고 자랑스러운 성과라고 자부하고 있습니다. 그런데 한국어 음운사音韻史에서 모음조화 현상이 부정되면, 모음조화가 알타이제어의 공통 특질이라는 일부 학자들의 견해와 관련하여 한국어가 이른바 알타이 어족에 속할 수 있느냐 하는 문제가 제기됩니다. 앞으로 젊은 학자들이 이 문제에 관해 계속 연구해야 할 것으로 생각됩니다.

한국어 역사 연구에 전념하면서 저의 머릿속을 떠나지 않은 알타이 어학 분야, 특히 여진어와 만주어 연구는 제가 가장 하고 싶은 일이었습니다. 12세기에서 15세기까지 여진 문자로 기록된 자료를 남기고 있는 여진어는 과거 고려조와 조선조를 합쳐 수백 년 동안 우리 조상들이 깊이 연구한 언어로서, 우리나라는 세계 제1의 여진어 연구국이었습니다. 그러던 것이 갑오경장(1894년) 이후 이 세계 제1의 여진어 연구국이라는 지위를 상실한 것은 참으로 유감스러운 일이라 아니할 수 없습니다. 앞으로 젊은 학자들이 나와서 이 훌륭한 전통을 되살려 주기를 간절히 바랍니다.

여진어의 후손이라고 할 만한 만주어는 청나라 300여 년간 국가의 공용어였고, 방대한 자료를 남기고 있으므로 우리가 비교적 접근하기 쉬운 언어라 할 수 있습니다. 중국은 말할 것도 없고, 일본, 미국, 독일, 프랑스, 이탈리아 등 세계 각국에서 만주어를 연구하는 학자들이 계속 나오고 있는데, 만주어 연구의 종주국宗主國이라고 할 만한 한국의 현실은 서글픔 그 자체입니다. 현재 국내의 대학 교수로서 만주어를 전공하고 있는 학자는 2, 3명 정도(여진어의 경우는 전혀 없습니다.)에 불과합니다. 우리 대학에 계시다가 2년 전 작고하신 박은용朴恩用 교수님이 세계적인 만주어 학자이셨음을 기억해 주십시오.

정년 후에 무엇을 하려느냐는 질문은 최근 제가 가장 많이 받아 온 질문 중 하나입니다. 저는 제가 평생 모은 책 6천여 권을 이미 전부 경북대학교 도서관에 기증한 상태입니다. 왜 수십 년간 몸담아 왔던 대구가톨릭대 도서관이 아니냐고 의아해 하실 분이 계시겠지만, 거의 모든 사립대학은 공간 문제로 개인 문고를 만들 수 없는 형편입니다. 이미 서울대까지도 개인 문고를 만들 공간이 없어서, 서울대에서 퇴직하신 저명한 알타이 어학자인 김방한金芳漢 교수님은 전남대학교에, 장서가로 유명하신 서울대 명예 교수 안병희安秉禧·고영근高永根 두 교수님은 진주 경상대학교 도서관에 수만 권의 장서를 기증하셔서 그곳에 개인 문고를 만드셨습니다. 이번에 저와 함께 정년퇴직하는 건국대 영문과의 친구 교수도 저의 소개로 장서 일체를 경북대학 도서관에 기증하였습니다. 그러나 경북대학교도 공간 문제로 머잖아 개인 문고 제도를 없앨 듯한 상황입니다. 이제 7월중에 제 연구실에 있는 나머지 책 2천여 권도 마저 경북대 도서관으로 보낸 후, 그 뒤로는 경북대 도서관으로 출근할 예정입니다. 경북대 도서관에서는 저를 위해 제 개인 문고 옆에 연구실을 이미 만들어 주었습니다. 이제 거기서 죽는 날까지 만주어 성경을 역주譯註할 생각입니다.

1982년 가을, 제가 일본 삿포로의 홋카이도[北海道] 대학 연구 교수로 머물 때, 일본 도쿄의 도요분코[東洋文庫]에 있는 만주어 성경 원고를 마이크로필름으로 복제해 받아 가지고 왔습니다. 그 동안 틈틈이 이 만주어 성경을 연구하여, 이 성경 원고가 유럽 출신의 예수회 수도사인 루이 드 푸와로 신부님(Fr. Louis de Poirot, S. J., 1735~1813)의 저작임을 1992년 제가 논문으로 밝힌 일이 있습니다. 푸와로 신부님은 중국 이름이 호칭타이[賀淸泰]로서, 프랑스 로렌에서 출생, 1756년 이탈리아 플로렌스의 예수회 수도회에 입회하여 예수회 신부로 서품된 후 1771년 중국 베이징[北京]에 들어와 베이탕[北堂] 성당에 머물며 전교하면서, 1790년대에 최초로 중국어와 만주어로 성경 번역을 완성하셨습니다. 그리고 1813년 중국 베이징에서 78세로 별세하였습니다. 이분의 일기와 묘소를 찾으려고 몇 차례 중국 탐사 여행을 했으나 실패하고 말았습니다. 그분의 저술은 중국어와 만주어 성경 원고 외에 이탈리아어·중국어·만주어로 된 저서 1권(『聖祖 仁皇帝 庭訓 格言』)과 몇 편의 편지만 전해집니다. 그러나 중국어 번역 성경 원고는 현재 행방불명이고, 만주어 성경 원고 사본寫本이 영국과 러시아 등 몇 군데 있으나 전부 신부님의 친필본이 아닌 재사본再寫本이고, 푸와로 신부님의 육필肉筆 원고는 그 동안 행방을 모르다가 일본 도요분코[東洋文庫]에 있는 것이 그 원본임을 제가 확인해 낸 것입니다. 저는 이 원고가 신부님의 친필 원고임을 밝힌 이후 이 만주어 성경 원고를 더 깊이 연구하여 몇 편의 논문을 발표한 바 있습니다.

이제 정년 후 경북대 도서관에 출근하며 이 만주어 성경을 역주해서 출판할 생각인 것입니다. 역주가 완성되면 전부 30여 권 분량의 책이 될 듯한데, 제가 죽기 전에 다 끝낼 수 있을 것 같지 않습니다만, 그래도 살아있는 한 계속할 생각입니다. 죽어서 푸와로 신부님을 만나게 되면, 그분이 얼마나 반가워하고 고마워하실까 생각하면 저절로 힘이 솟습니다.

그리고 이 역주 작업을 진행하면서 기회가 되면 사회봉사 차원에서 학생과 시민 상대로 만주어 강습도 해 볼 예정입니다. 아무짝에도 쓸모없는 이 만주어를 왜 배워야 하는가 하는 이유는 여기서 길게 말씀드리지 않겠습니다. 간단히 한 마디만 말하면, 만주어라는 언어가 있고 그것을 배울 수 있는 자료가 있기 때문에 배워야 한다고 할 수 있습니다.

저는 가르치는 틈틈이 30년 넘게 세계 각국어 성경을 수집해 왔습니다. 현재 언어수로 단편(portion)까지 포함해 800개 이상의 언어로 된 성경을 수집했습니다. 잘 아시는 대로 세계에서 가장 많은 언어로 번역된 문학 작품이 성경인데, 2007년 12월말 현재 2454개 언어로 번역되었습니다. 현재까지 확인된 세계의 모든 언어 수 8천여 개의 1/3 정도가 되는 셈인데, 따라서 비교 언어학 · 비교 문자학 연구 자료로서는 성경이 가장 좋다고 말할 수 있겠습니다. 여행을 다니면서, 아니면 외국 있는 친구에게 부탁해서, 또 외국으로 여행 가는 친구에게 부탁해서 수집한 것인데 저의 재산 목록 제1호인 셈입니다. 너무 욕심을 내고 있는 것 같습니다만 사정이 허락하면 제가 수집한 이 성경 자료를 바탕하여 『각국어 성경으로 보는 세계의 문자와 언어』라는 다소 대중적인 책도 집필해 볼 생각을 갖고 있습니다.

마지막으로 현재 제가 참여하고 있고 앞으로도 계속 참여할 모임들을 말씀드리겠습니다.

원문 성서 강독회는 매주 월요일 오후 8시부터 대구 남산동 가톨릭 신학원 강의실에서 모이는데, 신학생들과 평신자들이 함께 그리스어 신약 성경과 히브리어 구약 성경 및 라틴어 성경들을 읽고 있습니다. 이미 10여 년 전부터 모여왔는데, 지도자는 유명한 성경학자 신부님이고, 제가 가장 기다려지는 모임입니다. 신앙에 관계 없이 누구나 함께 공부하실 분을 환영합니다.

고서 동우회古書同友會는 부정기적으로 대구의 봉산동 문화 거리에서 저녁 식사를 하면서 모여, 각자의 고서들을 갖고 나와 서로 보여주고 이야기를 나누는 부담 없는 모임입니다. 서지학 전문 학자도 참여하고, 대구의 유명한 고서점 주인들도 나오며, 서지학을 전공하는 대학원생, 그냥 옛날 책을 좋아하는 시골 노인도 나오고 있습니다. 역시 누구나 참여하실 수 있습니다.

하사모는 '하모니카 사랑 모임'의 준말로서, 매주 목요일 대구 동인동의 한 음식점에서 모이고 있습니다. 50대 아줌마로부터 20대 학생까지 하모니카를 좋아하는 사람들이 모이는데, 역시 누구나 참여할 수 있습니다. http://cafe.

daum.net/bluse의 대구·경북방에 오시면 저의 연주 동영상도 나오니 한번 놀러와 주십시오.

책숲길 도서관 추진회는 한국에서 (가능하면 동양에서) 가장 좋은 도서관을 대구에 건립하자는 모임입니다. 시작한 지 얼마 안 됩니다만 앞으로 '꿈의 도서관'을 대구에 세우고자 하는 시민 모임입니다.

입겿 연구 모임은 매달 제2주 토요일 오전 10시반에 대구교육대학교에서 모입니다. 오는 6월 14일에 128차 모임을 갖습니다. 옛 문헌을 부담 없이 돌려가면서 읽고 있는데, 이미 모임을 시작한 지 10년이 넘게 되었습니다.

한국 알타이 학회는 제가 정년 후에도 나가려고 하는 유일한 전문 학회입니다. 정년한 늙은이가 학회에 나가는 일을 저는 별로 좋게 보지 않습니다. 외국의 경우는 70세, 80세가 넘도록 왕성한 연구를 계속하고 학회에 나와 열정적으로 발표하는 학자들이 많이 있는 것을 봤습니다만, 불행히도 한국인들은 조로早老하는 경향 때문인지, 환갑 지나고 학회에서 발표하는 교수치고 제대로 똑똑한 발표를 하는 것을 거의 보지 못했습니다. 권위만 내세우려고 하는 일이 많았습니다. 그래서 저도 정년 이후에는 모든 학회에 나가지 않으려고 합니다만, 이 한국 알타이 학회에만은 되도록 참석해서 젊은이들의 연구 성과를 보고 배우려 하고 있습니다. 이 학회는 격년제로 국제 대회와 전국 대회를 서울대학교에서 열고 있습니다. 전문적인 학회입니다만 관심 있으신 분들은 학회 누리집(=홈페이지)을 방문해 봐 주십시오(http://plaza.snu.ac.kr/~altai/).

오랜 시간 지루한 이야기 경청해 주셔서 감사합니다. 앞으로 학생 여러분들은 귀한 인생의 황금 시기를 낭비하지 말고 열심히 공부에 전념해 주시기 바랍니다.

(대구가톨릭대학교 인문관 110호, 2008. 6. 10. 오후 5시)

덧붙임

해적이

◎ 인적 사항

김동소(金東昭, Kim Dongso)

1943. 8. 6. 개성에서 출생(원적지). 서울에서 잠시 거주(출생지).
1945. 3. 이래 대구에서 성장.
706-766 대구광역시 수성구 범물2동 한라맨션 102동 1406호
전화 번호 053-782-0629
휴대 전화 010-3072-3116
전자 우편 jakob@chol.com, jakobds@daum.net
누리집 http://www.dongso.pe.kr
대구가톨릭대학교 문과대학 국어국문학과 명예교수.

가족
아내 : 박정순(1946년 1월생, 꽃꽂이회 중앙회장)
맏아들 : 김요섭(1975년 3월생, 대학원생)
맏며느리 : 박혜원(1976년 3월생, 교사)
둘째 아들 : 김민섭(1977년 4월생, 의사)
둘째 며느리 : 정혜진(1980년 5월생, 공무원)
손자 : 재찬(2004년 10월생), 재윤(2008년 10월생)

◎ 학 력

(1955. 4.~1961. 3.) 경북대학교 사범대학 부속중고등학교.
(1961. 3.~1965. 2.) 경북대학교 사범대학 국어과.
(1965. 3.~1968. 8.) 경북대학교 대학원 석사과정 국어국문학과.
(1973. 3.~1981. 2.) 경북대학교 대학원 박사과정 국어국문학과.

◎ 경 력

(1965. 3.~1966. 2.) 경북대학교 사범대학 부속고등학교 전임강사.
(1966. 3.~1969. 2.) 효성여자중학교 교사.
(1969. 3.~1969. 8.) 원화여자고등학교 교사.
(1969. 9.~1970. 2.) 서강대학교 국어국문학과 조교.
(1970. 3.~1971. 2.) 계성여자고등학교 교사.
(1971. 3.~1972. 8.) 한국 예수회 수련원 수련생.
(1972. 9.~1973. 2.) 분도출판사 편집원.
(1973. 3.~1974. 2.) 효성여자고등학교, 경북대, 계명대 강사.
(1974. 3.~1975. 2.) 경안고등학교 교사.
(1975. 3.~1978. 8.) 대구보건전문대학 조교수.
(1978. 9.~1980. 2.) 계명문화대학 조교수.
(1980. 3.~2008. 8.) 대구가톨릭대학교(옛 이름 : 효성여자대학교) 조교수, 부교수, 교수.
(1982. 9.~1983. 2.) 일본 홋카이도[北海道] 대학 문학부 언어학과 연구교수.
(1987. 9.~1988. 2.) 인도 자와하를랄 네루대학교 외국어대학 초빙교수.
(2004. 3.~2004. 9.) 일본 홋카이도 대학 문학부 방문교수.

(2008. 9.~현재) 대구가톨릭대학교 문과대학 국어국문학과 명예교수.

◎ 보직(대구가톨릭대학교)

(1981. 3.~1982. 8.) 대학원 교학과장.
(1986. 3.~1987. 8.) 인문대학 교학과장.
(1988. 3.~1992. 2.) 한국전통문화연구소 소장.
(1992. 3.~1993.11.) 국어국문학과 학과장.
(1992. 3.~1994. 2.) 교수협의회 의장.
(2005. 3.~2006. 2.) 인문대학 인문학부장.
(2005. 3.~2007. 2.) 인문대학 학장.

◎ 학회 활동

(1991. 3.~현재) 한글학회 평의원.
(1992. 4.~1994. 3.) 한글학회 대구지회장.
(2004. 3.~2006. 2.) 한국 알타이 학회 편집위원장.
(2005. 3.~2007. 2.) 국어사 학회 회장.
(2005. 4.~2005.12.) 한국 어문학회 회장.
(2006. 3.~2008. 2.) 한국 알타이 학회 회장.

◎ 수 상

(1965. 2.) 대한교육연합회장 표창.

(1968. 2.) 대한교육연합회장 표창.
(1998.10.) 한글학회 국어 운동 공로 표창.
(2002. 9.) 제22회 대구광역시 문화상(학술 부문).
(2008. 8.) 황조 근정 훈장

논저 목록

◎ 저 서

『同文類解 滿洲文語 語彙』(효성여대 출판부, 1977/1982).
『韓國語와 TUNGUS語의 音韻 比較硏究』(효성여대 출판부, 1981).
『新言語學槪論』(6인 공저)(대구, 학문사, 1987).
『女眞語, 滿語硏究』(北京, 新世界出版社, 1992).
『신국어학』(6인 공저)(대구, 형설출판사, 1993).
『중국 조선족 언어 연구』(3인 공저)(효성여대 한국전통문화연구소, 1994).
『한국어 변천사』(대구, 형설출판사, 1998). [98년도 문화관광부 선정 우수학술도서]
『알타이 언어들을 찾아서, 한국 알타이학회 언어 문화 연구 1』(4인 공저)(서울, 태학사, 1999).
『쌈빡한 우리말 이야기』(대구, 정림사, 1999).
『석보 상절 어휘 색인』(대구가톨릭대학교 출판부, 2000).
『원각경 언해 어휘 색인』(대구가톨릭대학교 출판부, 2001).
『중세 한국어 개설』(대구가톨릭대학교 출판부, 2002).
『韓國語變遷史』(東京, 明石書店, 2003. 5. 15).
『한국어 변천사』(수정 제5쇄)(형설출판사, 2003. 2. 5).

『중세 한국어 개설』(수정 재판)(한국문화사, 2003. 11. 20).
『글쓰기의 실제와 해설』(3인 공저)(대구, 정림사, 2004. 2. 20).
『한국어 특질론』(대구, 정림사, 2005. 6. 30). [2005년도 문화관광부 선정 우수학술도서]
『한국어의 역사』(대구, 정림사, 2007. 6. 29).
『한국어와 일본어의 비교 어휘』(공편)(서울, 제이앤씨, 2007. 12. 23).

◎ 번역서

『막시밀리안 콜베(Le Secret de Maximilien Kolbe)』(서울, 성바오로출판사, 1974/1991).
『언어－계통과 역사(言語の系統と歴史)』(3인 공역)(대구, 형설출판사, 1984).
『알타이어 형태론 개설(Einfuehrung in die altaische Sprachwissenschaft)』(서울, 민음사, 1985).
『역주 원각경 언해(상1의 1)』(서울, 세종대왕 기념 사업회, 2002).
『역주 남명집 언해(상)』(서울, 세종대왕 기념 사업회, 2002).
『역주 구급방 언해』(세종대왕 기념 사업회, 2003).
『역주 구급 간이방 언해 1』(서울, 세종대왕 기념 사업회, 2007).

◎ 주 논문

「慶源 女眞字碑의 女眞文 硏究」(1988).
「東洋文庫藏 滿洲文語 聖書稿本 硏究」(1992).
「最初 中國語, 滿洲語 聖書 譯成者 賀淸泰 神父」(2003).

「한국어 변천사 연구에서의 일본 제국주의 식민 사관의 자취」(2003).

「동아시아의 여러 언어와 한국어－한국어 수사의 대조 언어학적 연구」(2004).

◎ 논문 총 목록
－2008년 8월 8일 현재－

(1963.11.)「調聲母音 硏究」『국어국문학 연구논문집』(大邱, 靑丘大學 國語國文學會), 76～90쪽.

(1968. 6.)「國語 疊用 및 疊語 硏究」(慶北大學校 大學院 碩士學位論文. 油印), 72쪽.

(1972. 8.)「國語와 滿洲語의 基礎語彙 比較硏究」『常山 李在秀博士 還曆紀念論文集』(大邱, 螢雪出版社), 133～156쪽.

(1972.10.)「淸語老乞大의 滿洲文語 形態音素 記述(一)」『語文學』27號(大邱, 韓國語文學會), 42～57쪽.

(1974. 2.)「淸語老乞大의 滿洲文語 形態音素 記述(二)」『語文學』30號(大邱, 韓國語文學會), 29～52쪽.

(1975.12.)「滿洲文語 音素排列論」『국어교육연구』7輯(大邱, 경북대학교 사범대학 국어교육과), 75～91쪽.

(1976.12.)「國際語學(INTERLINGUISTICS) 一攷」『培英學塾 論文集』3卷(大邱保健專門大學), 83～88쪽.

(1977.12.)「龍飛御天歌의 女眞語彙 硏究」『국어교육연구』9輯(大邱, 경북대학교 사범대학 국어교육과), 91～105쪽.

(1977.12.)「北靑 女眞字石刻의 女眞文 硏究」『국어국문학』76號(서울, 국어국문학회), 1～16쪽.

(1979. 9.)「여진의 언어와 문자 연구－기사부로 N. 키요세 지은」

『한글』 165호(서울, 한글학회), 123～141쪽.
(1979.10.) 「한국어의 변천 속도－다시 언어연대학을 말함」 『한글 경북』 1호(대구, 한글학회 경북지회), 5～13쪽.
(1979.12.) 「滿洲文語의 音素排列相」 『嶺松 金鍾玉 博士 憓堂 金香蘭 博士 頌壽紀念論文集』(大邱, 培英出版社), 93～101쪽.
(1979.12.) 「퉁구스어 어휘와 형태소의 한 고찰」 『余泉 徐炳國 博士 華甲紀念論文集』(大邱, 螢雪出版社), 17～31쪽.
(1980. 6.) 「알타이 語學과 言語年代學」, '民族文化의 源流' 『學術硏鑽報告論叢』 1(城南, 韓國精神文化硏究院), 57～59쪽.
(1981.11.) 「'둘'의 어원학」 『語文學』 41號(大邱, 韓國語文學會), 15～25쪽.
(1981.12.) 「퉁구스어와 한국어」 『한글 경북』 2호(대구, 한글학회 경북지회), 69～82쪽.
(1982. 9.) 「ㅎ말음명사의 어원」 『肯浦 趙奎卨 教授 華甲紀念 國語學論叢』(大邱, 螢雪出版社), 285～299쪽.
(1983. 4.) 「1행의 PKT문장」 『秋江 黃希榮 博士 頌壽紀念論叢』(서울, 集文堂), 95～101쪽.
(1983.12.) 「女性指稱의 女眞語詞 硏究」 『女性問題硏究』 12輯(大邱, 曉星女子大學校 附設 韓國女性問題硏究所), 163～176쪽.
(1983.12.) 「중국의 조선어 연구」 『國文學硏究』 7輯(大邱, 曉星女子大學校 國語國文學科), 1～13쪽.
(1985. 2.) 「컴퓨터를 이용한 향가 용자의 통계적 연구」 『韓國傳統文化硏究』 1輯(大邱, 曉星女子大學校 附設 韓國傳統文化硏究所), 303～359쪽.
(1985. 5.) 「소쉬르의 편지 세 통」 『素堂 千時權 博士 華甲紀念

論文集』(大邱, 螢雪出版社), 537～553쪽.
(1985. 9.) 「중국의 알타이어 연구」 『한글』 189호(서울, 한글학회), 147～180쪽.
(1985.12.) 「중국 나나이어 개요」 『白旻 全在昊 博士 華甲紀念 國語學論叢』(大邱, 螢雪出版社), 565～590쪽.
(1986. 5.) 디르크 횐들링그 著, 「한국어 의성·의태어 연구(書評)」 『국어국문학』 95號(서울, 국어국문학회), 465～468쪽.
(1987. 5.) 「滿文 聖瑪竇福音書의 滿字 女性姓名 表記」 『女性問題研究』 15輯(河陽, 曉星女子大學校 韓國女性問題研究所), 5～16쪽.
(1987. 6.) 「Sino-Mantshurica」 『韓國語學과 알타이語學』(河陽, 曉星女子大學校 出版部), 107～132쪽.
(1987. 6.) 「역사 비교 언어학」 『新言語學概論』(大邱, 學文社), 219～269쪽.
(1987. 6.) 「中國 朝鮮族 刊行物 目錄」 『韓國傳統文化研究』 3輯(河陽, 曉星女子大學校 附設 韓國傳統文化研究所), 249～268쪽.
(1988. 2.) 「慶源 女眞字碑의 女眞文 研究」 『曉大論文集』 36輯(河陽, 曉星女子大學校 出版部), 39～66쪽.
(1988. 6.) 「中國 出刊의 朝鮮文 辭典」 『國文學研究』 11輯(河陽, 曉星女子大學校 國語國文學科), 1～16쪽.
(1989. 7.) 「北韓 刊行物 目錄」 『韓國傳統文化研究』 5輯(河陽, 曉星女子大學校 韓國傳統文化研究所), 433～441쪽.
(1991. 6.) 「中國 퉁구스族의 言語 研究」 『省谷論叢』 22輯(서울, 省谷學術文化財團), 2339～2416쪽.
(1991.10.) 「한국어의 변천」 『들메 서재극 박사 환갑 기념 논문집』(대구, 계명대학교 출판부), 65～78쪽.

(1991.12.)「金啓孮과 淸格爾泰－中國의 두 元老 알타이語學者」『알타이 학보』 제3호(서울, 한국 알타이 학회), 45～56쪽.

(1991.12.)「初期의 東方 宣敎師들」『가톨릭 敎育硏究』 第6輯(河陽, 曉星女子大學校 가톨릭敎育硏究所), 159～178쪽.

(1992. 1.)「東洋文庫藏 滿洲文語 聖書稿本 硏究」『神父 全達出 會長 華甲紀念論叢』(大邱, 每日新聞社), 77～97쪽.

(1992. 9.)「蒙文 舊約聖書에 관해서」『靑河 金炯秀 博士 華甲紀念論叢』(大邱, 螢雪出版社), 407～419쪽.

(1993. 3.)「역사와 계통」『신국어학』(大邱, 螢雪出版社), 319～374쪽.

(1993. 3.)「한국어의 계통과 형성」『曉星語文學』 제1집(河陽, 曉星女子大學校 曉星語文學會), 149～164쪽.

(1995. 3.)「고대 한국어의 종합적 연구」『한글』 227호(서울, 한글학회), 5～70쪽.

(1995.12.)「3種의 滿文 主祈禱文」『알타이학보』 5호(서울, 한국알타이학회), 1～14쪽.

(1996. 3.)「중세 한국어의 종합적 연구」『한글』 231호(서울, 한글학회), 5～41쪽.

(1996.12.)「錫伯族 言語 硏究 序說」『알타이학보』 6호(서울, 한국알타이학회), 1～24쪽.

(1996.12.)「滿文『聖 MATTHAEUS 福音書』 硏究」『韓國傳統文化硏究』 11집(河陽, 大邱曉星가톨릭大學校 韓國傳統文化硏究所), 1～55쪽.

(1997. 3.)「한국어 역사의 시대 구분에 관한 연구」『국어국문학』 118집(서울, 국어국문학회), 19～31쪽.

(1997.12.)「근대 한국어의 표기법과 음운 체계」『한글』 238호(서울, 한글학회), 5～31쪽.

(1997.12.) 「『월인석보』 권4 연구」 『월인석보』(대구, 경북대학교 출판부), 137～231쪽.
(1987.12.) 「영남 지방 천주교 전래와 '한티'」 『韓國傳統文化研究』 12집(河陽, 大邱曉星가톨릭大學校 韓國傳統文化研究所), 1～11쪽.
(1998.12.) 「新疆 地區의 TUNGUS族과 그 言語」 『알타이 학보』 8호(서울, 한국알타이학회).
(1998.12.) 「『계림 유사』와 『조선관 역어』의 한국어 모음 체계 연구」 『한글』 242호(서울, 한글학회).
(1999. 1.) 「滿文 Esther書 研究」 『韓國傳統文化研究』 13집(河陽, 大邱曉星가톨릭大學校 韓國傳統文化研究所), 1～55쪽.
(1999. 6.) 「Tungus어 聖書에 關하여」 『알타이학보』 9호(서울, 한국알타이학회), 207～231쪽.
(1999.12.) 「한국어 변천사 연구에서의 몇 가지 논의」 『인문과학연구』 2집(대구효성가톨릭대학교 인문과학연구소), 1～13쪽.
(2000. 1.) 「『월인석보』 권19의 국어학적 연구」 『국어사자료연구』 창간호(서울, 국어사자료연구학회), 31～51쪽.
(2000. 4.) 「『육조 법보단경 언해』 하권의 국어학적 연구」 『六祖法寶壇經諺解』 下(서울, 도서출판 弘文閣), 1～30쪽.
(2000. 6.) 「『육조 법보단경 언해』 하권 연구」 『國語學』 35집(서울, 國語學會), 3～34쪽.
(2000. 8.) 「『무예 제보』 해제, 색인, 영인」 『한국말글학』 17집(대구, 한국말글학회), 451～527쪽.
(2000. 9.) 「『월인석보』 권4의 국어학적 연구」 『21세기 국어학의 과제』(서울, 도서출판 월인), 225～264쪽.
(2001. 3.) 「『무예 제보武藝諸譜』 연구」 『한글』 251호(서울, 한글학회), 5～38쪽.

(2001. 9.)「東洋文庫藏現存滿文聖經稿本介紹」『滿族研究』64期(瀋陽, 遼寧省民族研究所), 92～96쪽.

(2003. 3.)「『大方廣佛 華嚴經疏(권35)』 입겿의 독음 연구」『어문학』 79집(대구, 한국어문학회), 115～131쪽.

(2003. 5.)「한국어 음운사 연구에서의 몇 가지 주요 논점」『문학과 언어』 25집(대구, 문학과 언어회), 1～18쪽.

(2003. 6.)「最初 中國語, 滿洲語 聖書 譯成者 賀清泰 神父, S.J」『알타이학보』 13호(서울, 한국알타이학회), 15～39쪽.

(2003.12.)「한국어 변천사 연구에서의 일본 제국주의 식민 사관의 자취」『국어국문학』 135호(서울, 국어국문학회), 5～35쪽.

(2004.3.30.)「동 아시아의 여러 언어와 한국어－한국어 수사의 대조 언어학적 연구」『어문학』 93집(대구, 한국어문학회), 1～28쪽.

(2004.6.30.)「錫伯語 文語 語彙 硏究(其一)－言語學 術語를 對象으로」『알타이학보』 14호(서울, 한국알타이학회), 23～41쪽.

(2004.8.25.)「알타이 제어」『국어 교육 연구』 36집, 1～20쪽.

(2005.4.10.)「三種 滿文 主禱文」『金啓琮先生逝世周年紀念文集』, 100～108쪽.

(2005.6.30.)「만주어 주기도문에서의 'yaya hacin i jemengge ci colgororo…'의 내원來源」『번역학 연구』 6-1(서울, 한국번역학회), 5～18쪽.

(2006.12.15.)「이른바 알타이 조어의 모음 체계와 한국어 모음 체계」『국어사 연구 어디까지 와 있는가』(태학사, 연세 국학총서 66), 719～741쪽.

(2006.12.30.)「한국어 변천사 연구의 문제점－시대 구분 문제와 비음소적 과잉 문자 아래아 문제에 한정하여」『배달말』 39호(진주, 배달말학회), 31～71쪽.

(2007.10.30.)「중세 한국어의 성격」『국어사 연구』 7호, 41~51쪽.
(2008.6.30.)「阿爾泰諸語(Altaic languages) 數詞의 一樣相-10單位 數詞 形成法을 中心으로」『알타이학보』 18호(서울, 한국알타이학회), 183~196쪽.

각종 기사 목록

* 굵은 글씨로 된 것이 본문에 실린 글임.

(2007.10.7.) '성경으로 아름다운 우리말 익히세요' 한글날에 만난 사람 / 대구가톨릭대 김동소 교수. 『평화신문』 939호(서울, 평화신문사), 제22쪽.
(2007.9.3.) 김동소(국어국문학과) 교수, '언어학 연구에 평생을 걸다', 한국어, 알타이어, 만주어, 여진어 등 연구. 『대학신문』 1090호(대구가톨릭대학교 대학신문사), 제5쪽.
(2007.4.16.) 김동소(국어국문학과) 교수, 400여 언어로 쓰여진 성서 600여 권 소장. 『대학신문』 1085호(대구가톨릭대학교 대학신문사), 제3쪽.
(2005.10.29.) 북한 국어국문학 학술발표 …… 김동소 한국어문학회장. 『영남일보』 16558호.
(2005.10.11.) 아침에 만난 세상-'559돌 맞은 한글, 오늘의 한글은' 출연. <대구방송 TBC>.
(2005.9.5.) 문화부 추천 '우수 학술도서' 258종 발표. <국정브리핑>.
(2005.9.5.) 문화관광부 올해 학술부문 추천도서 선정. 『연합뉴스』.
(2005.9.5.) 문화관광부 올해 학술부문 추천도서 선정. <와이티엔>.
(2005.8.5.) 서평/ 김 동소 교수의 『한국어 특질론』에 대한 소감.

『한글 새소식』 396호, 18～19쪽, 김문웅.

(2004.10.10.) 『위대한 여정 한국어』 3부작, 2부－말은 민족을 낳고, 출연 및 자문. <한국방송 KBS>.

(2004.10.9.) 언어만 있으면 그 민족은 영원. 『매일신문』 18518호, 10쪽, '문화와 사람' 칼럼.

(2004.2.20.) [특별기고] 우리 교과서의 '고구려' 문제. 『한겨레신문』 4989호, 19쪽.

(2004.1.26.) 성서는 비교 언어학의 바이블. 『세계일보』 4857호, 23쪽.

(2003.12.1.) [나의 컬렉션] 400여 언어로 쓰여진 聖書 600여 권 소장. 『월간 중앙』 337호, 272～274쪽.

(2002.9.30.) 제22회 대구시 문화상 시상식. 『영남일보』 15614호.

(2002.9.23.) 우리 학교 김지희 · 김동소 교수 제22회 대구시 문화상 수상. 『대학신문』 1014호.

(2002.9.18.) 대구시 문화상 수상자 선정. 『조선일보』.

(2002.9.18.) 김동소 대구가톨릭대 교수 등 7명 선정. 『매일신문』 17888호.

(2002.9.18.) 올 대구시 문화상 수상자 확정. 『영남일보』 15606호.

(2002.7.5.) 김동소 지은 『중세 한국어 개설』. 『한글 새소식』 359호, 21～23쪽, 정우영.

(2002.3.) '뾰주리감, 가랑가랑, 갈깃머리'를 아십니까? 월간 『일하는 멋』.

(2001.2.12.) 화랑세기 향가 '송랑가'는 위작. 『매일신문』 17396호, 17쪽.

(2000.12.23.) 김동소 교수 세계 각국 성경책 600종 수집. 『중앙일보』, 30쪽.

(1999.8.12.) 540년 전으로의 '우리말 기행'. 『NEWS+(주간동아)』 196호, 66～67쪽.

(1999.8.1.) 바르고 고운 우리말 길라잡이. 『경북대 동창회보』 45호, 11쪽.
(1999.7.28.) '월인석보 제19권' 초간본 발견. 『중앙일보』 10737호, 22쪽.
(1999.6.5.) 서평/ 김동소 교수의 『쌈빡한 우리말 이야기』에 대해. 『한글 새소식』 322호, 18쪽, 김문웅.
(1999.5.18.) 새 시각으로 본 대장경과 우리 말. 『매일신문』 16860호, 15쪽.
(1998.10.9.) 오늘은 제552돌 한글날－국어 운동 공로 표창. 『한국일보』 15740호, 18쪽.
(1998.10.7.) [한글날 기념 행사] 국어 운동 공로자 표창 등 행사 개최. 『조선일보』.
(1998.10.3.) 김동소 효가대 교수 등 국어 공로 표창. 『영남일보』 14397호, 10쪽.
(1998.3.5.) 김동소 지은 『한국어 변천사』. 『한글 새소식』 307호, 23～24쪽, 조규태.
(1998.1.22.) 『월인석보』 권4 영인본 나왔다. 『동아일보』, 19쪽.
(1998.1.22.) 『월인석보』 영인본 간행. 『조선일보』.
(1998.1.21.) 『월인석보』 권4 영인본 나왔다. 『매일신문』 16461호, 19쪽.
(1998.1.21.) 희귀 고전 자료 서울 집중 막게 돼 기뻐. 『영남일보』 14183호, 12쪽.
(1997.12.25.) 김동소 교수, 세계 각국 성서 수집 30년. <문화방송 MBC>.
(1995.9.22.) 해외동포 5백만명 상회－한글 교재 개발 서둘러야. 『매일신문』 15747호, 17쪽.
(1995.4.27.) 『용비어천가』 완역본 출간－한국전통문화연구소. 『영

남일보』 13344호.

(1995.3.28.) 중국 조선족 언어 연구－중국 韓人의 말 수록.『매일신문』 15597호.

(1994.2.5.) 滿州語硏究の國際的な廣がり.『東方』155호, 37면(日本, 東京, 東方書店) 山崎雅人.

(1993.11.1.) 시버족과 그 언어.『교수신문』32호, 10쪽.

(1993.10.21.) 효대 한국전통문화硏 윤독 300회 돌파－고전 해석, 전통 문화 이해 '새 지평'.『영남일보』12881호, 12쪽.

(1993.9.5.) 김동소 교수 저서 일본서 인기.『가톨릭신문』1870호, 10쪽.

(1993.8.25.) 김동소 교수『女眞語, 滿語 硏究』日서 인기.『매일신문』15111호, 13쪽.

(1993.8.23.) 효대 김동소 교수『여진어, 만어 연구』日本서 큰 관심.『영남일보』12832호, 11쪽.

(1993.8.10.) 대구대 정상화 시민 모임 발기 대회.『영남일보』12821호.

(1993.6.13.) 성서로 비교언어학을 연구한다.『가톨릭신문』1859호, 10쪽.

(1993.6.5.) 4월 중국어 서적 베스트 셀러 차트 1위.『東方』147호, 38쪽(日本 東京, 東方書店).

(1993.5.18.) 훈민정음 '기원설' 다시 논란－효성여대 김동소 교수 '파스파' 기원설 주장.『영남일보』12749호, 11쪽.

(1993.4.28.) 지역학회 內實다지기 靜中動.『매일신문』15010호, 13쪽.

(1993.4.27.) 성서를 비교언어학 자료로 활용.『매일신문』15009호, 13쪽.

(1993.4.19.) 영남일보에 바란다－영남 문화 보존, 발전에 앞장섰

으면. 『영남일보』 12725호, 13쪽.

(1993.1.5.) 김동소 짓고 황유복 옮긴 『女眞語, 滿語 硏究』. 『한글 새소식』 245호, 17쪽, 김주원.

논설 및 수필 목록

* 2008년 12월 31일 현재
* 굵은 글씨로 된 것이 본문에 실린 글임.

(1961.3.20.) 首位 合格의 辯(수필). 『경북대학보』 194호.

(1962.6.28.) 지아꼬모 레오빠르디의 생애와 문학(上)(소개글). 『경북대학보』 247호.

(1962.7.5.) 지아꼬모 레오빠르디의 생애와 문학(下)(소개글). 『경북대학보』 248호.

(1962.8.16.) 한글 가로풀어쓰기의 문젯점과 새 주장(논설). 『경북대학보』 251호.

(1962.10.25.) 람스테드 박사의 생애와 우리말 관계 저서(논설). 『경북대학보』 259호.

(1962.11.1.) '죤 스타인벅'과 그의 '분노의 포도'(소개글). 『경북대학보』 260호.

(1962.11.15.) 공의회의 역사와 제2차 바띠깐 공의회(소개글). 『경북대학보』 262호.

(1962.11.22.) 헤르만 주더르만(소개글). 『경북대학보』 263호.

(1962.12.6.) 소쉬르 · 자비에르(소개글). 『경북대학보』 265호.

(1962.12.20.) 크리스티너 로제티(소개글). 『경북대학보』 267호.

(1962.12.27.) 이냐시오(소개글). 『경북대학보』 268호.

(1963.1.17.) 볼프 페르라리(소개글). 『경북대학보』 271호.

(1963.1.10.) 金麟厚・아그네스(소개글). 『경북대학보』 270호.

(1963.1.20.) 외래어 표기에 苦言(논설). 『가톨릭시보』 359호.

(1963.2.14.) 눈 오는 저녁 숲 곁에 서서(번역시). 『경북대학보』 272호.

(1963.3.28.) 師範大學(소개글). 『경북대학보』 278호.

(1963.4.4.) 초간본 석보상절의 발견 경위와 裏面談(소개글). 『경북대학보』 279호.

(1963.5.2.) 唯我(수필). 『경북대학보』 283호.

(1963.11.7.) 시대 사조를 잊은 반대자들(논설). 『경북대학보』 305호.

(1963.11.20.) 續・備忘錄(수필). 『경대학보』 4집.

(1963.11.20.) 편집후기(수필). 『경대학보』 4집.

(1964.12.3.) 三面 評(논설). 『경북대학보』 349호.

(1965.1.28.) 졸업과 함께 생각나는 것(수필). 『경북대학보』 353호.

(1965.9.23.) 대학 신문을 보는 눈(논설). 『경북대학보』 380호.

(1965.10.3.) 對話 報道 要注意(논설). 『가톨릭시보』 489호.

(1966.1.20.) 國際語學(INTERLINGUISTICS) 一攷(논설). 『群星』 13호.

(1966.5.28.) 反芻錄(논설). 『효성』 6호.

(1966.5.28.) 우리의 정신적 유산(논설). 『효성』 6호.

(1966.7.20.) 反芻錄(논설). 『효성』 7호.

(1966.7.20.) 뜻있는 방학 생활을 위하여(논설). 『효성』 7호.

(1967.1.25.) 語彙統計學的 方法에 의한 濟州方言의 分岐年代 試算(논설). 『샛별』 4호.

(1967.1.25.) 여학생과 말씨(논설). 『샛별』 4호.

(1967.12.10.) 국어 疊用・疊語 연구 序說(논설). 『샛별』 5호.

(1967.12.10.) 가톨릭 여학교 순례(소개글). 『샛별』 5호.

(1968.12.10.) 그림으로 보는 샛별 · 1968년(소개글). 『샛별』 6호.
(1968.12.10.) 새로 福者가 된 한국 순교자 24명(소개글). 『샛별』 6호.
(1969.8.1.) 어떤 여학생(수필). 『원화』 37호.
(1970.1.11.) 선언(시). 『가톨릭시보』 701호.
(1970.6.18.) 예수 성심 공경의 의의와 유래(논설). 『계성』 75호.
(1970.12.20.) 국어의 변천 속도(논설). 『샛별』 21호.
(1973.2.10.) 사랑과 고통의 哲學女-시몬 베이이(소개글). 『가톨릭시보』 894호.
(1974.8.18.) 아우시비츠 수용소의 聖者-막시밀리안 꼴베 신부(上)(소개글). 『가톨릭시보』 925호.
(1974.8.25.) 아우시비츠 수용소의 聖者-막시밀리안 꼴베 신부(中)(소개글). 『가톨릭시보』 926호.
(1974.9.1.) 아우시비츠 수용소의 聖者-막시밀리안 꼴베 신부(下)(소개글). 『가톨릭시보』 927호.
(1975.3.1.) 나치 아우슈비츠 수용소의 성자(소개글). 『경향잡지』 1284호.
(1976.11.1.) 천공天空의 사계四季(수필). 『태전문화』 1집.
(1976.11.3.) 사실과 진리(매일 춘추). 『매일신문』 9944호.
(1976.11.10.) 11월(매일 춘추). 『매일신문』 9950호.
(1976.11.17.) 朝鮮(매일 춘추). 『매일신문』 9956호.
(1976.11.24.) 한국어(1)(매일 춘추). 『매일신문』 9962호.
(1976.12.1.) 시몬 베이(매일 춘추). 『매일신문』 9968호.
(1976.12.8.) 우공이산愚公移山(매일 춘추). 『매일신문』 9974호.
(1976.12.15.) 한국어(2)(매일 춘추). 『매일신문』 9980호.
(1976.12.22.) 학문은 짧고(매일 춘추). 『매일신문』 9986호.
(1976.12.29.) 콜베 신부(매일 춘추). 『매일신문』 9992호.

(1977.7.11.) 확고한 신념 위에서(창간사). 『태전학보』 1호.
(1977.9.11.) 공동 번역 성서 개편론(논설). 『가톨릭시보』 1072호.
(1978.9.5.) 한자 멍에를 벗자(논설). 『한글 새소식』 73호.
(1978.10.19.) 가톨릭 교회의 제2 경전(소개글). 『매일신문』 10544호.
(1979.2.20.) 이상한 얘기들(수필). 『계명대학보』 360호.
(1979.6.26.) 길가메시 서사시(소개글). 『계명대학보』 376호.
(1979.8.31.) 國際語學(INTERLINGUISTICS)에 관해서(논설). 『琵琶』 8호.
(1979.10.1.) 한국의 첫 희곡집 – 김영보의 〈황야에서〉(소개글). 『영남일보』 11143호.
(1980.3.20.) 놀리 메 딴제레(수필). 『효대학보』 506호.
(1980.4.18.) 운명 이야기(수필). 『동아수퍼체인』 13호.
(1980.4.24.) 소피아 · 1(수필). 『효대학보』 510호.
(1980.5.8.) 소피아 · 2(수필). 『효대학보』 511호.
(1980.6.30.) 알타이 어학과 언어 연대학(논설). 『민족 문화의 원류』.
(1980.8.26.) 청소년과 존대말(논설). 『매일신문』 11116호.
(1980.10.2.) 컴퓨터와 만주어학(소개글). 『효대학보』 519호.
(1981.3.20.) 메멘또 호모(수필). 『효대학보』 528호.
(1981.4.4.) 오늘은 내게, 내일은 네게(수필). 『매일신문』 11302호.
(1981.6.12.) 퉁구스어와 한국어(논설). 『효대학보』 541호.
(1982.7.31.) 조작된 일본 신대 문자 가비(神代文字歌碑)(논설). 『매일신문』 11710호.
(1982.8.27.) 아우슈비츠 수용소의 聖者(논설). 『효대학보』 576호.
(1983.1.5.) 만주 연길에서 나온 『조선말 소사전』(소개글). 『한글 새소식』 125호.
(1983.4.15.) 중공 연변 조선족 자치주 역사 어언 연구소 편찬 『조선말 소사전』에 대해서(소개글). 『효대학보』 595호.

(1983.5.6.) 중공 땅서 편찬한 『조선말 소사전』(소개글). 『대구매일신문』 11944호.

(1983.5.13.) 문자의 종류와 계통(세계의 문자 1). 『효대학보』 596호.

(1983.5.20.) 가로쓰기 문자 · 세로쓰기 문자(세계의 문자 2). 『효대학보』 597호.

(1983.5.21.) 몽고어 학자 '죄르지 카라'(내가 본 세계의 지성 4). 『대구매일신문』 11957호.

(1983.5.27.) 가장 아름다운 문자－라틴 문자(세계의 문자 3). 『효대학보』 598호.

(1983.6.3.) 저쪽 세계의 문자－키릴 문자(세계의 문자 4). 『효대학보』 599호.

(1983.6.17.) 학자들의 공용자－그리스 문자(세계의 문자 5). 『효대학보』 600호.

(1983.6.24.) 알라신의 숨결－아라비아 문자(세계의 문자 6). 『효대학보』 601호.

(1983.8.26.) 야훼와 여호와－이스라엘 문자(세계의 문자 7). 『효대학보』 602호.

(1983.9.2.) 브라만의 세계－인도 문자(세계의 문자 8). 『효대학보』 603호.

(1983.9.9.) 아시아의 영웅, 몽고족의 문자(세계의 문자 9). 『효대학보』 604호.

(1983.9.16.) 아프리카의 이적異蹟－이디오피아 문자(세계의 문자 10). 『효대학보』 605호.

(1983.9.23.) 신비 속의 주술 문자－티벳 문자(세계의 문자 11). 『효대학보』 606호.

(1983.9.30.) 문자의 대향연－동남아의 문자들(세계의 문자 12). 『효대학보』 607호.

(1983.10.21.) 동아시아의 공용자－한자(세계의 문자 13).『효대학보』 608호.

(1983.10.28.) 여체미의 표상－일본 문자(세계의 문자 14).『효대학보』 609호.

(1983.11.4.) 세계 유일의 독창적 문자－한글(세계의 문자 15).『효대학보』 610호.

(1984.9.28.) 또다시 한글날에 부침－한글의 우수성과 문제점(논설).『효대학보』 632호.

(1984.10.21.) 중앙로가 고속도로냐?(수필).『경대 사대 부중고 동창회보』 2호.

(1985.2.1.) 최초로 보는 인간 이야기－길가메시 서사시(소개글).『빛』 22호.

(1985.5.1.) 연극 '아우슈비츠의 막시밀리안'을 보고(관극평).『성모의 기사』 101호.

(1985.7.30.) 일본 트라피스트 수도원 일박기－泊記(수필).『효대학보』 653호.

(1986.6.1.) 카라 교수와의 만남(수필).『빛』 38호.

(1986.10.1.) 한글 대접이 어찌 소홀해서 될 일인가?(논설).『빛』 42호.

(1988.3.10.) 다 정한 때가 있읍니다(수필).『동아백화점』 66호.

(1988.4.10.) 각국어 성서의 '하느님'이란 말 (I)(논설).『성서와 함께』 145호.

(1988.5.1.) 각국어 성서의 '하느님'이란 말 (II)(논설).『성서와 함께』 146호.

(1989.5.19.) 자유로운 지성의 추구(논설).『효대학보』 760·761·762호.

(1989.6.30.)『용비어천가』의 종합적 검토(논평).『진단학보』 67호.

(1989.8.6.) 미사통상문 개정안 의견서 (상)(논설). 『가톨릭신문』 1666호.

(1989.8.13.) 미사통상문 개정안 의견서 (하)(논설). 『가톨릭신문』 1667호.

(1989.9.25.) 우리 협의회가 해야 할 일(논설). 『효대 교수협의회보』 2호.

(1989.10.31.) 중국의 천주교회 (상)—심양 성당(효대 전통문화연구소팀 중국 기행 · 7). 『영남일보』 11664호.

(1989.11.3.) 중국의 천주교회 (하)—연길 성당(효대 전통문화연구소팀 중국 기행 · 8). 『영남일보』 11667호.

(1989.11.7.) 만주어가 되살아난다—애신각라愛新覺羅의 후손들(효대 전통문화연구소팀 중국 기행 · 9). 『영남일보』 11670호.

(1989.11.10.) 중국의 대학들(효대 전통문화연구소팀 중국 기행 · 10). 『영남일보』 11673호.

(1989.11.15.) 칭기즈칸의 후예들—몽고족(효대 전통문화연구소팀 중국 기행 · 11). 『영남일보』 11677호.

(1990.4.12.) 분열될 조짐을 보이는 현대 한국어(논설). 『효대학보』 777·778호.

(1991.2.28.) 한국어의 변천(논설). 『대학 국어』.

(1991.4.23.) 『효대학보』를 생각함(논설). 『효대학보』 813·814호.

(1991.9.28.) 내 삶의 터 닦이(수필). 『경북대 사대 부고 40년사』.

(1991.10.1.) 새로 바뀐 철자들 I(바른 우리말 1). 『동아백화점』 108호.

(1991.11.1.) 새로 바뀐 철자들 II(바른 우리말 2). 『동아백화점』 109호.

(1991.12.1.) 사이시옷 문제(바른 우리말 3). 『동아백화점』 110호.

(1992.1.1.) 띄어쓰기 문제 I—조사(토)는 반드시 붙여 써라(바른 우리말 4). 『동아백화점』 111호.

(1992.2.1.) 띄어쓰기 문제 II－띄어 써도 되고, 붙여 써도 된다(바른 우리말 4). 『동아백화점』 112호.

(1992.3.1.) 숫자와 관련 있는 띄어쓰기(바른 우리말 5). 『동아백화점』 113호.

(1992.3.2.) 성서와 함께(수필). 『주춧돌』 45호.

(1992.3.18.) 가톨릭 신자 신입생들에게 I(논설). 『주춧돌』 46호.

(1992.3.31.) 가톨릭 신자 신입생들에게 II(논설). 『주춧돌』 47호.

(1992.4.1.) '끔찍이'냐, '끔직히'냐?(바른 우리말 6). 『동아백화점』 114호.

(1992.4.19.) 부활절과 ㅈ신부님(수필). 『주춧돌』 48호.

(1992.4.28.) 가톨릭 신자 신입생들에게 III(논설). 『주춧돌』 49호.

(1992.5.1.) '아주버님'과 '도련님 · 서방님'(우리말의 이모저모 1). 『동아백화점』 115호.

(1992.5.12.) 놀리 메 탄제레(수필). 『주춧돌』 50호.

(1992.5.26.) 개교 40주년 기념식과 기념 미사(수필). 『주춧돌』 51호.

(1992.6.1.) 시누이 · 남편 형제의 부인 · 남편 등의 호칭(우리말의 이모저모 2). 『동아백화점』 116호.

(1992.6.9.) 순트네 안젤리(수필). 『주춧돌』 52호.

(1992.7.1.) 남편을 어떻게 불러야 옳을까요?(우리말의 이모저모 3). 『동아백화점』 117호.

(1992.8.1.) 동기와 그 배우자를 부르는 말(우리말의 이모저모 4). 『동아백화점』 118호.

(1992.8.20.) 내 직장에 애정과 관심을(머리글). 『효대 교수협의회보』 8호.

(1992.8.20.) 함께 생각해 봅시다(논설). 『효대 교수협의회보』 8호.

(1992.9.1.) 어떻게 높이고 어떻게 낮추는가?(우리말의 이모저모 5). 『동아백화점』 119호.

(1992.10.1.) '선생님'과 '사모님'과 '사부님'(우리말의 이모저모 6). 『동아백화점』 120호.

(1992.10.5.) 만주어 · 만주 문자가 살아 있는 곳-중국 찹찰 시버족 자치현에 몰래 갔다온 이야기(기행문). 『한글 새소식』 242호.

(1992.11.1.) 그 동안 애 많이 쓰셨습니다(우리말의 이모저모 7). 『동아백화점』 121호.

(1992.11.9.) 학우 의식 개혁, 자율성 고취 큰 과제-학생회에 바라는 효대인의 목소리(논설). 『효대학보』 853호.

(1992.11.15.) 우리나라의 친족 명칭(논설). 『형평과 정의』 7집.

(1992.11.16.) '물귀신' 단체 정신으로 제작되던 그 시절-경북대신문, 그 40년을 쌓아온 주역들의 회고담(수필). 『경북대 신문』 1095호.

(1992.12.1.) 삼가 조의를 표합니다(우리말의 이모저모 8). 『동아백화점』 122호.

(1993.1.1.) 아버지의 형님은 모두 큰아버지(우리말의 이모저모 9). 『동아백화점』 123호.

(1993.2.1.) 무지개의 빛깔이 몇 개인가?(우리말의 이모저모 10). 『동아백화점』 124호.

(1993.3.1.) 우리말 속의 일본 한자어(우리말의 이모저모 11). 『동아백화점』 125호.

(1993.4.1.) 형님이 내 동생을 형님이라고 부르네(우리말의 이모저모 12). 『동아백화점』 126호.

(1993.5.1.) 시인과 함께 말하기 좋은 언어?(우리말의 이모저모 13). 『동아백화점』 127호.

(1993.5.1.) 권위(머리글). 『효대 교수협의회보』 10호.

(1993.6.1.) 우리말, 언제부터 쓰여져 왔는가? : 우리말 어휘의 역

사(우리말의 이모저모 14). 『동아백화점』 128호.
(1993.7.1.) 땅 이름을 순 우리말식으로 짓자 : 땅 이름 이야기(우리말의 이모저모 15). 『동아백화점』 129호.
(1993.8.1.) 정 새난슬 · 김 미덥 · 이 아름누리 : 순 우리말식 사람 이름(우리말의 이모저모 16). 『동아백화점』 130호.
(1993.8.30.) 젠틀맨—서홍달 교장 선생님 정년에(수필). 『부고신보』 52호.
(1993.9.1.) 걸랑 · 멱미레 · 서푼목정 : 살려 쓸 좋은 우리말 1(우리말의 이모저모 17). 『동아백화점』 131호.
(1993.9.5.) 탈랴트 테킨 짓고 김영일·이용성 옮긴 <고대 튀르크 비문의 연구>(책 소개). 『한글 새소식』 253호.
(1993.10.1.) 가톨 · 도사리밤 · 뺨주리밤 : 살려 쓸 좋은 우리말 2(우리말의 이모저모 18). 『동아백화점』 132호.
(1993.11.1.) 구멍새 · 가량가량 · 떼군 : 살려 쓸 좋은 우리말 3(우리말의 이모저모 19). 『동아백화점』 133호.
(1993.12.1.) 길카리 · 암사돈 · 움딸 : 살려 쓸 좋은 우리말 4(우리말의 이모저모 20). 『동아백화점』 134호.
(1994.1.1.) 자분치 · 갈깃머리 · 자개미 : 살려 쓸 좋은 우리말 5(우리말의 이모저모 21). 『동아백화점』 135호.
(1994.2.1.) 그닐그닐 · 어리마리 · 겁석 : 살려 쓸 좋은 우리말 6(우리말의 이모저모 22). 『동아백화점』 136호.
(1994.3.1.) 속담 속의 고운 우리 어휘 : 살려 쓸 좋은 우리말 7(우리말의 이모저모 23). 『동아백화점』 137호.
(1994.4.1.) 돌 · 세우 · 트레바리 · 붕충다리 : 살려 쓸 좋은 우리말 8(우리말의 이모저모 24). 『동아백화점』 138호.
(1994.5.1.) 든난벌 · 든손 · 드난 · 겉 볼 안 : 살려 쓸 좋은 우리말 9(우리말의 이모저모 25). 『동아백화점』 139호.

(1994.5.2.) 전여옥 지음 <일본은 없다>(책 소개). 『효대학보』 879호.

(1994.6.1.) 김소월 시 속의 고운 어휘 : 문학 작품 속의 고운 우리말 1(우리말의 이모저모 26). 『동아백화점』 140호.

(1994.7.1.) 불그렷한 얼굴에 가늣한 손가락 : 문학 작품 속의 고운 우리말 2(우리말의 이모저모 27). 『동아백화점』 141호.

(1994.8.1.) 따로따로 · 걸음말 · 모태 · 쏘개질 : 문학 작품 속의 고운 우리말 3(우리말의 이모저모 28). 『동아백화점』 142호.

(1994.9.1.) 헤식다 · 종종중중 · 몽투룩한 · 새뜩한 : 문학 작품 속의 고운 우리말 4(우리말의 이모저모 29). 『동아백화점』 143호.

(1994.9.5.) 山崎氏の二, 三の疑問に對すろ回答. 『東方』 162호(日本 東京, 東方書店).

(1994.10.1.) 꽂뭇 · 졸망한 · 멀거머니 · 듣그럽다 : 문학 작품 속의 고운 우리말 5(우리말의 이모저모 30). 『동아백화점』 144호.

(1994.11.1.) 흐늙이는 · 지줄대는 · 해설피 : 문학 작품 속의 고운 우리말 6(우리말의 이모저모 31). 『동아백화점』 145호.

(1994.12.1.) 고수부지 → 강턱, 강변턱 : 고쳐 써야 할 우리말 1(우리말의 이모저모 32). 『동아백화점』 146호.

(1995.1.1.) 안절부절하다 → 안절부절못하다 : 고쳐 써야 할 우리말 2(우리말의 이모저모 33). 『동아백화점』 147호.

(1995.2.1.) 숫송아지 → 수송아지 ; 숫꿩 · 숫꿩 → 수꿩 : 고쳐 써야 할 우리말 3(우리말의 이모저모 34). 『동아백화점』 148호.

(1995.3.1.) 육교陸橋 → 구름다리 : 고쳐 써야 할 우리말 4(우리말의 이모저모 35). 『동아백화점』 149호.

(1995.4.1.) 노견路肩, 갓길 → 길섶, 길턱 : 고쳐 써야 할 우리말 5(우리말의 이모저모 36). 『동아백화점』 150호.

(1995.5.1.) 역할役割 → 구실, 소임, 할 일 : 고쳐 써야 할 우리말 6(우리말의 이모저모 37). 『동아백화점』 151호.

(1995.6.1.) 입장立場 → 처지, 선 자리 : 고쳐 써야 할 우리말 7(우리말의 이모저모 38). 『동아백화점』 152호.

(1995.7.1.) 단도리 → 잡도리 : 고쳐 써야 할 우리말 8(우리말의 이모저모 39). 『동아백화점』 153호.

(1995.7.15.) 국어사－한국어의 변천(논설). 『중등 국어과 1급 정교사 자격 연수 교재』.

(1995.8.1.) 풍지박산 → 풍비박산風飛雹散 ; 두리뭉수리 → 두루뭉수리 : 고쳐 써야 할 우리말 9(우리말의 이모저모 40). 『동아백화점』 154호.

(1995.8.18.) 용비어천가龍飛御天歌(소개글). 『대구 생활 문화 아카데미』 6호.

(1995.9.1.) 팔목시계 → 손목시계 ; '다르다'와 '틀리다' : 고쳐 써야 할 우리말 10(우리말의 이모저모 41). 『동아백화점』 155호.

(1995.9.13.) 르호보암 왕의 실수(논설). 『효대 교수협의회보』 13호.

(1995.10.1.) 구닥다리 → 구년묵이 ; 바지선 → 놀잇배 : 고쳐 써야 할 우리말 11(우리말의 이모저모 42). 『동아백화점』 156호.

(1995.11.1.) 곤색, 감색 → 쪽빛, 반물빛 : 고쳐 써야 할 우리말 12(우리말의 이모저모 43). 『동아백화점』 157호.

(1995.11.1.) 공동 번역 성서 개정 소식에(논설). 『빛』 151호.

(1995.11.19.) 공동 번역 성서 개정 소식을 듣고 1(논설). 『가톨릭신문』 1979호.

(1995.11.26.) 공동 번역 성서 개정 소식을 듣고 2(논설). 『가톨릭신문』 1980호.

(1995.12.1.) JP, DJ, YS → ㅈㅍ, ㄷㅈ, ㅇㅅ(지피, 디지, 이시) : 고쳐 써야 할 우리말 13(우리말의 이모저모 44). 『동아백화점』 158호.

(1995.12.3.) 공동 번역 성서 개정 소식을 듣고 3(논설). 『가톨릭신

문』 1981호.
(1995.12.10.) 공동 번역 성서 개정 소식을 듣고 4(논설). 『가톨릭 신문』 1982호.
(1996.1.1.) '올바르다'와 '옳바르다' : 헷갈리기 쉬운 말들 1(우리말의 이모저모 45). 『동아백화점』 159호.
(1996.1.5.) 국어사(논설). 『중등 국어과 1급 정교사 자격 연수 교재』.
(1996.2.1.) 아저씨/아줌마/아가씨 : 헷갈리기 쉬운 말들 2(우리말의 이모저모 46). 『동아백화점』 160호.
(1996.3.1.) '했읍니다' → '했습니다'와 '했슴' → '했음' : 헷갈리기 쉬운 말들 3(우리말의 이모저모 47). 『동아백화점』 161호.
(1996.3.18.) 대학과 인문학(논설). 『대학정론』 914호.
(1996.4.1.) 멋장이 → 멋쟁이 : 헷갈리기 쉬운 말들 4(우리말의 이모저모 48). 『동아백화점』 162호.
(1996.5.1.) '하시오'와 '하지요' : 헷갈리기 쉬운 말들 5(우리말의 이모저모 49). 『동아백화점』 163호.
(1996.6.1.) '새빨갛다'와 '샛노랗다' : 헷갈리기 쉬운 말들 6(우리말의 이모저모 50). 『동아백화점』 164호.
(1996.7.1.) '웃도리 · 웃통'과 '윗도리 · 위통' : 헷갈리기 쉬운 말들 7(우리말의 이모저모 51). 『동아백화점』 165호.
(1996.8.1.) 깨끗이 · 끔찍히 · 특히 · 고이 : 헷갈리기 쉬운 말들 8(우리말의 이모저모 52). 『동아백화점』 166호.
(1996.8.5.) 탈랴트 테킨 짓고 김영일 · 이용성 옮긴 <고대 튀르크 비문의 연구(II) - 투뉴쿡 비문>(책 소개). 『한글 새소식』 288호.
(1996.9.1.) 최초의 한국어와 고대 한국어 : 한국어의 역사 1(우리말의 이모저모 53). 『동아백화점』 167호.
(1996.9.5.) 다시 만주말의 고장을 찾아 (1) - 중국 찹찰 시버족 자치현에서 살다 온 이야기(기행문). 『한글 새소식』 289호.

(1996.10.1.) 고대 한국어 : 한국어의 역사 2(우리말의 이모저모 54). 『동아백화점』 168호.

(1996.10.5.) 다시 만주말의 고장을 찾아 (2)－중국 찹찰 시버족 자치현에서 살다 온 이야기(기행문). 『한글 새소식』 290호.

(1996.11.1.) 고대 한국어의 특징 : 한국어의 역사 3(우리말의 이모저모 55). 『동아백화점』 169호.

(1996.11.1.) 교원 연수원에서의 국어사 강의 『師道精舍』 5호(대구 교원 연수원보).

(1996.12.1.) 중세 한국어의 시작과 훈민정음 : 한국어의 역사 4(우리말의 이모저모 56). 『동아백화점』 170호.

(1997.1.1.) 민족 문자 훈민정음과 그 제정 경위 : 한국어의 역사 5(우리말의 이모저모 57). 『동아백화점』 171호.

(1997.2.1.) 문화유산의 해에 생각한다(에세이 예술). 『大邱藝術』 71호(한국 예총 대구시 지부).

(1997.2.1.) 중세 한국어에서 근대 한국어로 : 한국어의 역사 6(우리말의 이모저모 58). 『동아백화점』 172호.

(1997.3.1.) 근대 한국어의 성립과 현대어 : 한국어의 역사 7(우리말의 이모저모 59). 『동아백화점』 173호.

(1997.4.1.) 현대 한국어의 성립과 우리말의 장래 : 한국어의 역사 8(우리말의 이모저모 60). 『동아백화점』 174호.

(1997.5.1.) '도꾸리'와 '도꾸리 샤쓰' : 쓰지 말아야 할 외래어 1(우리말의 이모저모 61). 『동아백화점』 175호.

(1997.5.14.) '안절부절 못하다'와 '안절부절하다' (김동소의 바른 말 고운 말 1). 『TBC 매거진』 7호.

(1997.6.1.) '다라이'는 '함지', '함지박'으로 : 쓰지 말아야 할 외래어 2(우리말의 이모저모 62). 『동아백화점』 176호.

(1997.6.5.) 희한한 학술 논문집의 출판과 진 치종 선생 부녀－

<'아이신 교로'씨 3대 만주학 논문집>을 보고 『한글 새소식』 298호.

(1997.7.1.) '빽미러'가 아닌 '뒷거울'로 : 쓰지 말아야 할 외래어 3(우리말의 이모저모 63). 『동아백화점』 177호.

(1997.7.20.) '칠칠하다'와 '칠칠맞다' (김동소의 바른 말 고운 말 2). 『TBC 매거진』 8호.

(1997.8.1.) '입빠이'와 '겐또' : 쓰지 말아야 할 외래어 4(우리말의 이모저모 64). 『동아백화점』 178호.

(1997.9.1.) '에어콘'과 '리모콘'과 '레미콘' : 쓰지 말아야 할 외래어 5(우리말의 이모저모 65). 『동아백화점』 179호.

(1997.9.20.) 한글은 어디서 온 것일까?－한글, 그 아름다움과 신비 『문화 체육 가족』 23호.

(1997.9.20.) 띄어쓰기는 왜 어떻게 하는가? (김동소의 바른말 고운말 3). 『TBC 매거진』 9호.

(1997.10.1.) '견적'과 '공장도 가격' : 쓰지 말아야 할 외래어 6(우리말의 이모저모 66). 『동아백화점』 180호.

(1997.11.1.) '짬뽕, 다마네기, 다시' : 쓰지 말아야 할 외래어 7(우리말의 이모저모 67). 『동아백화점』 181호.

(1997.11.20.) 사이시옷 표기 문제(김동소의 바른말 고운말 4). 『TBC 매거진』 10호.

(1997.11.30.) 5, 60년대의 우리 민족지적民族誌的 기록들 『세월은 아름답다, 오영목의 이야기 마당 50』(도서출판 둥지).

(1997.12.1.) '마호병, 소데나시, 곤로' : 쓰지 말아야 할 외래어 8(우리말의 이모저모 68). 『동아백화점』 182호.

(1997.12.31.) 제18회 동기회 『국어교육과 50년지』(경북대학교 사범대학 국어교육과).

(1997.12.31.) <慶北大學報>와 『慶大學報』 『국어교육과 50년지』

(경북대학교 사범대학 국어교육과).

(1998.1.1.) 일본말 음식 이름들 : 쓰지 말아야 할 외래어 9(우리말의 이모저모 69). 『동아백화점』 183호.

(1998.3.10.) 잘못 쓰고 있는 우리말들(논설). 『우성타이어』 43호(양산, 우성타이어 주식회사).

(1998.6.30.) 珍貴的學術論文集－金啓孮父女<愛新覺羅氏三代滿學論集>讀後(논설). 『金啓孮先生八十壽辰暨・執教五十年紀念集』(北京, 紀念文集編輯組).

(1998.6.30.) 金啓孮與淸格爾泰－中國阿爾泰語硏究領域兩位元老(논설). 『金啓孮先生八十壽辰暨・執教五十年紀念集』(北京, 紀念文集編輯組).

(1998.10.1.) 우리말의 과거와 미래(논설). 『대구예술』 91호(한국예총 대구광역시 지회).

(1998.10.1.) 잘못 쓰고 있는 우리말들(논설). 『불휘』 2호(대구효성가톨릭대 국어국문학과).

(1999.1.30.) 시버錫伯족 언어 지역 탐방 보고(기행). 『알타이 언어들을 찾아서』(한국 알타이 학회).

(1999.4.1.) 부활과 성서(수필). 『주춧돌』 133호(대구효성가톨릭대 교목실).

(1999.5.15.) 세종 임금의 말씨(논설). 『세종 성왕 육백 돌』(세종대왕 기념 사업회).

(1999.5.31.) 30년 전으로의 여행(수필). 『샛별』 14집(효성여자중학교).

(2000.6.30.) 세계 유일의 독창적인 문자(논설). 『BESETO』 79호.

(2001.6.1.) 성서의 번역과 수집(수필). 『월간 하늘북』 7호.

(2002.2.25.) 아름다운 우리말을 찾아서－오오, 그 시멋없이 섰던 여자여!(논설). 『일하는 멋』 22호.

(2002.4.25.) 문학 속의 아름다운 우리말－따로따로・걸음발・모

태 · 쏘개질(논설). 『일하는 멋』 24호.

(2002.5.25.) 문학 속의 아름다운 우리말－흐늙이는 · 지줄대는 · 해설피(논설). 『일하는 멋』 25호.

(2002.6.25.) 문학 속의 아름다운 우리말－김영보(논설). 『일하는 멋』 26호.

(2002.7.25.) 살려 쓸 좋은 우리말 I－구멍새 · 가랑가랑 · 떼군(논설). 『일하는 멋』 27호.

(2002.8.25.) 살려 쓸 좋은 우리말 II－당닭의 무녀리(논설). 『일하는 멋』 28호.

(2002.9.25.) 살려 쓸 좋은 우리말 III－그닐그닐 · 어리마리 · 겹석(논설). 『일하는 멋』 29호.

(2002.10.25.) 살려 쓸 좋은 우리말 IV－든날벌 · 든손 · 드난 · 겉볼안(논설). 『일하는 멋』 30호.

(2003.1.5.) 내가 받은 여진 · 만주 글자 새해 인사 편지(편지 소개). 『한글 새소식』 365호, 9～12쪽.

(2003.1.30.) 허영수許榮秀 형님과 나(수필). 『사촌 허영수 선생 고희 기념집』.

(2003.8.5.) 독립 기념관과 국어 교과서에 들어 있는 일본 제국주의 식민 사관(논설). 『한글 새소식』 372호, 4～6쪽.

(2004.2.15.) 고구려 조상이 우리 민족이 아니라고?(논설). 『청우靑友』 211호, 청우회.

(2004.5.5.) 삿포로에서 듣보고 생각하며 (1). 『한글 새소식』 381호, 22～25쪽.

(2004.6.5.) 삿포로에서 듣보고 생각하며 (2). 『한글 새소식』 382호, 21～23쪽.

(2004.7.5.) 삿포로에서 듣보고 생각하며 (3). 『한글 새소식』 383호, 17～20쪽.

(2004.8.5.) 삿포로에서 듣보고 생각하며 (4).『한글 새소식』384호, 19~21쪽.

(2004.9.5.) 삿포로에서 듣보고 생각하며 (5).『한글 새소식』385호, 20~22쪽.

(2004.10.5.) 삿포로에서 듣보고 생각하며 (6).『한글 새소식』386호, 20~22쪽.

(2004.10.9.) 문화와 사람(논설).『매일신문』18518호, 10쪽.

(2005.8.30.) 용기 있는 학자 상채규 교수님의 정년에 부쳐(수필).『다헌茶軒 이야기』, 150~155쪽(茶軒 상채규 교수님 정년 퇴임 기념 문집 간행위원회).

(2005.11.1.) '아주버님'과 '도련님, 서방님'(논설).『대구 MBC LIFE』28호, 51쪽.

(2006.1.1.) 형님이 내 동생을 형님이라고 부르네(논설).『대구 MBC LIFE』30호, 49쪽.

(2006.2.1.) 아버지의 형님은 모두 큰아버지(논설).『대구 MBC LIFE』31호, 41쪽.

(2006.3.1.) 짬뽕→초마면, 다마네기→양파, 다시→맛국물(논설).『MBC LIFE』32호, 43쪽.

(2006.4.1.) 아저씨, 아줌마, 아가씨(논설).『대구 MBC LIFE』33호, 43쪽.

(2006.9.30.) 2·28 역사의 현장(수필).『횃불』23호, 22~26쪽(2·28 대구 민주 운동 기념 사업회).

(2007.8.30.) 화장실과 '마렵다'(논설).『미소공美小空』43호, 한국 화장실 협회.

(2007.9.5.) 화장실과 '마렵다'(논설).『한글 새소식』421호, 14~15쪽.

(2008.12.29.) 북청 여진비 석각(논설).『귀중 자료 해제집』(국사 편찬 위원회), 170~175쪽.

책을 엮고 나서

2008년 여름에, 선생님의 삶이 다른 길로 바뀌었습니다. 40년을 넘도록, 한결같이 우리말의 역사를 공부하시고 후학들을 가르치신 외길의 여정을 그치시면서, 삶의 한 꼭지를 마감하신 것입니다.

한사코 마다하셨지만, 길이 바뀌었으니 그냥 지나칠 수 없다는 제자들의 거듭되는 권유를 끝까지 뿌리치지 못하시고, 그 동안 여러 곳에 써서 발표하신 글들을 차례차례 내어 주셨습니다. 논문이나 저서로 이미 출판된 것은 제하였음에도, 글의 양이 무척 많아서 다시 가려 뽑아 엮을 수밖에 없었습니다.

낱낱의 글들을 읽어 가며 정리하는 일은, 자연스레 선생님께서 걸어오신 날들을 돌아보는 것이 되었습니다. 그 삶의 흔적들 속에서, 무엇이 선생님의 삶을 붙들었는지, 그리고 무엇에 열정을 쏟으셨는지 어렴풋이나마 짐작할 수 있었습니다. 아마도 '아버지', '말글', '성서' 이렇게 셋이 선생님의 삶을 가장 잘 나타내 주는 열쇠말이 아닌가 합니다.

돌아보는 눈길의 끝자리, 곧 선생님의 삶과 공부의 출발

점에는 '아버지'께서 자리하고 계셨습니다. 그리고는 선생님의 평생을 그림자처럼 함께 하셨습니다. 그 분의 희곡집 『황야에서』의 표지를 가져와 다시 이 책의 표지로 삼고, 모든 글의 맨 앞자리에 희곡집에 관한 이야기를 넣은 것은 바로 그 때문입니다.

흩어졌던 글을 모아 한 자리에 놓고 보니, 선생님께서 전혀 의도하시지 않았음이 틀림없었을 텐데도, 하나같이 '말글' 아니면 '성서'에 관련된 내용이었습니다. 그 동안 살아오신 궤적이 꽤나 명료하셨다는 느낌과 함께, 이것이 바로 선생님의 삶을 엮어 온 굵은 줄기로 여겨졌습니다. 그래서 자연스레 본문의 차례와 책 제목이 되었습니다.

책을 엮는 동안, 선생님과 조금이라도 더 함께할 수 있어서 감사했습니다. 이제 저희들이 느낀 감동과 즐거움이, 이 글모음집을 보시는 분들께도 그대로 이어지기를 소망합니다.

'돌이켜 보면 40년이 넘도록, 하고 싶은 공부를 하고 가르칠 수 있었던 것은 오로지 하느님의 은총 덕분이었다.'고 하신 말씀처럼, 말글 찾아 떠나셨다가 빛을 따라 다시 처음 자리에 돌아오신 선생님의 새로운 삶 위에도, 지금까지와 동일하게 하느님의 은총이 가득하시기를 기원 드립니다.

이천구년 삼월 삼십일일
제자들의 마음을 모아 이은규 삼가 씀.

김 동 소金東昭

- 1943년 순천 김씨 절재공節齋公파 후손으로 개성에서 출생
- 서울을 거쳐 대구에서 성장
- 경북대학교 국어학 학사, 석사, 박사
- 현재 대구가톨릭대학교 국어국문학과 명예교수
- 주요 저서 : 『女眞語, 滿語 硏究』(北京 新世界出版社, 1992)
  『한국어 변천사』(형설출판사, 1998)
  『韓國語變遷史』(東京, 明石書店, 2003)
  『한국어 특질론』(정림사, 2005)
  『한국어의 역사』(정림사, 2007)
- 전자 우편 : jakob@chol.com, jakobds@daum.net
- 누리집 : http://www.dongso.pe.kr

말 찾아 빛 따라

초판 인쇄 ‖ 2009년 04월 17일
초판 발행 ‖ 2009년 04월 27일

지은이 ‖ 김동소
펴낸이 ‖ 한정희
펴낸곳 ‖ 경인문화사
출판등록 ‖ 1973년 11월 8일 제10-18호
편집 ‖ 신학태 김하림 한정주 문영주 이지선 정연규 최연실
영업 ‖ 이화표 관리 ‖ 하재일 양현주

주소 ‖ 서울특별시 마포구 마포동 324-3
전화 ‖ 02-718-4831 팩스 ‖ 02-703-9711
홈페이지 ‖ www.kyunginp.co.kr / 한국학서적.kr
이메일 ‖ kyunginp@chol.com

ISBN 978-89-499-0644-7 03810
값 20,000원